보통의 존재

보통의 존재

이석원 산문집

··· C o n t e n t s

1

4

✳✳ 저자 고유의 글맛을 살리기 위해 표기와 맞춤법은 저자의 스타일을 따릅니다.

가족들에게

1장

손 한번 제대로 잡아보지 못했으면서

우리는 극장에서 처음 손을 잡았다. 광화문 시네큐브였다.
영화는 왕가위가 참여한 옴니버스 영화였는데
제목은 〈에로스〉였다.
나는 극장에서 손잡는 것을 좋아한다.
촌스러운 취향인지는 몰라도,
여전히 내겐 극장에서 손을 잡는 것이 프로포즈요
애정의 표현이기 때문이다.

그날 나는 그녀의 손을 처음 잡아보기로 마음먹었다.
이미 극장이라는 공간이 둘 사이에
암묵적인 동의를 가능하게 해준 상태였고,
다만 내가 용기를 낼 수 있는가 하는 문제만 남아 있었다.

영화가 중반을 향해 치달을 때
나는 바보처럼, 그녀는 그것마저도 귀엽다고 해주었지만,
그녀의 귓가에 대고
"나 이제 손잡는다"라고 큰소리로 말한 후
그녀의 손을 덥석 잡아버렸다.
그녀는 웃으며 거부하지 않았다.
처음엔 조금 어색한 기분이 들었다.
그러나 이내 그녀의 체온이
따스하게 내 손에 전해졌다.
우리가 손을 잡은 것, 서로의 살이
닿은 것은 그때가 처음이었다.
그녀와 나의 손이 포개어진 채
살짝 그녀의 허벅지 위에 놓였으므로 친밀감이 더해졌다.
길고도 애틋했던 침묵의 순간.

나는 손잡는 것을 좋아한다.
모르는 남녀가 거리낌 없이 하룻밤을 보내는 원 나잇 스탠드가
요즘처럼 횡행하는 세상에서도
누군가와 손을 잡는다는 행위가 여전히 특별할 수 있다는 것.
그 느낌이 이렇게나 따뜻하고 애틋할 수 있다는 것이
나는 눈물겹다.

잠시 잠깐 만난 사이에서는 결코 손을 잡고 영화를 보거나
거리를 걷는 일 따위는 할 수 없으니까.
손을 잡는다는 것은 그처럼 온전한 마음의 표현이다.
누구든 아무하고나 잘 수 있을지는 몰라도
아무하고나 손을 잡을 수는 없는 것이다.
그래서 나는 손잡는 것이 좋다.

그녀는 평소와는 다른 차림이었다.
허벅지의 트임이 이국적인,
마치 중국 여자들이나 입을 법한 소매 없는 붉은 원피스는
그녀가 그날을 특별하게 생각하고 있다는 증거였다.
극장을 나선 우리는
반포의 작은 식당, 뉴욕 스테이크에 가서
어떤 길 잃은 개에 관한 이야기를 나누며 저녁을 먹었다.
그것이 우리의 시작이었다.
시간은 흘렀고
마침내 모든 인연은 소멸하였다.
함께 보낸 시간들은 묻혀 화석이 되거나
기억과 함께 사라져갈 형편이 되었다.

세상의 모든 남자와 여자들이

이처럼 끝을 앞에 두고서도 아랑곳하지 않은 채
여전히 황홀한 사랑을 시작한다.
물론 시작은 시작일 뿐이다. 그들은 곧 중반기에 접어들고
사랑은 식어가는 결말을 맞이할 것이다.
이것은 자연의 순리로 이미 체념한 지 오래이긴 하나
나는 한 가지 아쉽게 생각하는 것이 있다.
바로 이 나이에도 불구하고
열정이 식어버린 상태에서
상대의 손을 잡아본 적이 한 번도 없다는 사실이다.
나는 언제나 손을 잡았을 때 아무런 느낌이 없으면
그것으로 사랑도 끝났다고 생각했다.
한 번도 열정이 없어진 사랑을 이어가본 적이 없었던 것이다.
그래서 나는 지금껏 공공연히 나의 사랑의 유효기간은
3개월이라고 말하고 다녔다. 그리고 그것은 사실이기도 했다.
아무리 좋아하던 사람도 3개월이 지나면
더이상 가슴은 뛰지 않고 키스는 짜릿하지 않더라.
나는 그런 정열의 소멸을 감당하지 못했다.
그리고 이제 나의 마음이 다하였나보다, 라고 굳게 믿고는
대책 없이 무력하게 끝을 향해 터덜터덜 걸어갔다.
늘 그랬다.

그런데 어느 날 생각해보니 사랑은 그런 것이 아니더라.
사랑과 열정은 한 몸이 아니었다. 열정이 식는다고
사랑도 사라져버리는 것은 아니었다.
만난 지 오 년 십 년 된 사이에 무슨 설렘이 있고
어떤 긴장이 있겠는가.
하지만 그럼에도 불구하고 변함없이 사랑을
이어가는 사람들이 있다.

그런 사람들에게 손잡기란 어떤 의미를 갖는 것일까.
그들은 왜 손을 놓지 않을까.
나는 서로에 대한 신뢰와 믿음으로 굳게 결속한
이들의 마음이 어떤 것인지 알지 못한다.
더이상 서로를 봐도 가슴이 뛰지 않고
키스는 짜릿하지 않을 때,
잡은 손은 무디어 별 느낌이 없을 때
그것이 왜 절망이 되지 않는지,
어떻게 그럼에도 사랑을 이어갈 수 있는지,
나는 알지 못한다.
그리고 알고 싶다.
그럴 때 두 사람을 이어주는 끈은 무엇인지.

내가 정말로 누군가와의 관계에서
어느 날 정열이 사라져버린 상태를 받아들이고
지금까지 경험해보지 못한 새로운 사랑을
긴 호흡으로 이어갈 수 있다면…
어쩌면 나는 제대로 손 한번 잡아보지 못했으면서
너무 빨리 사랑에 대한 결론을 내리고 살아온 것인지도 모른다.

아름다운 것

스물여덟 스물여섯

11년 전 우리는 어린 부부였다. 그땐 우리가 그렇게까지 어리다고는 생각지 못했었는데, 결혼식에 참석한 어른들이 하나같이 애기들이 결혼을 한다며 애처롭게 바라보던 이유를 이제는 조금 알 것 같다. 당시 나는 정말이지 가난한 형편이었기에 그나마 가진 돈은 가능하면 신부를 위해 써야 했고 그러고도 남은 돈은 결혼식 이후의 생활비로 돌려야 할 상황이었다. 지금도 기억나는 건 동네 웨딩숍에 가서 3만 원짜리 턱시도를 빌리던 일이다.

처음에는 아현동 굴다리 부근 언덕길에 있는 웨딩숍 거리가 비교적 저렴할 거라 생각해서 돌아다니다가, 그마저도 비싼 것 같아 그냥 동네 아무데나 들어가 제일 싼 것으로 고른 것이 3만 원짜리였다. 사실 당시엔 아무렇지도 않았지만 훗날 시간이 지나고 나서는 왜 가끔 KBS 〈아침마당〉 같은 데서 결혼식 못 올린 아주머니들이 나와가지고 울면서 서운해하는 장면을 볼 때면 남몰래 공감할 때가 있다.

그런데 3만 원짜리 싸구려 턱시도에 관해선 불만이 없었지만 머리만은 그렇지 않았다. 사실 이 머리라는 게 무턱대고 강남의 유명한 미용실을 가는 것보다는 지명도는 조금 떨어져도 자기 머리를 잘 아는 단골집에 가는 것이 마음도 편하고 성공확률도 높은 법 아닌가. 하지만 신부가 강남에서 머리를 해야 한다고 하도 고집을 부려서 할 수 없이 끌려간 곳이 도산공원 근처에 있는 유명한 C 메이크업 폼이었다.

새벽부터 일어나 아침 일찍 미용실에 도착해 자리에 앉아서 기다리고 있자니 무심해 보이는 인상의 한 남자가 다가왔다. 다들 선생님, 선생님하기에 나도 엉겁결에 선생님 어쩌고 하며 어렵게 주문을 했건만 완성된 머리는 내가 지금 결혼을 하러 가는 새신랑인지 무슨 가장행렬 참가하러 가는 사람인지 분간할 수가 없을 정도였다. 결국 그 무책임한 선생인지 나발인지 덕분에 졸지에 엘비스 프레슬리가 되어버린 난 신부가 노발대발하며 폭발하고 나서야 겨우 평범한 옆가르마로 급전환하여 어쨌든 식장으로 향할 수 있었다.

결혼식

　신부가 야외 결혼이 아니면 결혼을 안 하겠다고 해서 한참을 싸웠다. 어른들이 모두 걱정하셨고 나도 웬만하면 날씨 걱정 안 하고 어른들 기분도 맞춰줄 수 있는 곳에서 하길 바랐지만 신부는 도무지 양보할 생각이 없었다. 결국 올림픽공원 수변무대에서 야외 결혼식을 하기로 했는데 결혼식을 올려야 할 날이 다가오자 갑자기 그주 월요일에 제주도 근처로 태풍이 상륙한 것이 아닌가. 다급해져 생전 처음으로 기상청 사이트에 들어가 주간예보를 확인한 결과 불행히도 결혼식이 열리는 토요일, 태풍의 진로는 정확히 서울을 향하고 있었다. 덕분에 하루하루 피를 말리다 마침내 다가온 결혼식 당일. 다행히 하늘이 도왔는지 역시 기상청 예보라서 맞지가 않았던 건지 날씨는 너무나 화창했다.

　호수가 바라보이는 너른 공간에 산들산들 바람이 불고, 햇살이 가득한 축복 속에 스물여덟, 스물여섯의 어린 신랑과 신부는 함께 입장했고 결혼식은 그렇게 별 탈 없이 마칠 수 있었다. 바람이 조금 부는 바람에 주례사 도중 쇠로 된 아치가 넘어져 주례 선생님의 머리를 강타하는 사건이 벌어지긴 했지만 태풍 속에 야외 결혼식을 치르는 것에 비하면 아무것도 아닌 일이었다.

나는 친구와 강원도로 여행을 떠났고, 우리는 사귀는 사이는 아니었지만 어느새 그 애는 날 배웅하고 있었다. 그렇게 떠났던 여행길에서, 처음 본 오징어잡이배들의 눈부신 광경을 보며 난 가슴이 터질 것처럼 한 사람을 그리워했고 돌아와 그 사람과 연인이 되었다. 그리고 4년 뒤 우린 부부가 되었다.

그때 칠흑같이 어두운 속초 앞 밤바다에, 마치 물 위에 잠실야구장이 몇 개나 떠 있는 것마냥 무섭도록 환한 불빛들이 수백 척의 오징어잡이배에서 쏟아져나오던 광경을 어떻게 잊을 수가 있을까. 나는 내가 본 아름다운 것을 보여주고 싶었다. 돈으로도 살 수 없는 귀한 것. 오직 너에게만 보여주고 싶은 것.

우리는 강원도에서 1박을 한 후, 오징어잡이배가 나타날 때까지 동해안 해안선을 따라 경주로 가는 밤길을 하염없이 달렸다. 중간중간 몇 척의 배들이 작지만 강렬한 빛을 내뿜을 때면, 그 애는 기껏해야 서너 척 정도가 군데군데 모여 있는 걸 보고도 소리를 질렀지만 그건 예전에 내가 본 온 바다천지가 오징어잡이배로 뒤덮여 있던 장관에 비하면 보잘것없는 초라한 광경이었다. 나는 그것이 못내 아쉬워 달리고 또 달렸다.

스무 살이 넘어 처음 사랑에 빠지던 순간을 잊을 수 없다. 모든 시공간이 정지한 채 오직 너와 나만이 존재하던 시간들. 그러나 더욱 잊을 수 없는 순간은 그토록 사랑했던 사람에게서 내 마음이 멀어지는 걸 느끼던 순간이었다. 그때의 충격과 상실감을 무엇으로 설명할 수 있을까. 종말의 순간은 너무 빨리 찾아왔고 그 어떤 무엇으로도 돌이킬 수 없었다.

사랑이 뭘까. 마음은 왜 변할까.

모르겠다. 하지만 지금도 그 애를 생각하면 문정동 어느 작은 공원 문 앞에 걸터앉은 채 책을 읽으며 나를 기다리던 모습이 떠오른다. 그리고 그것이 내가 사랑한 그녀의 전부였는지도 모른다. 그것이 연민이건 뭐건 상관없다. 설사 그게 사랑이 아니라 해도 사랑보다 중요하지 않다고도 생각하지 않는다.

결국 오징어잡이배들은 그때만큼 나타나지 않았다. 나는 신부에게 내가 본 그것을, 보여주고 싶었던 것을 보여주지 못한 채 경주에 도착했다. 아쉬움 속에 도착한 경주는 조용하고 정갈했다. 수학여행 온 아이들이 아무리 재잘거려도 마치 온 도시가 눈으로 뒤덮여 있는 듯 조용했다.

사랑이 무엇인지, 마음은 왜 변하는지 나는 여전히 모른다. 그렇지만 그때 그 오징어잡이배들을 보여주지 못한 것이 아직까지도 아쉬운 것을 보면, 마음이란 것이 그렇게 쉽사리 소멸하는 것만은 아닌 것 같다는 생각이 든다.

우리는 그로부터 6년 뒤 헤어졌다.

나는 오늘도 느리게 달린다

도로에서 가장 느리게 달리는 차는 항상 나다.
그래서 내 뒤에 오는 차들은 거의 어김없이
클랙슨을 누르며 답답해하다가 쌩, 하고 추월을 하곤 한다.

'너네는 좋겠다. 그렇게 급한 일, 중요한 일, 가치 있는 일이 있어
서. 그렇게 미친듯이 가야 할 곳이 있어서.'

오늘도 나는 가장 느리게 달린다.

사생활

—사람은 혼자 있을 때
이루 말할 수 없이 더럽고
이루 말할 수 없이 한가롭다.

하나의 글이 완성되기까지 그것이 장편이든 단편이든, 소설이든 수필이든 간에 상관없이 어떤 글이건 완성되기 전 작업 과정에 있어서만은 그 내밀성이 보장되어야 한다. 독자는 완성되기 전 채 여물지 않은 글의 모자람을 애써 엿보려 해서는 안 되고 작자는 중간에 설불리 공개하는 실수를 범하지도 말아야 한다. 과정은 언제나 비밀에 붙여져야 하며 사생활은 보장되어야 하기 때문이다.

누구든 외출을 한다고 했을 때 이른바 준비라는 것을 한다. 준비라는 게 다른 것 없다. 집에 있는 동안 묵혀진 몸을 씻어 깨끗하게 하고 얼굴과 몸에 이것저것을 발라 윤기를 준 후, 마지막으로 나갈 옷을 고르는 등 한마디로 본연의 몸 상태 이상의 것을 보여주려 치장하고 다듬는 과정의 작업이다. 그런데 세상의 많은 일이 그렇듯 그 과정 자체는 별로 아름답지 못하다. 사람이 자기 몸을 씻을 때 정말로 깨끗해지기 위해서는 사타구니 깊숙한 곳까지 손을 뻗어 벅벅 소리가 날 정도로 힘차게 닦아줘야 할 때도 있고, 순간순간 결코 아름답지 않은 자세를 취해야 비로소 구석 깊은 곳까지 깨끗한 상태가 될 수 있으니 말이다. 과정이란 그 결과에 비하면 이토록 수고롭고 민망한 장면들이 많이도 연출되는 절차인 것이다.

샤워를 마치고 나서도 마찬가지다. 김이 가득찬 욕실에서 나와 마른 수건으로 젖은 몸을 닦을 때, 무릎을 숙이고 다리를 벌린 채 서혜부(허벅지 안쪽)를 닦는 모습이란 도무지 우아함과는 거리가 먼 장면이다. 어째서 아름다워지기 위해서는 이렇듯 구구한 과정과 절차를 거쳐야 하는 걸까.

드라마나 영화 속에서 배우들의 삶이 보기에 산뜻하고 간편해 보이는 이유는 바로 이러한 과정의 추함과 번거로움이 생략되어 있기 때문이다. 영화 속에서, 결코 어떤 종류의 '맨'도 입고 있던 바지를 혁대를 끌러 벗어 내린 후 관객들이 눈치채지 못하도록 잽싸게 옆으로 팽개쳐버린 다음, 몸에 딱 붙는 타이즈를 입기 위해 한 발로 선

채 균형을 맞추느라 낑낑거리는 모습 같은 건 보여주지 않는다. 그저 한 바퀴 휙 돌고 나면 자동으로 탈의와 착의가 되어 있는 것이다. 세상에 이렇게 간편할 수가.

나는 초능력자들이 시간을 되돌린다든가 폭발직전의 핵폭탄을 우주 저 멀리로 던져버리는 등의 괴력을 발휘할 때보다 어떻게 보면 이런 순간이 더욱 감탄스럽다. 입어지는 것까지도 그렇다 치자. 벗어버린 옷은 대체 누가 가져갔는가. 누가 언제 소리도 없이 나타나 그토록 빠르고 신속하게 옷을 가져가서는 구겨지지 않게 잘 개어 보관하고 있다가 필요할 때면 다시 재빨리 가져다준단 말인가. 정말이지 일처리가 너무나 깔끔하다.

이것은 비단 '히어로'들만의 이야기는 아니다.

드라마나 영화에서 주인공이 샤워 후 욕실을 나설 때면 하얗고 두툼한 가운을 두르고 머리엔 수건을 걸친 채 흐트러짐 없는 차림으로 우아하게 걸어나온다. 하지만 현실이 어디 그런가? 보통 사람들은 가운 자체도 없을뿐더러 가운을 두르기 전 단계만 해도 그렇다. 가운을 입기 전에 그는 필히 몸의 물기를 제거할 수밖에 없는데 그러기 위하여 한번쯤은 보기 흉한 자세로 다시 그 서혜부를 닦아야 했을 것이고 그보다 더욱 추한 자세로 똥꼬의 물기를 수건으로 꼭꼭 눌러가며 닦아냈을 것이다. 이것은 두 발로 서는 인류라면 그 누구에게나 해당되는 보편 공통의 과정으로 제아무리 멋진 배우라 한들 피해갈 수는 없는 일이다. 그런데 이러한 과정들이 낱낱이 공개된다고 생각해보라. 준비자가 추구했던 최종 결과물의 상태가 그 노력만큼 아름다워 보일 수 있을까? 바로 그렇기 때문에 사생활은 보장되어야 하고 과정은 비밀에 붙여져야 하는 것이다.

사생활의 주요 거점은 아무래도 집일 수밖에 없다. 자신의 집이 아무리 남루하고 누추하다 해도 피로에 지쳐 집에 들어선 순간 느껴지는 안도감과 편안함은 언제나 '내 집이 최고'라는 말이 절로 나오게 만든다. 내 집은 정말로 최고다. 편하기 때문이다.

내 집에 배어 있는 나로 인해 오랫동안 묵혀진 몸 냄새도 내 코에는 감지되지 않으니 나로선 불쾌할 일이 없고, 어느 구석 혹여 더러운 곳이 있다 한들 내가 쓰는 공간이고 물건이므로 별 상관이 없다. 오랫동안 청소를 하지 않아 먼지가 자욱이 쌓여 있는 내 방 창틀의 불결함도 나로선 그리 불쾌하지 않게 묵과할 수 있는 것도 다 내 생활 범주 안의 더러움이기 때문이다. 더러워도 내 것이라면 괜찮은 법.

아침나절에 썼던 컵을 씻지 않은 채 두었다가 저녁때 집에 돌아와 혹 한 번 더 사용하게 되더라도 말라버린 나의 타액과 잔에 남아 있던 내용물의 잔해가 함께 응고되어 테두리에 굳어 있다 한들 내 것이기 때문에 큰 불결함은 느끼지 못한다.

집에서 누리는 행동의 자유란 사생활의 극치라 할 수 있다. 그 안에서 나는 실오라기 하나 걸치지 않은 채 벌거벗은 맨몸의 자유를 만끽할 수 있고 평소 촌스럽다는 이유로 선택받지 못하던 티도 맘 편히 입을 수 있다. 밖에 있는 동안 바지 속에서 하루 내내 구겨져 팬티인지 비닐 봉다리인지 구분도 잘 가지 않게 된 볼품없는 트렁크 때문에 눈치가 보이거나 자신감이 하락하지도 않는다.

그곳에서는 생리현상을 비롯한 많은 것들이 자유다. 성적 공상을 하거나, 남몰래 구직 사이트에 자신의 초라한 이력서를 올리고, 아무리 청소를 안 해도 엄마나 손님이 찾아오기 전까진 괜찮다. 익숙하고 편한 침대나 소파에 몸을 맡긴 채 친한 이들과 전화통화를 하면서 당사자는 상상도 할 수 없는 가까운 사람의 험담을 하거나, 밖으로 보이는 내 모습과는 전혀 다른 과격하고 예의 없는 나를 마음껏 드러낼 수도 있다. 사람은 이 사적이기 짝이 없는 공간에서 내 집에 책이 몇 권이나 있는지, 우리집 가구들이 얼마나 볼품없고 남루한지, 옷방에 옷은 몇 벌이나 걸려 있으며 명품은 얼마나 있는지, 팬티는 몇 장을 가지고 돌려가며 입고 있는지, 욕실은 얼마나 어질러져 있는지 따위를 결코 남에게 보여주지 않아도 될 권리와 자유를 가진다.

그런 의미에서 결혼이란 엄청난 일이 아닐 수 없었다.

그 모든 사적 영역이 공개, 공유되기 때문이다. 머릿속의 지극히 은밀한 내용들이 담겨 있는 모든 개인적인 기록물들과, 보여주고 싶지 않았던 과거의 모습이 사진으로 선명히 남아 있는 사진첩 등을 더이상 숨겨두기란 불가능해지는 탓에, 결혼이란 남녀 간의 사랑의 합체이기 이전에 무엇보다 사생활과 사생활의 결합이라 할 수 있는 것이다.

모든 비밀이 없어졌을 때,
상대의 신비로움도 사라져버리고 말았다.

물론 배우자 간의 사생활이란 것이 이처럼 고상한 것들만 있는 것은 아니다. 오히려 노골적인 생활의 단면들, 이를테면 어느 날 욕실 문을 노크도 없이 열고 들어갔을 때 구석에서 쭈그리고 앉아 허벅지 안쪽의 때를 밀고 있는 배우자의 모습과 자세를 발견하곤 당황하는 것. 그리고 그런 일이 빈번해지는 것. 이러한 것들이야말로 바로 결혼이 공개하는 파트너의 원초적인 사생활이라 할 수 있다.

집 외에 사생활의 정점을 이루는 물건으로는 휴대폰과 개인용 컴퓨터를 들 수 있겠다. 만약 누군가 당신의 그것들을 들여다볼 수만 있다면, 집이라는 공간을 염탐하는 것보다 훨씬 더 은밀하고 흥미진진한 비밀들을 알 수 있게 될지도 모른다. 당신이 아는 사람은 모두 얼마나 되며, 누구와 얼만큼 어떤 내용으로 연락을 주고받는지, 그 중 친밀한 사람은 누구인지, 또한 웹의 세상에서 평소 즐겨 찾는 곳은 어떤 곳들이며 이메일로 친구들과 나누는 비밀스러운 이야기는 어떤 것들이 있는지를 모두 알 수 있게 된다.

그러나 당신에게는 당신이 하루에 문자가 한 통도 안 오는 외톨이임을 세상에 밝히지 않을 권리가 있고, 남들에겐 절대로 알릴 수 없는 치졸하고 계산적인 고민을 털어놓을 수 있는 상대를 가질 자유가 허용되며, 어떤 상황에서든 수세에 몰려 있다는 것을 굳이 밖으로 드러내지 않아도 결코 법적으로나 도의적으로 문제가 되지 않는다. 그것이 당신만의 사생활이기 때문에.

절대로 드러나지 않을 만큼 안전한 비밀은 사생활이 되고 위험에 노출되는 순간 그것은 컴플렉스가 되어버린다. 컴플렉스에 맞닥뜨렸을 때 사람들은 그것에 대처하기 위해 각양각색의 노력을 하게 되는데 결국 이 모든 것들은 사생활이 사생활에 머물러 있지 못하기 때문에 생기는 비극이다. 나에겐 내가 보여주고 싶은 모습만, 모든 과정과 비밀이 안전하게 보호된 채 내가 드러내도 괜찮다고 승인한 모습만 세상에 보여줄 권리가 있다. 그리고 그것이 위태로워질 때 우리는 커다란 스트레스를 받는다.

사생활의 안전하고도 확실한 보장은 마음의 평화와 긴밀한 관련이 있다. 때문에 사람들이 생각하는 행복의 조건들, 이를테면 돈이나 건강, 가정의 화목 같은 요소들에 가려 그 중요성이 간과되기 쉽지만 사실은 그 어떤 것보다도 우선적으로 배려되어야 할 중요한 가치이다. 젊은 나이에 암으로 요절한 어느 배우의 사체가 입관식을 위해 이동할 때 그녀의 동료들이 이 장면만은 촬영하지 말아줄 것을 눈물로 호소했던 이유는 무엇일까. 그것이 바로 한 배우의 사생활이었기 때문이다.

　공개되지 않는다는 느낌은 사람을 자유롭게 한다. 그래서 나의 공간과 머릿속 생각, 물건들의 안전은 소중하다. 그러나 아무도 없는 혼자 있는 집에서조차 혹 어떤 존재가 나를 보고 있는 것은 아닐까 하는 망상을 한번쯤 가져본 사람이라면 완벽한 비공개의 자유란 얼마나 갖기 어렵고 소중한지 공감할 것이다. 일탈이란, 아무도 모르는 머나먼 타지에서 행해지는 것이 아니라 실제로는 나의 집, 아무도 들여다볼 수 없는 곳에서 언제든 가능한 것이다.

꿈

언젠가 본 MBC 〈무릎팍도사〉에 배우 황정민이 나왔을 때였다. 평소 그를 좋아했기 때문에 관심 있게 보고 있는데 인상적인 건 꿈에 관한 두 사람의 대화였다.

황정민은 어렸을 때부터 연기에 대한 열정이 너무 강해 그 어린 나이에 직접 극단을 차릴 정도였다고 한다. 강호동이 대단하다고 치하하자 황정민은 별것 아니라는 듯이 누구나 하고 싶은 건 있는 법이니까, 라고 대답했다. 그때 강호동이 말했다.

"그럼, 하고 싶은 게 없는 사람은 어떡하지요?"

나는 무릎을 쳤다. 그래, 저게 진짜 얘기다. 나도 꿈 같은 건 없던 청소년이었으니까.

하지만 황정민은 거듭 주장했다. '그렇지 않다'고. '누구나 하고 싶은 게 있는 법'이라고. 그러자 강호동은 자신의 이야기를 했다. 자기는 어렸을 때 하고 싶은 게 없었다고. 다만 부모의 권유로 운동을 시작했을 뿐이라고.

꿈에 관한 둘의 이야기가 어떤 결론을 맺었는지는 기억이 나지 않는다. 다만 난 꿈이라는 게 누구에게나 쉽게 주어지는 것은 아니라고 생각한다. 오히려 내가 알기로는 꿈이 없어서 고민하고, 꿈을 찾으려 애쓰는 사람들이 훨씬 더 많다. 그래서 학교 다닐 때 내가 가졌던 의문도 학교라는 곳은 왜 꿈과 재능이 있는 사람만을 위한 곳일까, 하는 점이었다. 꿈도 재능도 없는 평범한 아이들도 살아갈 방편을 가르쳐주어야 하는 것 아닐까?

나도 그런 아이 중 하나였다. 무엇이 되고 싶다거나 뭘 해보고 싶은 게 도무지 없어서 늘 괴로웠고, 또 나만 그렇다고 생각해 자책했다. 난 스스로를 아메바처럼 여겼다. 내가 했던 일이라곤 버스를 타고 몇 시간 동안이나 할 일 없이 시내를 돌다가 종로에 내려 교보문고로 가서는 할 일도 살 책도 없으면서 밍기적거리다 오는 것이 전부였다. 이게 뭔가 얘기가 되려면 그때 그곳에서 엄청난 책을 독파하여 마침내 꿈을 실현했네, 교보문고는 내 꿈의 자양분 어쩌구…뭐 이래야 되겠지만 미안하게도 그런 것은 전혀 없다. 그곳은 내게 그저 비바람과 햇볕을 피할 수 있도록 해준 나무 그늘에 불과했으니까. 물론 소중했지만.

돌이켜보면 나는 선생님들이 '누구나 한 가지씩은 잘하는 게 있다' '누구에게나 꿈은 있기 마련이다' 등등의 사기를 안 쳤으면 어땠을까 생각한다. 그랬으면 '왜 난 꿈이 없을까?' 이런 고민 하지 않아도 됐을 텐데.

"너는 커서 뭐가 될래?"

만약 지금 내게 누가 다시 묻는다면 이렇게 대답하겠다.

"살다보면 생기겠죠. 끝까지 안 생길 수도 있겠지만."

내 나이 서른여덟.

나는 아직도 생의 의미를 명확하게 발견하지 못했다. 그래서 무엇을 하며 살 것인가, 어떻게 살아야 하는가를 여전히 고민한다. 다만 분명한 건 누구나 배우가 되고 감독이 되고 싶어하는 건 아니라는 것이다. 누구나 배우나 감독이 될 자질이 있는 것은 더더욱 아니고. 그러니 남은 생을 사는 동안, 내가 그저 관객의 안온한 자리를 지키며 살아간다 한들 꿈이 없다 뭐라 할 수 있을까.

청소년들이여, 꿈이 없다고 고민하지 마라.

그럼 관객이 되면 되니까.

그뿐이다.

이어달리기

연애란 이 사람한테 받은 걸 저 사람한테 주는 이어달리기와도 같은 것이어서 전에 사람한테 주지 못한 걸 이번 사람한테 주고 전에 사람한테 당한 걸 죄 없는 이번 사람한테 푸는 이상한 게임이다. 불공정하고 이치에 안 맞긴 하지만 이 특이한 이어달리기의 경향이 대체로 그렇다.

며칠 전 친구를 만났다. 오랫동안 연락이 없다가 갑자기 부른 것이라 어리둥절해하며 나갔더니 술친구가 필요하단다.

토요일 저녁. 그 많은 친구 중에 하필 그동안 연락이 끊겼던 나와 술을 마시고 싶어한 이유를 처음엔 몰랐었다. 굳이 의례적이라고 할 것까진 없었지만 어쨌든 서로의 안부를 물은 다음 그 애는 이야기를 시작했다. 누군가를 좋아하고 있다고 했다. 그런데 갑자기 그 얘길 하면서 눈물을 왈칵 쏟는다. 많이 좋아하는구나… 싶었다. 문제는 그렇게 좋아하면서도 시작할 수가 없다고 했다.

"왜? 뭣 땜에?"

두렵단다. 자기가 처음 좋아했던 사람이 짝사랑이었기 때문에 너무 아팠는데 또다시 짝사랑이 될 것만 같아 무섭단다. 심지어 휴대폰 번호도 바꾸고 연락을 끊겠다고 했다.

"그렇구나. 하지만 왜 이 얘길 나에게…?"

그 애는 잠시 후 그 이유를 말해주었다. 자신의 첫사랑이 바로 너였노라고. 네가 나를 받아주지 않아서 자긴 너무나 힘들었노라고. 순간 머릿속이 멍해졌다. 그러니까 그 친구에게 맨 처음 고통의 바통을 안겨준 선행주자가 바로 나였다는 얘기다.

사랑이란 게 또 이렇게 얄궂을 수 있을까. 내가 너 대신 택했던 사람은 나를 정말이지 참혹하리만치 괴롭혔는데 넌 나 때문에 그렇게 힘들었다니. 결국 나의 그 사람은 날 힘들게 했고 나는 이 애를 힘들게 했으며 이 애는 그 덕분에 지금 좋아하는 사람과 시작도 못하고 있으니 이것이야말로 이어달리기가 아니고 뭔가.

이어달리기의 증거는 그밖에도 많았다. 그 애는 나와 이루어지지 않은 다음 사귀게 된 사람에게 이유 없이 못되게 굴어 죄 없이 착한 사람에게 분풀이를 했다 한다. 나 또한 나를 괴롭히던 '그 사람'과 헤어진 후 다음 사람을 사귀면서 그런 결심을 했었다. '잘 해줘야지. 애한테는 자신이 평범한 존재라는 생각이 들지 않도록 정말 행복하게 해줘야지…' 사랑의 바통이란 정말이지 좀처럼 잃어버리거나 어딘가에 처박아두고 다니기가 힘든 것인가보다. 그 애는 눈물범벅이 되어 밤이 새도록 물었다.

"나… 시작하면 행복할 수 있을까…?"

나는 단호하게 대답했다. "아니."

이유도 말했다. "사랑은 절대로 행복하지 않아. 사랑하면 할수록 더욱 그렇지. 그래도 난 네가 그 사람하고 뭔가를 시작했으면 좋겠어. 사랑을 두려워하는 것보다 바보 같은 일은 없으니까."

웃긴다. 나를 찾아온 누군가에겐 어차피 헤어질 것 뭐 하러 사귀냐던 내가 남한테는 '사랑을 두려워하는 것보다 바보 같은 일은 없다'고 말하고 있으니…
이 게임은 정말로 모순투성이의 이어달리기인가보다.

산책

일상적으로 즐기는 것들에 대해 무심히 지나치지 않고 그것이 왜 즐거움을 주는지 따져보는 일은 색다른 재미를 준다. 고궁에 가면 행복을 느끼는 이유는 뭘까, 책을 읽는 것은 드라마를 보는 것과는 어떻게 다르며 왜 특별할까. 또, 산책을 나가면 기분이 나아지는 이유는 무엇인가와 같은 의문에 해답을 구하는 일들. 그중 산책에 대한 이야기를 해보기로 하겠다.

산책이란 대개 한가롭고 여유 있는 상황에서 하게 되는 경우가 많지만 때때로 고통이나 고립감을 잊기 위한 방편으로 선택되는 수도 있다. 그럴 때 산책은 일종의 마취제나 안정제와 같은 역할을 한다. 집이라는 공간에 고립되어 있을 때, 사람은 고통에 더욱 취약해지기 마련이다. 그럴 때는 바깥으로 나간다는 자체만으로도 어느 정도의 진통 효과를 기대할 수 있다. 그리고 나면 어떤 곳을 거닐지를 선택해야 한다.

마음이 고독과 소외감으로 저조할 때엔 한적한 오솔길을 걷는 것보다는 사람들이 많이 오가는 거리를 택해 기분전환을 꾀하는 편이 좋을 것이다. 그러나 산책이란 단순하지 않아서 때론 남들의 밝은 모습이 오히려 독이 될 수 있으므로 주의해야 한다. 때에 따라 적절히, 무엇보다 마음이 조금이라도 내키지 않는 곳은 피하는 자세가 중요하다.

산책에 있어서 가장 중요한 행위는 걷는 것이다. 달리는 것을 산책이라 하지 않으며 자전거나 자동차로 움직이는 것 또한 다른 의미와 명칭이 부여된다. '걷는다'라는 것은 두 발로 땅을 디뎌 그것을 몸으로 느끼면서 앞으로 나아가는 것이기 때문에 자동차에 앉은 채 달리는 것과는 다르며 풍경이 음미할 새도 없이 달아나버리는 달리기와도 다른 행위이다.

내가 움직일 때, 세상의 풍경도 발맞춰 이동한다. 앞으로 나아가는 만큼 시야에 주어지는 풍경들은 뒤로 흐르는 것이다. 풍경이 움직이면 마음은 안정된다. 왜인지는 모른다. 다만 사람은 정지상태에서 더 많은 불안을 느낀다는 것. 그래서 불안해진 사람은 가만히 있지를 못하게 된다.

오래전 정신과 폐쇄병동에 입원하게 되었을 때, 가장 먼저 마주쳤던 광경은 긴 복도를 일렬로 늘어선 채 끝없이 원을 그리며 돌고 있는 환자들의 기이한 행렬이었다. 마치 좀비들처럼, 혹은 경보선수들처럼 그들은 트랙을 돌듯 제각기 복도를 걷고 있었다. 처음에는 답답함을 이기려고 그러는가보다 했는데 나중에 알고 보니 그것은 약기운을 참지 못해 하는 행동이었다. 정신과 치료에 필요한 약물들은 사람을 가만히 앉아 있지 못하게 만든다. 나 또한 약을 먹기 시작했으므로 얼마 지나지 않아 그 대열에 합류하게 되었다.

　나의 병명은 경계성 인격장애와 우울증 등 여러 가지가 있었다. 외래시절부터 나의 주치의였던 담당 의사는 차분하고 조용한 사람이었는데, 그녀는 내게 많은 약을 처방해주었다. 약을 먹으면서, 나는 그 안에 있는 사람들이 어째서 그렇게 하루종일 복도를 빙빙 돌아야 하는지 알 수 있었다. 약은 나의 팔목과 손등의 가장자리를 기분 나쁘게 간질이면서 때론 저릿하게도 만들고, 주먹을 쥘 수 없을 만큼 기운을 앗아갔다. 그리곤 뱃속 깊은 곳에서부터 무언가 불안하고 조급한 기운이 끊임없이 치밀어 오르게 해 걷지 않으면 안 되는 상태로 만들어버렸다.

　나는 그곳에 입원해 있으면서 한 번인가 휴가를 받은 적이 있었는데 답답한 마음에 친구를 만나 극장을 찾았다가 된통 고생을 한 적이 있다. 90분간 앉아 있는 것이 어찌나 힘들던지 내내 몸을 비비꼬

느라 몸살을 앓았던 것이다. 그때 이대로는 안 되겠다 싶어 병원으로 돌아가서는 선생님께 약을 먹지 않게 해달라고 통사정을 했다. 내 병의 원인은 스스로 알고 있다고 믿었기 때문에 약 같은 건 필요 없다고 생각했다. 담당의사는 100% 동조하지는 않았지만 약을 복용하지 않고서도 치료하는 경우가 있었으므로 결국 나의 호소를 받아들였다. 그러나 그 이후로, 그토록 오랜 세월이 흘렀지만 약기운의 잔상은 아직 내 몸 안에서 사라지지 않고 남아 있다. 더불어 그때 얻은 습관으로 뭔가 몰두하거나 불안한 일이 생길 때면 난 한곳에서 끝없이 왔다갔다하는 버릇이 생겼다.

산책에는 풍경이 필요하다. 병동 안에서 복도를 걷는 행위를 산책이라 부르지 않는 이유도 풍경이 없기 때문이다. 따라서 제자리걸음 또한 산책이 아니다. 산책에 길이 필요한 것은, 길이란 풍경을 동반하기 마련이고 좋은 길은 좋은 산책을 가능하게 하기 때문이다.
좋은 길이란 어떤 길일까. 공기 좋은 지방 어느 관광지의 산책로도 좋은 길이 될 수 있겠고, 가기만 해도 기분이 좋아질 만큼 사람들의 활기로 가득찬 명동이나 압구정 거리도 좋은 길일 수 있을 것이다.

세상에 길은 많고, 모든 길은 저마다의 특색이 있다. 여행지에서의 산책이 아니라면 대부분의 사람들은 집 근처를 거닐게 된다. 그리고 그날그날 산책의 용도에 따라 코스 또한 다양하게 선택된다.

운동을 겸해 약간 빠르게 걸을 수 있는 길, 생각할 것이 있을 때 찾는 인적이 드물고 조용한 길, 기분전환에 좋은 불빛이 많고 사람들이 자주 오가는 길 등등. 길은 그렇게 여러 가지 모습을 지녔다. 곧은 길, 구불구불한 길, 정돈이 잘된 길. 돌들이 곳곳에 박혀 있어 뒤뚱뒤뚱 걸어야 하는 거친 길. 길가의 나무가 그림처럼 둘러진 조경이 잘된 길, 황량하고 메마른 풍경을 가진 길, 늘 다니는 익숙한 길, 한번도 가보지 않은 길… 길은 풍경이고 풍경은 우리에게 생각과 느낌을 준다. 길을 걸으며 흐르는 풍경을 목도하는 것이 바로 산책이다.

저녁 거리의 불빛과 사람들이 뿜어내는 즐거운 기운은 가라앉아 있던 기분을, 특히나 고립감을 잠시나마 잊게 해준다. 다시금 내 방에 들어온 순간 그중 80% 이상이 소멸된다 할지라도 그럴 때의 산책은 분명 의미 있는 시도이다. 카페에 무리지어 들어가는 사람들이 나와는 상관없는 이들이라 해도 그들이 자아내는 친밀감은 내게도 분명히 전해지며, 호프집에 왁자지껄 모여 있는 젊은이들의 생기는 부러움을 이끌어내 나도 나의 지인들과 한자리 차지하고선 동참하고픈 욕구를 불러일으킨다. 그러나 지금 나는 혼자. 단지 산책을 하던 중이었으므로 모든 것은 잠시 잠깐의 즐거운 상상에 그치고 만다. 그리곤 다시 다른 풍경이 이어진다.

가끔 등장하는 언덕길은 산책 코스의 주요한 액센트가 되어준다.

걷는 것보다 약간의 에너지 소모를 더 하게 되면 그만큼 충만감을 느낄 수 있고 더불어 언덕을 다 오르고 나서 실제로 몸이 한결 가뿐할 때 기분도 함께 좋아진다. 그리곤, 다시 내려간다.

가게를 하던 시절엔 하루에 한 번은 꼬박 산책 겸해서 은행을 갔더랬다. 그러면 길가엔 늘 할머니들이 인도에서 좌판을 벌인 채 행상을 하고 계셨다. 그분들은 드문드문 저마다 자리를 잡고서 주로 생선, 야채, 곡식 같은 것을 팔았다. 끼니 때면 흰쌀밥 도시락에 김치와 장아찌 같은 단출한 반찬을 놓고는 마음 맞는 분들끼리 옹기종기 모여 밥을 먹는 모습이 정답기도 하고 측은하기도 하였다. 나는 그분들을 보면 언제나 나의 어머니가 떠오르곤 했었다. 나의 어머니가 행상을 할 정도의 곤궁한 형편은 아니지만 연배도 비슷하거니와, 어머니 역시 힘겨운 나날을 보내고 있기는 매한가지였기 때문일 것이다.

생각해보면 그분들의 남루하고 힘겨운 삶마저 나의 산책로를 장식하는 풍경의 일부였다. 그분들에겐 죄송하지만 내가 마주치던 그분들의 모습은 늘 내게 어떤 상념을 안겨주었던 것이다.

산책이 하루 일과의 전부인 사람들도 있다. 바로 은퇴한 노인들이다. 할일이 없어진 노인들은 이 공원에서 저 공원으로, 다시 저 공원에서 이 공원으로 왔다갔다하며 하루를 보낸다. 그들에게 산책이란 하루를 보낼 수 있는 유일한 소일거리요, 일이고 삶이다. 산책을 하다 장기판이 벌어진 곳에 목을 디민 채 삼십 분쯤 구경을 하고, 그러다 벤치에 앉아 떨어져 있던 신문을 주워 보기도 하고 하릴없이 비둘기를 쫓다 어쩌다 마주친 말벗과 잠시지만 이야길 나누기도 한다. 그들에겐 공원으로 산책을 나가는 것이 생의 마지막 할일인 것이다.

누구나 산책을 한다. 그러나 산책을 하는 이유는 저마다 다르다. 산책이란 누군가에겐 즐거움이요, 또 어떤 이에겐 건강을 위한 몸의 움직임이기도 하고, 또다른 누군가에겐 고민과 생각의 장이 되어주기도 한다. 이렇듯 사람마다 다른 산책의 모습은 그들 각각의 삶의 모습과 닮아 있다. 누군가에겐 잠시 동안의 여가인 일이 누군가에겐 삶의 전부가 되기도 하고, 누군가에겐 느긋하게 동네 정경을 살피는 한가로운 일이 다른 누군가에겐 고통을 잊으려 집을 뛰쳐나온 절박한 행위가 되기도 하는 것.

오늘도 산책을 나간다. 오늘 나의 산책은 어떤 풍경들이 장식하고, 나는 그것을 보며 어떤 느낌과 생각들을 갖게 될까. 이제 거리로 나간다. 그리고 나 또한 풍경의 일부가 된다.

위로

극심한 분열로 인해 내내 괴로워하던 중,
내일의 안부를 모니터 위 고양이에게 묻는 것으로…
마침내 작은 위로를 받았다.

"자고 일어나면 괜찮아질 거야."

마치 그렇게 말하는 것 같았다.

고양이도 해주는 위로를, 왜 사람은 못해주는 걸까.

첫째 매형 김연기

"석원아, 놀라지 마."

20년 전 돈암동 어느 맥줏집에서였다. 큰누나는 환한 웃음을 짓고 있었고 다른 누나들도 모두 기쁜 얼굴을 하고 있었다. 조금 있으니 185 정도 장신의 꾸부정한 아저씨가 들어오는데 그만 눈이 휘둥그레졌다. 나는 큰누나가 영택이 형하고 결혼할 줄 알았기 때문이다. 그러나 어쩌겠는가. 이제 이 사람이 나의 매형이라니. 우린 함께 칼스버그를 마셨고 난 곧 연기 형을 좋아하게 되었다.

25년 전에… 큰누나와 매형은 함께 노동운동을 하다 구속되어 옥살이를 했는데 형은 고문을 심하게 당해 석방된 후에도 오랫동안 몸이 회복되지 않았다. 먼저 출소한 누나는 가짜 애인으로서 형의 면회를 다니면서 형이 필요한 것들을 챙겨주고 동지들의 소식을 전해주는 역할을 맡았었는데 형이 감옥에서 나온 이후로도 계속 보살피다 어느새 형을 사랑하게 되었다. 운동을 하던 누나는 신념이 같은 정치적 동지와 결혼해야 한다는 생각이 확고해 운동권 선배였던 형을 택했고, 내가 코흘리개 시절부터 누나의 남자친구였던, 결정적으로 운동을 하지 않았고 그저 너무 착한 사람에 '불과'했던 영택이 형과는 그렇게 이루어지지 못했다.

내가 고등학교 1학년 때, 광화문 한국일보사에서 형과 누나는 결혼식을 올렸다. 집안의 첫 경사였기 때문에 많은 사람들이 왔고 초등학교 동창인 인선이와 혜정이도 와서 일을 거들었다. 20년 전의 결혼식은 지금과는 달랐다. 이혼이라는 게 지금처럼 밥 먹듯 일어나던 때도 아니었고 '백년해로' '영원한 사랑' 같은 이상적인 가치들이 당연하게 받아들여지던 시절이었다. 낭만이 있었다고 해야 하나, 결혼식은 성스러웠고 설렘이 있었다. 의식은 결코 기계적이지 않았다.

식을 올린 후 두 사람은 흑석동에 살림을 차렸다.

나의 매형 김연기는 세상에 대해 냉소적이었지만 지적이고 멋있는 기품을 갖고 있던 사람이었다. 학교에서는 수재로 통했을 만큼 샤프한 머리를 가졌던데다 사람이 말을 할 때 표정을 보면 근본적으로 뿜어내는 기운이 시니컬하고 진지해 그것이 매력인 사람이었다. 그의 웃음은 늘 어떤 차가움을 내포하고 있었고 성격 자체가 날카롭고 신경질적인 기질이 있어 대하기는 조심스러웠지만 그게 바로 그 사람이었다.

문민정부가 들어서고 세상은 변해갔다. 80년대의 운동권들은 프로 정치가가 되거나 생활전선에 뛰어들었다. 끼니와 자식 교육 앞에 운동권 투사들은 평범한 생활인이 되어갔다. 누구는 정치적으로 출세도 하고 누구는 큰돈을 버는 사업가가 되기도 했지만 형은 자신의 망가져버린 몸을 감당하지 못했고 변해가는 세상 속에서 자기 자리를 찾지 못했다.

형의 방황은 계속되었다. 형은 오랜 방황 끝에 마침내 작은 안식처를 찾았지만 유감스럽게도 그곳은 가정도 직장도 아니었다. 결국 결혼생활 내내 형은 가족에게 충실하지 못했고 누나는 그런 형에게 희망을 버리지 못했다. 10년 전쯤 됐을까. 어느 날, 누나가 바우(조카)와 날 데리고 한강에 가서 식사하고 차를 마시는데 그때 그런 예감이 들었다.

'이제 내가 바우의 아버지 노릇을 해야 할지도 모르겠구나…'

누나는 별다른 말을 하지 않았지만 누나의 쾡한 가슴은 지켜보기만 해도 알 수 있었다. 세월은 그렇게 흘렀다. 상처는 봉합되지 않은 채 그냥 그렇게 흘러가고 있었다. 다시 10년이 어물쩍 흐르던 어느 날. 물어볼 것이 있어 누나랑 전화를 하는데 대뜸 그런다. '수속을 끝냈다'고.

"뭐? 벌써…?"

예상했던 일이었고 그랬어야 하는 일이었지만 막상 닥치고 보니 기분이 담담하지 못했다. 늘 누나의 퀭한 가슴을 지켜보기 힘들어 차라리 빨리 헤어지길 바랬는데… 이렇게 정말로 두 사람이 더이상 같이 살 수 없게 되었다고 하니 뭐라 말할 수 없는 가슴 아림 같은 것이 마음속을 짓눌러왔다. 그길로 누나를 찾아가 이야길 나누는데 또 대뜸 그런다. 점쟁이가 아직도 형은 자기를 사랑한다고 했다며.

아… 정말 여장부인 우리 누나, 어쩌면 형한테만은 저토록 무를 수가 있을까. 이혼수속 절차까지 밟았으면서 아직도 형에 대한 미련을 버리지 못하고 있었다.

희망이 생기리라는 희망.
소통이 가능하리라는 믿음.
가족이라는 제도가 지속되리라는 기대…

어렸을 때부터 믿어왔던 가치들이 이렇듯 차례차례 허물어져가는 모습을 보고 있어야 하는 심정은 참담하다. 소통은 이루어지지 않았고 희망은 부질없는 것이 되었으며 가족은 결국 지속되지 않았으니까.

이제 매형은 추억 속의 사람이 되었다. 정말 좋아하던 사람이었는데, 나의 첫째 매형…

세상에 대해 냉소적이었지만 지적이고 멋있는 기품을 갖고 있던 사람. 딱 그만큼만 세상을 살아냈더라면 좋았으련만, 아들 바우가 태어날 때 함께 기다리며 초조해하던 형의 모습. 공기 좋은 곳으로 날 데려가 운전 연수를 시켜주던 기억. 그 모든 추억들이 솟구쳐올라 형이 보고 싶었지만 이제는 그럴 수 없게 되고 말았다. 어버이날이 되면 무슨 일이 있었냐는 듯 집에 들어서며 환하게 웃을 것만 같은데… 이제 더는 명절날조차 볼 수 없게 된 것이다.

형. 저에게, 우리 누나에게, 또 우리 가족에게 잘 대해주었던
그 기억만 간직할게요.
건강하세요.

친구

잘 생각해보세요.

내가 듣기 좋은 말만 하거나 당신에 대해 어떤 반대도 하지 않았다면 난 당신을 정말로 좋아하는 것은 아니에요. 친하다고 생각하지 않는 거죠. 솔직하다는 말을 많이 듣는 편이지만 정확히 말하면 난 나에 대해서만 솔직해요.

잘 생각해보세요.

우리가 싸운 적이 있거나 내가 한 말 때문에 당신이 열받은 적이 있었는지. 그런 적이 있다면 우린 친구예요.

좋아해서 그런 겁니다.

여행보다 긴 여운

2004년. 우리는 두번째로 일본을 찾았다. 3년 전 유서 깊은 아카사카 블릿츠에서의 공연 이후 3년 만의 일본행이었다. 이른바 '재팬 투어'라 해서 도쿄의 클럽 몇 군데와 후쿠오카의 작은 페스티벌에 참가하는 스케줄이었다. 동경에 도착하자마자 짐을 풀 새도 없이 시부야에 있는 클럽에 가서 공연을 하고는 숙소가 있는 시에나 마치로 향했다.

물론 이번엔 지난번 갔을 때와는 비교가 안 될 만큼 이곳저곳 많이 돌아다녔기 때문에 아오야마 명품거리의 화려함에 감탄하기도 하고 그 밖의 많은 거리를 다녀보기도 했지만 여전히 하라주쿠의 진가는 느낄 수 없었다. 다시 찾은 일본의 도심은 여전히 서울과 다를 바 없었기에 역시 일본의 진가는 도시 한복판이 아닌 민가에 있는 게 아닐까 생각했다.

숙소에 도착. 일본 주택가의 밤은 여전히 조용했다. 우리가 묵을 곳은 한국인 부부가 사는 집이었는데 집주인이 자릴 비워서 우리만 잔다고 했다. 매니저에게 원래 사는 사람들은 어딜 갔냐고 물으니 7년 간 남편 유학 뒷바라지를 하던 부인이 남편이 도망을 가버려 이혼수속 밟느라 한국에 들어갔다는 것이다.

그 얘길 듣고 집 안에 들어서서 그랬는지 곳곳에 정갈하니 놓여 있는 살림살이들이 어쩐지 측은하게 다가와 마음이 편치 않았다. 그러다 본 냉장고에 붙어 있는 메모 한 장.

'우리 귀여운 오리새끼들. 엄마 아빠 없어도 잘 지내야 한다. 항상 건강하구 앞으로 나아가거라.'

모르겠다. 사실 처음 일본에 왔을 때 동경의 민가는 내게 그저 예쁘고 깨끗한 동화 속 공간이었다. 그러나 그곳을 두번째 찾았을 때, 일본의 민가는 더이상 동화 같은 공간이 아니라 비로소 정말 사람들이 살고 있는 공간으로 다가왔다. 거기엔 설명 못할 쓸쓸함과 가라앉음이 있었고… 그렇게, 처음 일본을 찾았을 땐 느끼지 못했던 그것은 동경에서의 일정을 마치고 후쿠오카로 이동해서까지 계속되었다. 이 쓸쓸함의 진원이 어디일까. 나는 그곳에 있는 동안 줄곧 생각했다.

그러고 보니 일본에 있는 동안 공식적인 스케줄이 아니면 개인 시간은 거의 혼자 보내다시피 했는데 사실 그건 내 온전한 자의는 아니었다. 여행 속에서 친구와 동료들은 이상하게 내 곁에 있길 거부했고 다른 곳으로 저이들끼리 떠돌았다. 둘씩 짝을 맞춰 다닐 때에도 능룡이는 지형이랑 다녔고, 대정이는 또 대정이대로 누군가와 짝을 맞추는 바람에 나는 혼자가 되었다.

고등학교 1학년 때 경주로 수학여행을 갔던 기억이 난다. 당시 우리 반이 타고 다니던 버스는 48인승인 관계로 정원이 51명이었던 우리 반 사정상 누군가 3명은 무조건 서서 이동해야 했다. 돌이켜보면 서서간들 어떻고 혼자서 다닌들 어떨까 싶지만 그땐 그 3명 안에 든다는 사실이 어쩐지 낙오자가 되는 것만 같아 다른 애들이 구경을 다니고 놀 때 난 버스에 탈 시간만을 초조히 기다리며 버스 근처에서 서성이곤 했었다. 왜 난 그토록 바보 같은 녀석이었는지.
하지만 나는 이제 어른이 되었고 그때보다 강해졌다고 믿었기 때문에 다른 아이들이 삼삼오오 무리지어 외출을 나갔을 때에도 혼자 남는 일쯤 그다지 두렵지 않았다. 기왕 이렇게 된 것, 나는 혼자서 일본의 지방 도시 하나를 걸어서 관통하리라 마음먹었다. 호기롭게 처음 발걸음을 떼던 순간에는 뭔가 재밌는, 여행자만이 겪을 수 있는 특별한 일이 벌어지지 않을까 기대를 했던 것도 사실이었지만 역시나 그런 일은 일어나지 않았고, 혼자 가진 도보의 시간들은 오붓

하지도 낭만적이지도 않았다. 그저 혼자였을 뿐이었고 여행기를 펼치면 흔히 등장하는 에피소드 같은 것들은 겪어보지도 못했다. 애초에 일본에 올 때는 아이들하고 대화도 많이 하고 어울리는 시간을 좀 갖고 싶었는데 왜 이렇게 되었을까.

사실 여행이라는 건 생각보다 많은 예민함과 미묘한 충돌이 있다. 언젠가 런던에 갔을 때 친한 친구랑 여행하는 게 왜 안 좋은가 알게 되었던 그때와는 또 조금 다르지만, 어쨌든 아이들이 좋아하니 그것으로 된 게 아닐까. 마지막 날. 애들은 오늘도 저마다 볼일을 보러 나가고 나는 이번엔 아예 혼자 방에 남아버렸다.

후쿠오카 스카이코트 하카타 호텔 512호에서, 나는 그렇게 다시 혼자였고 마침 그때는 책도 읽지 못하던 때라 자연스레 노트를 꺼내들고 메모를 끄적이기 시작했다.

"여행은 내게 여전히 힘들고 많은 생각을 안겨준다. 나는 정말 아직도 여행을 잘 모르겠지만 알 수 없는 오기 같은 것이 생겨 다시는 가고 싶지 않다, 집에만 있을 거야, 라는 생각은 하지 않게 되었다."

"여행과 모험을 두려워하지 않고 언제나 책을 읽을 수 있으며 통신 수단이 없어도 답답해하거나 두려워하지 않는 그런 사람."

서른세 살. 가을. 나는 그렇게 혼자였던 곳에서 돌아왔고 고향의 바쁜 일상 속에서 다시 평온을 되찾았다. 그리고 5년이라는 세월이 흘러 어느새 서른여덟이 되었다. 여전히 책을 읽지 못하며 여행도 가지 않고 휴대폰만 쥐고 살던 나는 불혹의 나이를 2년 앞두고 마침내 그동안 전혀 읽지 못하던 책을 읽을 수 있게 되었다. 후쿠오카에서 바랐던 소원 중 한 가지를 이루게 된 셈이다.

두번째 소원이었던 여행은 이 핑계 저 핑계로 아직까지 변변히 떠나본 곳은 없지만 욕구만은 점점 간절해져 그토록 싫어하던 여행기를 볼 수 있을 정도까지는 되었다. 요즘도 때때로 그곳에서 메모를 끄적이던 내 모습이 떠오른다.

"새로운 생각, 새로운 인연… 나는 일본을 두 번 맛보았을 뿐이지만 막연히 일본다운 것이 좋다는 것에 대해서도 이제는 조금 답답하다는 느낌을 갖게 되었다. 그러나 잊을 수 없었던 시에나 마치의 그 집에서 느꼈던 가정의 깨어진 온기… 냉장고에 붙어 있던 메모… 난데없는 쥐의 출현…"

여행보다 긴 이 여운이 언제까지 갈까. 스카이코트 하카타 호텔의 512호 그 작은 방. 놀랍게도 난 요즘 내내 혼자였던 그곳으로 다시 가보고 싶다는 생각이 불쑥불쑥 들곤 한다. 남은 소원들을 모두 이루게 되는 날, 그때 그곳으로 꼭 한번 다시 가보리라.

거대한 향수

FUJI FinePix F11. skonoshoes Royal Master 2—Blue.
그리고… 나로선 기념비적인 Poraloid 1200FF.

1943년 성탄절에 에드윈 랜드는 3살짜리 딸아이의 질문을 받고
순간 혁신적인 아이디어가 떠오른다.

"왜 사진은 찍으면 바로 볼 수 없어요?"

폴라로이드는 그렇게 해서 탄생하게 되었다. '모델 95'. 사람들은
열광했고 그들은 코닥과 싸워 이겨나갔다. 그 이름은 무려 수십 년
동안이나 인스턴트카메라의 대명사로 위세를 과시해왔으나 이내 침
몰하고 만 것이 2001년. 디지털 마켓에 발 빠르게 적응하지 못한 것

이 그 이유였다. 그들은 보수적이었다. 세월이 변해도 우리끼리 할 수 있다고 믿었다. 그래서 좌초하였다. 난 폴라로이드의 보수적인, 결과적으로 자신들을 망하게 해버린 그 선택을 이해할 수 있을 것 같다. 새 차를 샀는데 카세트테이프를 넣을 곳이 없더라. 망연자실했다.

언제부턴가 내 주변의 동료들은 프로툴Protool이니 하는 것들을 능숙하게 다루며 컴퓨터 앞에 앉아 작업을 하곤 했지만 10년 경력에 이제 나이 서른여섯이 된 나는 여전히 카세트데크 3대를 놓고 데모를 만든다. 이것이 나만의 작업이고 나만의 트랙 불리기이다. 하다 못해 4트랙짜리 타스캠TASCAM도 아니고 하드레코더 VS880도 아니고 프로툴은 더더군다나 아닌 원시적인 방법이지만, 그렇게 해서 지금까지 아무런 문제 없이 작업을 해왔는데 이제 카세트테이프를 들을 수 없다니. 친구가 MD로 하면 되지 뭐가 걱정이냐고 한다. 하지만 난 10년간 지켜온 내 방식을 고수하고 싶다. 세월이 변하고 기술이 아무리 발전해도 나만의 방식으로 할 수 있는 게 있다고 믿으니까. 이러다가 나도 침몰하게 되는 거…?

폴라로이드는 2001년에 파산했지만 4년 뒤에 난 1200FF를 샀다. 요즘 나오는 후지 인스탁스 같은 것들의 그 작고 앙증맞은 사이즈로는 절대 낼 수 없는 10×10의 거대한 향수가 거기 있기 때문이다.

그 애

말 없구 눈은 맑구 내게 무심하구.

옛길

아버지는 하급 공무원이셨다. 그런데 대인관계가 워낙 좋으셨던
데다 성북동이라는 부자동네에서 근무하시는 바람에 지인들은 모두
갑부급의 부자나 고관대작들이었다. 덕분에 가족모임이 있을 때면
남산의 하이야트 호텔에서 뷔페를 먹고, 프랑스 요리 전문식당에서
하는 계모임에 따라가고, 삼청동의 으리으리한 갈빗집 대원각에서
일 년이면 두 번씩 공짜로 갈비를 뜯으며 어린 시절을 보냈다.

아버지가 그런 좋은 곳에 우리를 데려가실 때면 지금도 잊을 수
없는 차 넘버 5323을 단 포니 자동차에 우리 가족들을 태우고 늘 성
북동 북악스카이웨이로 해서 가셨다. 커다랗고 아름다운 주택가 사
이에 난 그 길은 봄이면 개나리와 벚꽃들이 무성하게 피어 달리는
것만으로도 기분이 싱그러워지는 곳이었고, 밤이면 서울의 야경이

쏟아내는 무수한 불빛이 내려다보이던 멋진 풍경을 지닌 길이었다.

"석원아, 저기 야경 좀 봐. 멋지지." 어머니는 당신도 들떠서 말씀하시곤 하셨다.

성북동에 관한 추억은 많다. 출입이 금지되어 있던 꿩의 바다에 특별히 들어가 꿩 사냥을 구경하던 일, 수백 평짜리 윤 회장 아저씨네 집에 갔을 때 마당에 있던 몇십 마리의 개를 보고 충격을 받았던 일, 고래 등 같은 기와 지붕이 있던 어떤 큰 집의 단장이 잘 된 잔디밭 마당에서 갈비파티를 벌이던 일 등등. 그렇게 성북동은 우리 가족에게 특별한 곳이었다. 아버지가 우릴 태우고 그런 성북동 길을 달릴 때면 누나들은 노랗고 하얀 원피스를 차려입고, 난 할아버지 칠순 잔치 때 받은 새 옷으로 모두들 중무장을 하고는 남산으로 혹은 평창동으로 가곤 했다.

나의 끊임없는 우스갯소리에 누나들이 싫증내지 않고 웃어주던 좋았던 순간들.

초등학교 때. 난 항상 반 친구들을 집에 데려오기 좋아하는 아이였는데 어느 날인가는 같은 반 남자아이들을 전부 데려온 적도 있을 정도로 우리집에 대한 자부심이 강했다. 지금과는 달리 성격도 활달해서 언제나 모든 일을 주도하였고 앞장서길 좋아했다. 그러나 중학교에 올라가면서, 우리집보다 더 큰 집에 사는 아이들이 너무나 많다는 사실을 알게 되고 난 후 그때부터 늘 데려오던 친구들을 더이상 집에 데려오지 않게 되었다. 우리집이 반에서 제일 큰 집이라고 생각했던 당연한 믿음이 깨어졌던 것이다.

내가 좀더 자라고 아버지가 성북동을 떠나실 즈음, 우리 가족은 더는 하이야트 호텔이나 대원각 같은 곳은 가볼 수 없게 되었고, 도로 확장으로 반 이상이 잘려나간 우리집은 더없이 초라한 모습으로 마치 폐허처럼 그렇게 남게 되었다.

시간이 더 흘러 누나들이 시집을 가 모두 각자의 가정을 꾸리게 되면서부터는 가족모임의 양상도 달라졌다. 아버지가 온 식구들을 데리고 어딜 가는 것이 아니라 다들 각자 출발해 어딘가로 모여야 했던 것이다. 그렇게 함께 외출한다는 것이 불가능할 만큼 식구들이 불어났을 때, 난 새로운 식구들, 그러니까 나의 사랑스런 조카들이 마치 주인 행세하듯 뛰어다니고 재잘거리는 광경에 처음엔 적응하지 못했었다. 언제나 집안의 막내로서 우스갯소리를 도맡던 사람은 나였는데 이젠 웃어주어야 하는 어른이 되어버린 것이다.

시간이 또다시 흐르고 내가 조금 더 어른이 되어 내 힘으로 돈을 벌고 내 자동차가 생기게 되었을 때 나의 출퇴근길은 항상 일정했다. 북악스카이웨이로 해서 성북동 길로 빠져 삼청동 쪽으로 나가는, 아버지가 어린 시절 늘 우리 가족을 태우고 다니셨던 그 길. 조금만 올라가면 곰의 집이 있고 팔각정과 대원각이 있던 바로 그 길이었다.

거리상으로 보자면 돌아가는 코스였지만 난 아무리 늦거나 피곤해도 언제나 그 길로만 다녔다. 그 길을 지날 때만큼은 잠시나마 어린 시절로 돌아갈 수 있는 유일한 순간이기 때문이었다.

재작년 아버지의 칠순 때 아버지는 잔치를 거부하셨다. 자식 넷 중에 셋이나 이혼을 했으니 당신은 죄인이시라면서. 그래서 잔치는 그만두고 조촐하게 가족끼리만 식사를 하기로 했는데 그때 내가 우겨서 간 곳이 삼청각이었다. 그곳은 대원각이 없어져서 사찰이 된 이후, 성북동에 남아 있는 거의 유일한 한식집이었다. 그곳에서 아버지의 칠순 잔치를 해드리던 날. 비가 부슬부슬 내리는 속에서 우리 가족들은 식사를 마치고 우산을 나눠 쓴 채 삼청각 안을 거닐며 그 옛날 그랬던 것처럼 성북동의 야경을 감상했다.

"야… 멋지다." 어머니가 실로 오랜만에 말씀하셨다.

나는 궁금했다. 식구들이 나만큼 감흥을 느끼고 있을지. 누나들도, 엄마 아빠도 예전 그때 우리가 이 길을 지나며 감탄하던 그 야경의 추억을 간직하고 있을지. 꽤 비쌌지만 그날의 비용은 모두 내가 냈다.

난 좋은 일이 있을 때면 언제나 하이야트 호텔의 테라스라는 식당을 찾는다. 하이야트는 어릴 적 우리 식구들이 유일하게 자주 찾던 호텔로, 푸른 집도 대원각도 없어진 지금 성북동 길과 더불어 내가 어린 시절을 추억할 수 있는 거의 유일한 장소다. 그래서 나는 좋아하는 사람들과 기념할 일이 있을 때면 자주는 아니지만 하이야트 호텔에 가고 싶어한다. 친구들은 돈이 어디서 나서 만날 이런 데 오냐고 난리를 치곤 하지만 내가 호텔에 드나들 형편이 되느냐 안 되느냐 하는 건 그리 중요한 문제가 아니다. 잠시라도 어린 시절로 돌아갈 수 있다면 나는 얼마가 됐든 지불할 용의가 있기 때문에.

얼마를 벌어야 그때 그 시절로 돌아갈 수 있을까. 아마도 나의 갈증은 채워질 수 없을 것이다. 제아무리 많은 돈을 번다 해도 그때로 돌아가기란 불가능할 테니까. 다만 나는 올해 어머니 칠순 때도, 성북동의 조금은 비싼 음식점에서 잔치를 해드릴 수 있을 만큼의 돈이 내게 있길 바란다. 변함없이 출퇴근길로 애용하고, 그곳에 서 있는 커다랗고 아름다운 집들을 보며 부모님과 함께 살게 되길 여전히 꿈꾸고, 어린 시절 누이들과 다녔던 추억을 아스라이 되새기는 그곳 성북동에서.

사람이 일평생 유년의 기억에 지배를 받는다는 사실은 불행일까 행복일까. 그리움에 젖어 돌아갈 수 없는 시절을 그리워한다는 것으로만 보면 불행일 것이고, 그리워할 대상이 있다는 것은 또한 행복일 것이다.

너는 웃으며 말했지

좋아해.
다정하지 않을 뿐.

박쥐

거대하고 적막한 바닷가가 온통 핏빛으로 물들 때 태주와 상현은 오로지 단 둘이 앉아 있습니다.

연애라는 게 뭘까요.

아무도 없는 세상에 나 홀로 있다가 아무도 없는 세상에 둘이서만 있게 되는 게 연애입니다. 그래서 연애를 해도 외롭지 않게 되는 건 아니지요. 아무도 없는 세상에 기껏해야 한 사람이 더 생기는 것에 불과하니까.

찬욱이 형은 이 영화에 내가 알지도 못할 무수한 것들을 담으셨겠지만 내게는 이 부분이 유독 가슴에 남을 것 같습니다.

비록 제가 뱀파이어가 되어본 적은 없지만 그런 깜깜 낭떠러지에 둘이서만 서본 경험이 있거든요.

그래봤던 분들은 아실 거예요.

세상 밖의 두 표류자

살며시 어깨에 기대더니 부탁이 있다고 했다.
아마 들어주지 않을 거라면서… 노래를 불러달란다.
난 대답하지 않았다. 그리곤 가만히…
그 어느 때보다도 조심스럽게 노래를 부르기 시작했다.

"Moon river… wider than a mile…"
가장 멋지게 불렀어야 할 순간에 실망스럽게 흘러나온
엉망진창의 노래가 끝나자 그 애는 고맙다고 했다.

며칠 전, 같이 저녁을 먹고 싶어서 저녁 먹었냐고 문자를
보냈더니 방금 먹었다고 답장이 와 실망하고 있는데,
몇 시간이 지나서 다시 연락이 왔다.

왜 부르지 않았냐며.
그래서 먹었다는데 뭘 부르냐고 하니까
먹었어도 네가 먹는 모습을 지켜봐주면 되지 않느냐는 거다.

"그런 거구나… 몰랐어…"

"그 나이 먹도록 어떻게 그런 것도 몰라요?"

"……"

아…
잠을 잘 수도 밥을 먹을 수도 없구나.

우리는 세상 밖의 두 표류자…
손을 꼭 잡고 함께 건널 무지개다리 앞에 서 있다.

해파리

움풍움풍 해파리들이 힘차게 몸을 꼬았다 풀었다 하면서 헤엄을 칩니다. 위로, 위로 솟구쳐 오르다간 다시 방향을 틀어 아래로 돌진합니다. 그래봤자 어차피 오 밀리미터 정도밖엔 되지 않는 몸길이를 가진 녀석들의 몸부림이란 고작해야 반경 십 센티미터 정도가 최대치일 뿐입니다.

그렇지만 녀석들은 움직이는 것을 멈추지 않습니다. 내가 알고 있던 해파리란 원래 손바닥의 서너 배쯤은 되는 큰 놈들이었습니다. 고등학교 일학년 때 동해 바닷가로 수련회를 가서 반 친구들과 빈대떡만 한 해파리를 던지며 놀았었죠. 그때 그 바닷가엔 해파리가 너무나 많아서 지천에 아무렇게나 둥둥 떠다닐 정도였습니다. 우리는 눈싸움을 하듯 해파리들을 손에 잡히는 대로 마구 던지며 놀았는데 하필 얼굴을 맞은 친구의 눈이 부어올라 미안해하던 기억이 납니다.

그렇게 크고 흐물흐물하고 우악스러운 해파리가 전부인 줄 알았던 제게 이처럼 화려한 형광 빛을 띤 채 마치 작은 우주선처럼 아름답게 비행하는 녀석들은 신비롭게만 느껴집니다.

여기는 수족관.

28인치 평면 티비만 한 작은 수조 안에 깨알같이 작은 해파리들이 저마다의 삶을 살고 있습니다. 나는 친구에게 유난히 활발한 몸짓을 보이며 물속을 부유하고 있는 한 녀석을 가리키며 말했습니다.

"우리 인생이 저 위에서 보면 결국 이런 것일 거야. 이렇게 작고, 단지 여러 개체 중의 하나일 뿐인 아무것도 아닌 삶."

흔한 말로 이 넓고 광활한 우주에서 우리 각각의 존재란 정말로 작고 보잘것없는 점과 같은 것이겠죠. 과학자들에 따르면 우리에겐 이렇게 긴 역사도, 어떤 시공간의 차원에서는 그저 찰나에 불과한 순간밖에는 되지 않는다면서요. 이 작은 해파리의 운명도 예외는 아닐 겁니다. 이토록 힘찬 움직임도 언젠간 정지하고 존재는 흔적조차 없이 소멸해버리겠죠. 우주에 적용되는 이러한 가차없는 생성소멸의 법칙은 그 안에 있는 모든 것들을 아련하게 만들어버립니다.

저는 사랑과 생명에 끝이 있다는 것에 찬성하는 편입니다. 그 필요성에 대해서도 공감하구요. 적어도 이성적으로는. 나의 삶은 38년간 무기력함에 시달리다가 마흔을 앞두었다는 시기적 절박감과 마침 무너졌던 건강 덕분에 생의 유한함을 절실히 목도한 후 비로소 삶에 생명력과 애착을 얻을 수 있었습니다. 일생토록 아무것도 하고 싶은 게 없다가 그제서야 하고 싶은 게 생겨나더군요. 사랑도 마찬가지입니다. 사랑에 끝이 없다면 과연 지금 이 사람에게 최선을 다할 수 있을까. 이런 간절함이 생겨날 수 있을까. 아니겠지요. 아닐 겁니다. 나의 이 간절함의 힘이 끝에서 비롯된다는 사실이 슬프긴 하지만, 인정할 수밖에 없는 동력인 것만은 부정할 수 없습니다.

* * *

인간의 노화란 조금 더 더디게 진행될 필요가 있다. 요즘 사람들의 평균 수명이 남녀 불문하고 대략 80세 정도 된다고 했을 때, 정확히 반 가까이 살아온 나의 경우에 비춰보면 지금까지 지내온 세월만큼을 더 살기엔 몸의 노화가 너무 빨리 진행된다는 느낌이다. 이것은 다시 말해 너무 긴 세월이 '여생'이 되어버린다는 것이다.

아무런 관리를 하지 않아도 무한정으로 쓸 수 있던 많은 것들이 어느새 너무 빨리 바닥을 보였다. 아무리 뛰어놀아도 지치지 않던 체력은 이십대를 넘어서면서 단지 오 분 정도의 농구 게임을 뛰기에도 버거운 상태가 되었고 무한대로 먹어도 소화에 문제가 없던 위장은 이제 밥 한 공기를 채 온전히 소화하기도 힘든 지경에 이르렀다.

죽음은 한순간에 이뤄지는 듯하지만 내 안의 많은 것들은 이미 사망을 시작하고 있었던 것이다.

끼니를 해결해야 할 때마다 난감함을 느낀다. 먹을 수 있는 게 너무 없어서. 고기도 안 좋다고 하고 밀가루 때문에 빵이나 면류는 엄두도 내지 못한다. 좋아하는 회도 날것이라 좋지 않고 오로지 밥, 그것도 흰 쌀밥과 잡곡밥의 중간쯤을 섞어 먹어야 한다니 이렇게 한정된 경우의 수를 놓고 사실상 고민할 여지도 없는 고민을 매번 반복한다. 고민의 내용 또한 서글퍼서 내가 먹을 수 있는 것 중에서 무엇을 먹을까가 아니라 먹을 수 있지만 먹기 싫은 것과 먹고 싶지만 먹어선 안 될 것들과의 갈등일 뿐이다. 이제 나의 인생에서 먹는 즐거움은 돌아올 수 없는 강 저편으로 떠났다.

인생사 새옹지마…

너무 일찍 사라져버린 많은 것들 중에 특히나 아쉬운 것으로는 정서적 퇴화감을 들 수 있을 것이다. 그렇게 좋아하던 비가 어째서 이제는 단지 맑은 기분을 어지럽히는 흙탕물 같은 존재가 되어버렸을까. 아름답고 환상적이며 푸근했던 눈은 어찌하여 그저 교통을 방해하고 곧 있으면 세상을 지저분하게 만들 뿐인 번거로운 존재로 전락하게 되었는가. 마음의 노화는 미래에 대한 기대와 꿈을 앗아가 현실밖에는 남지 않는 상태로 만들어버렸다. 그래서 나이가 들면 더이상 로맨틱 코미디를 즐길 수 없게 된다. 언젠가 저런 영화 같은 일이 내게도 닥칠 수 있다는 설렘과 희망이 사라진 로맨틱 코미디란 얼마나 부질없는가.

　외모의 노화도 빼놓을 수 없다. 스물두세 살 때 예쁘고 잘생겼던 친구들을 삼사 년쯤 지나 만나보면 본인 입으로도 늙었다고 입이 댓 발은 나와서는 투덜투덜하기 일쑤고 실제로 봐도 얼굴의 탄력은 예전 같지 않으며 풍기는 기운 또한 조금씩 시들어가는 모습을 볼 수 있다. 다 그런 것은 아니겠지만 특히나 제 몸을 가꾸고 제 몸의 어여쁨을 과시하는 것으로 생의 기쁨을 삼던 사람은 그렇게 늙어가는 거울 속의 자신을 보면서 어떻게 실망을 극복하고 어떤 다른 가치를 찾아가게 될까. 한때는 예뻤다는 소리깨나 들었지만 지금은 빠른 속도로 늙어가고 있는 사람들만이 해답을 알 것이다.

　늙는다는 것은 슬픈 일이다. 나이를 먹으면 많은 욕구들이 사그라들어 젊어서는 가져보지 못한 안정감을 갖게 되는데 그 욕구라는 것이 왜 사그라드는가를 생각해보면 또 서글프다.
　젊어 생리적으로 왕성히 생성되던 호르몬이 줄어든 탓에 성욕을 비롯한 다른 많은 욕구들이 동반하여 줄어들고, 따라서 젊은 활기를 잃어버린 대가로 화분을 가꾸거나 읽지 않던 책에 손이 가곤 하는 것이다. 물론 나는 이미 그 시기에 들어선 사람으로서 그 안정감이 주는 장점과 위력을 잘 알고 있다. 그동안 보지 못하던 세계에 눈을 뜨게 해주니까. 다만 그 시기가 너무 빨리 온다는 것이다. 물론 느리거나 빠르거나 사람은, 아니 생명은 언젠가는 늙는다. 그러나 늙음을 감당하는 방식은 다들 비슷하면서도 다르다. 사랑의 종말에 대처하는 방식도 마찬가지다.

* * *

이제 막 시작된 두 사람의 마음도 헤어짐이라는 다가올 숙명 앞에 풍전등화처럼 놓여 있습니다. 그들은 이제 겨우 서로에게 손을 내밀기 시작했지만 끝이 있다는 것을 유난히 잘 알고 있는 사람들로서 하루하루 애잔함과 두려움 속에 시간을 보내고 있으니까요. 두려움이 너무 앞서버리면 지금 이 순간조차도 온전히 누릴 수 없게 된다는 것은 잘 알고 있습니다. 하지만 그렇다고 해서 뜻대로 마음이 가벼워지지는 않는군요. 너무 계몽적인 얘기가 되지는 않기를 바라지만 어쨌든 용기가 필요한 것은 사실입니다.

두 사람의 만남은 엄청난 강박과 강박의 충돌이었습니다. 감정의 종말에 대한 너무도 거대하고 확신에 찬 두려움을 갖고 있는 남자와 아무도 자신을 진심으로 좋아해주지 않을 거라는 극심한 피해의식에 사로잡혀 있는 여자의 만남. 여자의 관심은 상대가 자신에게 줄 상처가 얼마나 될 것인가를 가늠해보는 데에 온 신경이 쏠려 있습니다. 그러므로 남자가 어떤 사람인가를 알아야 했고 그의 과거 연애 행태가 궁금해졌습니다. 그래서 자꾸만 과거의 사례들을 묻고 또 물어서 그것을 데이터화하여 판단하려 합니다. 이 남자에게 어디까지 내 마음을 주어야 할까. 얼만큼만 좋아해야 상처받지 않을 수 있을까. 이럴 땐 이렇게 해야 다치지 않을 수 있겠구나. 등등. 모든 것은 결국 상처받지 않기 위한 노력의 일환입니다.

"한 가지 물어봅시다.
사랑은 상처받지 않기 위해서 하는 겁니까.
아니면 사랑해서 하는 겁니까?"

"정말 몰라서 물어보시는 거예요?
당연히 상처받지 않기 위해 하는 거지요.
전 결코 상처받지 않는 것, 두려움 속에 자신을 지키려는 것이
사랑에 자신을 던지는 것보다 중요하지 않은 일이라고는
말할 수 없을 것 같아요.
상처는 사랑보다 몇 배나 더 크고 오래 가니까.
사랑하는 마음이 크면 클수록 더 그러하니까."

제가 아는 한 여자는 언젠가 겪었던 사랑의 상처가 너무나 컸던 나머지 평생 다시는 그 누구도 좋아하지 않으리라 굳게 맹세를 했더랬습니다. 그 결심이 어느 정도였냐면 밖에서 우연히 마주친 누군가에게 조금이라도 호감이 생길 것 같으면 바로 그 자리에서 일어나 집으로 가버릴 정도였죠. 그리곤 마음이 진정될 때까지 나오지 않고 꼭꼭 숨어 있는 겁니다. 그가 그렇게 마음의 싹이 트기 전에 사력을 다해 막으려는 이유는 커지기 전에 자르고 덮어야 한다는 것을 알기 때문입니다. 일단 싹이 트기 시작하면 두려움과 결심만으로는 막을 길이 없다는 것을 누구보다 잘 알고 있으니까요.

그러나 종말과 상처에 대한 이 모든 확실하고 불안하며 어두운 전망에도 불구하고 사랑은 아랑곳없이 피어납니다. 씨앗이 바람을 타고 사람의 발길이 닿지 않는 곳 어디라도 날아가 생존이 불가능해 보이는 암벽 틈이나 낭떠러지 위에서까지 얼마든지 꽃을 피우듯, 사랑은 그렇게 어디서든 피어납니다. 원하든 원치 않든 일단 시작되고 나면 누구든 바로 모든 사랑의 단계 중에서 가장 황홀하고 아름다운 '처음'의 순간을 피할 수는 없게 되죠.

'다시는 이런 기분 느끼기 싫었는데… 한 줌 재만도 못한 이런 허망한 신기루 따위 결코 다시 맛보기는 싫었는데.'

이제 조금 있으면 두 사람은 서로에 대한 사랑과 그리움으로 차올라 믿을 수 없을 만큼 벅찬 기분이 되어버릴지도 모릅니다.

출발선에 서서, 남자는 여자에게 한 가지 제안, 혹은 경고를 했습니다. 내 마음은 3개월을 넘기지 못할 거라고. 그러니 알아두라고.

이것은 종말을 책임지지 않으려는 남자의 스스로에 대한, 또 상대에 대한 안전장치였습니다. 여자는 알았다 했습니다. 그리고는 역시 출발선에 서 있는 자신의 심경을 담아 남자에게 한 통의 편지를 보냅니다.

"난 항상 시작과 함께 끝을 준비해요. 그래서 우리는 헤어질 것이라는 전제를 끊임없이 되새김질해주죠. 상대방은 그런 나를 이해할 수 없어하지만 그런 와중에도 난 멈춤 없이 헤어짐에 대비하려 노력해요. 아무리 마음의 준비를 해도 헤어짐은 언제나 새롭고 낯설고 가슴 아플 수밖에 없음을 잘 알면서도 말이죠. 그런데 이번엔 끝이 있다는 것을 아는 사람이기에 내 마음이 한결 수월해요. 부담 없을 수 있을 것 같아 다행이에요.

사람을 믿는다는 것이 무엇인지 나는 잘 모르기 때문에 당신을 믿어요, 라고 말해줄 수 없어요. 그러니 나는 믿기 전에 내 자신을 보호해야 한다는 것을 이해해줬으면 좋겠어요. 만약 믿는다고 말한다 해도 그건 거짓말이라는 것을 당신은 이미 잘 알고 있겠죠."

수조 안의 작고 아름다운 해파리들을 보면서 남자는 자신들의 초라한 처지를 떠올렸지만 정작 그 작은 생명체들은 그보다는 훨씬 행복해 보였습니다. 마치 행복한 몽유병자들처럼 즐거이 헤엄치는 해파리들에게서 두려움이란 찾아볼 수 없었으니까요. 바로 그때, 여자가 남자의 손을 잡았습니다. 그리고 그에게 보내는 따스한 체온으로 눈물겹게 물었습니다.

정말로… 너를 사랑해도 괜찮은 거냐고.

상처와 두려움에 차 자신을 지키기 위해 할 수 있는 한 최대한의 무장을 한 채 웅크려 있던 두 사람. 그들이 석 달이라는 기간을 정해 두고 시작한 시한부 연애. 그 시간이 지나면 남자와 여자는 무슨 생각을 하게 될까요. 헤어짐은 정말로 담담할 수 있을까요.

두 사람의 만남이 언제 어떤 결말을 맺게 될지는 알 수 없지만, 분명한 건 함께 있는 동안 두려움이 그들의 소중한 순간들을 내내 압도하게 될 때, 그것은 그들이 그토록 두려워하던 종말이나 상처가 닥쳐올 때보다도 훨씬 더 최악의 시나리오가 되리라는 사실입니다.

어른

자신에게 선물을 하게 되는 순간부터.

한없이 투명에 가까운 블루

"이제 끝이 얼마 안 남았네." 어느 스탭의 한마디에 난 그만 서운해지고 말았다. 그래도 아직 7, 8회 정도 촬영이 남아 있다니 너무 앞서 슬퍼하진 말아야지.

그간 서로 너무 바빠 술자리 한 번 갖지 못한 우리는 모처럼 촬영을 핑계로 기분 좋게 꼴라부를 했다. 다른 출연자들이 먼저 자리를 뜨고… 난 김C와 함께 근처에서 열린 파티에 동행했다가 먼저 숙소로 향했다. 서둘러 클렌징하고 침대에 누운 시간이 새벽 두시. 다음날 일곱시 비행기를 타야 했기 때문에 최소한 여섯시 전에는 일어나야 하는데 성태가 그런다.

"형, 몇시에 깨워드릴까요?"

"응, 형은 깨워주는 거 필요 없어. 몸에 알람이 있거든."

〈아라한 장풍대작전〉인가를 보다가 잠이 들어 정확히 다섯시 반에 일어났다. 성태를 깨우고… 다시 공항에서 김C와 합류해 이야기를 좀 나누다 탑승해서는 가방에 가져온 몇 권의 책들 중 『반짝반짝 빛나는』을 꺼내 들었다. '일본책이구나…'

나는 일본 음악이나 책을 별로 좋아하지 않는다. 어렸을 때 친구들이 소녀대나 구와타밴드 같은 걸 들으면 이상하게 뭔가 찝찝한 구석이 있어서 난 무슨 민족 감정이 발동해 그런 건 줄 알았는데 언제부턴가 내린 나의 결론은 이렇다. 일본 음악은 라이트하다는 거다. 나는 가벼운 건 별로거든. 잠깐 즐길 순 있어도 마음을 아예 내어줄 순 없다는 얘기지. 그렇게 내게 대체로 일본의 것들이란 '가와이'할 순 있어도 '스고이'하진 않게 느껴졌다. 난 중앙의 격조, 품격 뭐 그런 것들을 좋아하니까.

뭐 이런 생각들을 하며 약간의 경계를 가지고 읽기 시작한 『반짝반짝 빛나는』. 그러나 어느새 나의 머릿속엔 무츠키와 쇼코의 집이 그려지고… 그렇게 단숨에 3분의 1 정도를 읽어버렸다. 사람과 사랑에 관한 이야기라면 나는 어쨌든 오케이라는 걸까. 평소대로라면 몇 페이지 읽다 말았어야 하는데 너무 고비가 없어 스스로 놀랄 정도였다.

십 년 전 연애하던 시절. 무라카미 류의 『한없이 투명에 가까운 블루』 같은 것들을 소리내어 읽어주길 강요받으며… 이해할 수도 좋아할 수도 없는 내용들에 진저리를 쳤던 기억이 난다.

'뭐야… 난교를 왜 해…' '지금 난교를 원한다는 거야 뭐야…?'

난 내게 그 책을 권하는 그 애의 의도를, 왜 그토록 가슴 저리게 열광하는지를 도무지 이해할 수 없었는데…

김포에 도착해 『반짝반짝 빛나는』을 덮으며 생각했다.

'『한없이 투명에 가까운 블루』를 읽고 싶다…'

앞자리에 있던 김C는 방송국으로 달려갔는지 보이지 않고 홀로 피곤한 몸을 차에 싣고는 홍대로 향했다. 가양대교에서 차가 심하게 막히더라. 아홉시가 되어 김C의 〈음악살롱〉을 들으며 집에 가고 있는데 그에게서 문자가 왔다.

"생방 때문에 정신없어서 인사도 못 하고 왔네요. 어제는 즐거웠어요. 나중에 또 즐겨요."

나는 반가워 답례하였다.

"〈음악살롱〉 듣고 있었는데 방송이 정말 편하고 격조가 있어요. 저도 어젯밤 훈훈했슴다."

오늘은 진짜 모처럼 쉬는 날. 아이들은 로고 작업중이지만 난 오늘만은 정말 무조건 쉬어야 한다.

친구

누구를 만나러 갈 때 신이 나지?

그 사람이 바로 친구다.

고통이 나에게 준 것

사람 사는 게 다 거기서 거기라지만 다른 경우도 많다는 것을 느 낄 때가 있다. 어느 날, 아는 동생이랑 같이 있는데 집에서 엄마가 지금 당장 들어오라고 했다며 무슨 일인지 사색이 되어 놀다 말고 돌아가는 것이다. 그래 걱정을 하고 있는데 그 친구가 알려온 사연 이 황당했다. 어머니가 딸을 부른 이유인즉 일주일 뒤로 다가온 가 족여행이 취소되었다는 사실을 말하려고, 그러니까 나의 상식으로 는 전화로 이야기해도 충분할 만큼 대수롭지 않은 일이 그 집에서는 그 정도로 큰일이라는 것이다. 우리집에서 이 정도 일에 전화까지 해서 사람을 불러들인다는 건 상상도 할 수 없는 일이다.

또 이런 일도 있었다. 후배 셋이 모여 각자 자기 살아온 내력에 대 해 털어놓는 술자리가 있었다. 흔히 이런 주제의 대화에서는 누가 더 불행한 환경에서 자라났는가, 어떤 큰일을 겪었는가가 마치 가오의 척도처럼 여겨지기 때문에 은근히 경쟁이 벌어지곤 하지 않는가.

첫번째 친구가 포문을 열었다. "어렸을 때 아버지가 사업에 실패하신 이후로 어머니가 가장이 되셨다. 풀죽은 아버지의 모습이 마음 아팠고 잊혀지지 않는다…"

두번째 친구가 받는다. "어릴 적 부모님의 이혼 이후 어머니와 거의 만나지 못하고 살아왔다. 두 분 다 재혼하지 않고 다시 합치길 바랐지만 뜻대로 되지 않았다." 이런 식으로 셋이 자신의 불행을 안주 삼아 주거니 받거니 하고 있는데 내가 얘길 시작하자 거기 있는 아이들 모두가 KO되고 말았다. 많이 한 것도 아니었다. 첫째, 우리집은 신경정신과에 드나든 사람이 가족 중 세 명이고 자살 시도 경험 있는 사람은 네 명이 되며… 여기까지 했더니 아이들은 벌떡 일어나 "형님 잘못했습니다" 하더라. 사건사고가 유난히 많은 집에 태어난 탓에 별 말 같지 않은 것으로 유세를 하게 되는구나 싶어 마음이 씁쓸했지만 내가 살아온 환경이 그랬다.

어렸을 때부터 내게 집이란 쉬거나 안식을 구하는 곳이 아닌 불안 속에 안도하며 하루하루를 보내는 곳이었다. 사람의 인생에도 팔자가 있듯 집안 굴러가는 데에도 그 비슷한 운명의 패턴 같은 것들이 있더라. 우리집은 바로 그런 집안 팔자가 드셌고 그것은 내 나이가 마흔이 되어가는 지금도 다르지 않아, 아직도 크고 작은 일들이 끊이지 않고 칠순이 넘은 아버지 어머니는 여전히 힘든 세월을 보내고 계신다. 요즘엔 그런 부모님을 지켜보다 괴로워질 때면 결국 허탈하게 웃으며 속으로 그런다.

'아버지 어머니 감사합니다. 여전히 제게 이런 끔찍한 불안과 스트레스를 주셔서.'

내가 만들어온 많은 것들은 불안과 고통의 산물이었다. 일반적으로 생각하는 상상력과는 무관하다. 나의 인생에서, 또 내가 속한 집안 환경 속에서 겪은 수많은 일들이 고스란히 나의 창작물이 되어 세상에 던져진 것이다. 고통을 잊기 위해 8월의 폭염 속에서 아파트 지하주차장을 달리며 만든 다섯번째 작품은 내가 만든 것들 중 가장 많은 성과를 안겨다주었고 반면 별다른 사건이 없을 때 만든 것들은 그다지 많은 환영을 받지 못했다.

이것은 결코 아이러니한 일이 아니다. 나뿐만 아니라 누구든 창작자라면 창조는 천재성이 아닌 고통에서 더 많은 것이 비롯된다는 사실을 잘 알고 있다. 그래서 평탄한 삶을 살아온 사람은 좋은 작품을 내기가 쉽지 않다. 인생의 굴곡이 험준할수록 작품에도 그만큼 진한 드라마가 담기기 마련이니까. 잘 아는 음악 하는 동생은 아버지에게 전화를 해서 왜 그렇게 우리를 행복하게 키웠냐고 반 농담 투정을 부린다고 한다. 자기들은 아무리 음악을 짜내봐도 안 된다면서.

나의 소원은 사막처럼 고요한 곳에서 살아보는 것이다. 조용하고, 아무도 귀찮게 하지 않으며 자고 일어나면 놀랄 일이 생기지도 않는 그런 평화로운 곳에서 마음의 평화를 누리며 사는 것이다. 고통은 나에게 영감을 주었지만 대신 이렇듯 사막처럼 고요한 안식처를 갈망하게 하였다. 한번은 이런 생각을 해봤다. 소원대로 사막에서 살게 되어 태어나서 한 번도 가져보지 못한 마음의 평화를 갖게 된다면 그래도 나는 내 일을 계속할 수 있을까. 아마도 불가능할 것이다. 마음이 평화로운데 노래를 할 이유가 없을 테니까.

나는 오늘도 집이 아닌 다른 곳, 이를테면 시내 대형서점의 어느 한 귀퉁이에서야 비로소 안식을 찾곤 한다. 그곳이 내가 느낄 수 있는 유일한 사막이며 지금껏 살아오는 동안 내게 사막은 언제나 집 바깥이었다.

현실은 고통스럽고 꿈속의 사막은 달콤하다. 그렇기에 나는 사막을 꿈꾸는 노래를 짓고 부른다. 고통이 아니었던들 내게 평화로운 삶 같은 것들이 의미를 가질 수 있었을까. 생의 중요한 것들이 이처럼 고통 속에서 주어진다는 사실이 내겐 아직도 낯설게 느껴진다.

야식

너는 정말 너를 그토록 사랑하지 않는 게냐?
야식 좀 그만 처먹어, 제발.

위대한 유산

나의 이 탐욕스럽고 본능적이며 게걸스러운 먹성과 식탐은 누구에게서 물려받은 것일까요. 음식을 좋아하셨지만 말년에 드실 수 있었던 건 백김치뿐이었던 할머니와 고기와 밀가루를 좋아하시는 아버지. 결국 두 분은 모두 당뇨에 걸리셨죠. 저는 그분들의 체질과 식성을 물려받긴 했지만 그러나 저의 음식에 대한 집착은 두 분의 것을 훨씬 뛰어넘는 것이기에 그 정확한 연원을 알 수는 없습니다. 다만 분명한 것은 저 또한 그분들처럼 세상의 맛있는 것들을 포기하고 살아가야 할 운명일지 모른다는 사실입니다.

그런 저와 달리 할아버지는 절제가 몸에 배인 분이셨습니다. 할아버지가 드시는 밥상에서는 늘 밥과 반찬의 양이 정해져 있었고 매 끼니마다 반주로 소주 한잔을 어김없이 곁들이셨지만 그 외에는 결코 입에 술을 대시는 걸 본 적이 없습니다. 뿐만 아니라 할아버지는 기상시간, 잠드는 시간, 식사시간을 언제나 정확히 지키셨고 모든 일과를 정해진 시간에 실행하셨습니다. 시계처럼 정확하셨죠. 할아버지는 그런 기질을 둘째 아들에게, 즉 저의 작은아버지에게 물려주셨습니다.

할아버지가 물려주신 건 기질만이 아니었습니다. 할아버지는 오똑하고 잘생긴 코까지 당신의 둘째 아들에게 내려주셨어요. 반면 넓고 펑퍼짐했던 할머니의 코는 아버지에게, 그것은 다시 저에게로 하사되었습니다. 어린 시절 어머니는 이 뭉툭한 코 때문에 제가 화장실에서 일을 보며 힘을 줄 때면 반드시 손가락으로 코를 움켜쥐라고 신신당부하곤 하셨죠. 덕분에 지금도 습관처럼 거울을 볼 때마다 손으로 코를 움켜쥐곤 합니다.

사춘기 때는 그것 때문에 할머니를 원망도 많이 했습니다. 코가 외모의 전부라고 생각했으니까요. 어느 날, 돌아가신 할머니의 사진을 물끄러미 바라보다가 나의 신체기관 중 그나마 내가 가장 예뻐하는 눈을 바로 할머니가 물려주셨다는 것을 깨달은 건 한참 후의 일입니다.

부모는 우리에게 하드웨어뿐만 아니라 소프트웨어도 물려줍니다. 지능, 성격, 기질, 성품 같은 것들. 저희 어머니는 일종의 광기를 갖고 있는 분이셨어요. 무슨 일을 할 때면 불꽃이 튀었죠. 저는 저의 어머니가 좀 더 온화하고 차분한 분이길 바랐기 때문에 뭔가 판이 벌어지면 오로지 그것밖엔 보지 못하고 달려가는 모습에 언제나 질려하곤 했습니다. 그런데 커서 나의 일이라는 게 생기고, 함께 일하는 사람들과 작업할 때 눈이 뒤집혀서 달려드는 나를 발견하곤 아득한 기분을 느꼈습니다. 그건 아무리 거부하고 싶어도 내 힘으로는 떨칠 수 없는 어떤 숙명 같은 것이었어요. 참으로 아이러니하게도, 무슨 일을 하든 광적으로 매달리는 나의 이 헌신과 정성은 제 삶의 자세로 굳어져 저를 저답게 살게 하는 밑바탕이 되어주었습니다. 바로 어머니가 제게 물려주신 것이지요. 튀어나온 입과 함께.

생각해보면 아버지에게선 단점만 받았습니다. 저의 외모에서 제가 싫어하는 것들, 오똑하지 못한 코와 큰 얼굴과 약한 관절과 호흡기 등 신체의 부실한 부분들이요. 기질이나 성향 같은 것들도 아버지는 저와 달라서 돈을 모으고, 사회적인 지위를 획득하고자 하는 세속적인 것들보다는 친척이나 친구들의 일을 돕는 데 더 관심이 많으셨습니다.

출세하지 못했던 아버지와 달리 저의 작은아버지는 최고위직인 청장까지 지낸 경찰엘리트셨죠. 그런 동생에게 한 번도 열등감을 비추거나 자괴감 같은 걸 가져본 적 없었던 아버지와는 다르게 저는 명절 때마다 두 분을 같이 보는 것이 괴로웠어요. 아버지는 여러 가지 면에서 저의 최초의 열등감의 원천이었습니다. 아버지는 자신의 지위와는 상관없이 늘 자신에 대해 당당하셨고 삶에 두려움이나 부끄러움 따위라고는 없는 분이셨어요. 저와는 정반대셨죠. 나는 나약했고, 항상 자신을 부끄러이 여기면서 살아왔으니까.

언젠가 제사를 마치고 밥상 앞에 앉아 있는 두 분의 눈을 번갈아 바라본 적이 있습니다. 총기가 가득했던 작은아버지에 비해 무언가 흐릿하고 단지 선하기만 했던 아버지의 눈⋯ 나는 결코 그 눈을 닮지 않으리라 몇 번이고 결심했습니다.

"나는 착한 눈이 싫어."

그러나 아무리 몸부림치고 눈에 힘을 줘봐도 거울 속의 제 눈은 바로 아버지의 그것이었습니다. 독기라고는 없는 그저 평범하고 순한 눈빛 말입니다. 생각해보면 살아가면서 내가 정말 사랑해야 하는 것들은 하나같이 내가 선택하지 않은 것들뿐입니다. 만약 내가 직접 고를 수 있었다면 나는 내 얼굴을 이렇게 만들지도 않았을 것이고, 내 몸, 내 키, 내 머리와 재능, 우리집, 내 나라, 그 어떤 것도 지금과는 다른 선택을 했을 겁니다. 뿐입니까. 나의 성별 또한 내가 택한 것이 아니며 나의 이웃, 나의 가족, 친척, 친구 등 어느 것 하나 내 의지대로 고른 것은 없죠. 인생이라는 게임이 왜 이렇게 모순되고 불공평한지 38년을 살아왔지만 아직 잘 모릅니다. 다만 분명한 건 인생이란 사랑할 대상을 골라서 사랑하도록 허용하지는 않는다는 것뿐.

그러나 그 불공평함이 결국 모두에게 적용되는 것을 보면, 게임의 승부는 누가 하루라도 더 빨리 자신에게 주어진 것들을 긍정하고 받아들일 수 있는가에 달려 있는지도 모릅니다. 만약 그렇다면 어렸을 때부터 우리집은 왜 이럴까, 나는 왜 이것밖에 되지 않을까 하는 고민을 저처럼 많이 한 사람들은 승부에서 꽤나 뒤처진 셈이 되겠지요.

무슨 이유로, 어떤 인연으로 우리는 누구의 자식과 손자로 태어나 그들의 생김새를, 그들의 세월과 삶이 축적된 DNA를 물려받아 이 세상을 살아가게 되는 걸까요. 어쩌면 내 부모라서, 형제라서 누구보다 귀하고 사랑할 수밖에 없는 이 당연한 숙명과 본능의 이유를 알아내기란 애초부터 불가능한 것이었는지도 모릅니다. 그러나 해답을 알 수 없는 오랜 물음을 던진 끝에 어느 날, 내가 그토록 달아나고 싶고 회의하던 것들로부터 나와 내 삶이 이루어져왔다는 사실을 깨닫고 받아들인 순간, 나의 모든 아쉬움들은 그제야 비로소 위대한 유산이 될 수 있었습니다. 그리고 그 깨달음은 바로 잘나지 않은 내 가족과 친구들, 무엇보다 늘 부끄럽게 여기던 내 자신까지, 바로 내가 선택하지 않았던 수많은 것들이 내게 건넨 힘과 그들과 함께했던 세월 덕택이었습니다. 비록 조금 뒤늦긴 했지만, 이제 내겐 이 화려한 유산을 마음껏 쓰는 일만 남았습니다.

UFO

만약 세상의 유에프오가 모두 거짓이라는 게 과학적으로 명백히 밝혀진다면, 지구 위의 인간들은 모두들 약간씩은 더 외로워질 것이다.

이별 뒤의 사랑

워낙에 이별이 횡행하는 세상이 되다보니 이제는 이별이라는 게 정말로 이별이 아닌 세상이 되었습니다. 무슨 말인가 하면, 헤어진 연인이나 부부가 인연을 완전히 끊지 않은 채 친밀감을 유지하며 살아가는 일이 빈번해졌다는 말입니다.

때로는 재결합을 하기도 하고 때로는 친구로 오래도록 지내기도 합니다. 좋게 헤어진다는 말이 결코 연예인들이 헤어짐을 포장하기 위해 하는 빈말만은 아닌 세상이 된 것이죠.

이별 후 시간이 어느 정도 지나서 다시금 관계를 맺는 것은 나름대로 장점이 있는 일입니다. 저는 그중 최고의 장점으로 서로에게 솔직해질 수 있다는 점을 꼽겠습니다. 사실 사귀는 동안은 상대에게 100% 솔직하기란 힘듭니다. 하지만 헤어져 더이상 서로에 대해 연연해하지 않게 되었을 때 솔직해질 수 있는 것은 어찌 보면 당연한 일이고, 그제야 두 사람은 사귈 때보다 더욱 편하고 진실한 대화가 가능해지는 것입니다. 때문에 서로에 대해 누구보다 잘 알고 솔직할 수 있는 헤어진 이성친구는 대단히 친밀한 사이가 되기도 합니다.

생각해보면 아득한 기분이 듭니다. 아직도 친구로서의 연을 맺고 있는 사람들 중 예전에 저와 사귀었던 사람들이 한때 얼마나 열렬히 서로를 좋아하고 그리워하던 사이였던가를 생각하면 지금처럼 편안한 감정이 한편으론 슬프기도 한 것이죠. 나는 그때 그 사람 옆에 다른 남자가 앉아 있는 것만으로도 질투를 느낄 정도였는데, 지금은 그녀가 누군가와 밤을 지새운대도 완벽하게 무감각할 뿐입니다.

많은 연인들이 사랑이 영원하지 않다는 것을 받아들이며 연애하는 세상이 되었습니다. 쓸쓸하지만 헤어짐이 쉬워진 대신 이제는 헤어짐조차 영원하지 않게 된 것을 위안으로 삼아야 하는 걸까요? 오늘날 이별 뒤의 사랑은 이렇게 다시 볼 수 없는 그리움이 아닌 담담함으로 곁에 남게 되었습니다.

연애의 풍경

"맞아, 그때도 그랬었어…"

우리는 서로에 대한 환희에 들떠 무슨 일이든 할 수 있었지.

같은 서울 안에 있는 곳이 아니라 대구까지 운전을 해서 너를 데리러 갔었고 동생과 함께 만난 것은 만난 게 아니라며 이미 만났던 날 밤 둘이 다시 만나서는 기쁨과 사랑으로 얼굴엔 웃음이 가득한 채 마주잡은 두 손을 놓을 줄 몰랐었지.

'맞아, 그때 그 사람도 그랬었어…'

너는 집에 다 도착해놓고는 내가 보고 싶다며 다시 학교가 있는 곳으로 돌아왔지. 우리가 볼 수 있는 시간은 단 십 분. 너는 그 십 분을 위해 같은 곳을 두 번이나 왕복하는 수고를 마다하지 않았었어.

"귀찮지 않아? 어떻게 그럴 수가 있어?"
"아니, 전혀 조금도 귀찮지 않아."
너는 웃으며 말했지. 그리고 그 웃음을 보며 나는 전율했다.
예전 누군가에게서 보았던 바로 그 표정이었거든.

난 사람이 사랑에 완벽하게 빠졌을 때 어떤 표정을 짓는지 안다.
상대에 대한 애정과 사랑이 너무나 충만해서, 기쁨에 겨워 눈은 반
쯤 감긴 채 마치 꿈을 꾸는 듯한 얼굴로 누군가를 한없이 바라보는
바로 그 표정.

'그래, 모든 것이 예전에 봤던 장면이야…'

나를 위해 힘든 것도 마다하지 않고 시장에 들러 내게 필요한 것
들을 대신 사다주던 일, 낙산의 붉은 바다를 바라보며 서로에게 굳
게 다짐하던 순간, 더없는 사랑을 느끼고, 마음이 아플 정도로 애틋
함을 느끼던 이 모든 것들이 다 예전에 경험했던 일들이었어. 그리
고 난 그것들의 결말도 알고 있지.

순간을 즐기지 못해서 미안해. 그리고 사랑한다.
우리는 반드시 헤어질 테지만 내 일생의 연인은 바로 네가 될 거야.

세잔

서른여덟이 되던 해 생일날, 나는 세잔의 전기를 선물 받았다. 그리고 그것은 내게 많은 생각을 하게 해주었다. 세잔이라는 위대한 화가가 일생을 통해 구현하려 했다는 '대상을 있는 그대로 바라본다는 것'에 대해 강렬한 호기심을 느꼈기 때문이었다.

나는 지금껏 살아오면서 세상을 바라보는 나의 시선에서 주관성을 배제해본 적이 한 번도 없다. 나는 지극히 주관적인 사람이었고 그러한 점을 당연하게 생각해왔기 때문에 세상의 사물과 사람을 오로지 나의 시각으로 보고 나의 관점에서 판단하고 생각해왔던 것이다. 그러니 세상의 모든 것들은 내게 필요한 것과 아닌 것, 내가 관심 있는 것과 아닌 것으로 나눠질 수밖에 없었고, 내 편인 사람과 아닌 사람으로 구분될 수밖에 없었다. 그리고 이러한 나의 주관성이야말로 나를 결정짓는 중요한 요소라 생각했다.

그런데 대상을 있는 그대로 바라본다, 라니. 도대체 왜? 나는 의문에 빠졌다. 그리고 알고 싶었다. 태어난 날, 나는 태어나서 한 번도 가져보지 못한 물음을 선물 받았다.

　여기 사과가 있다. 사과는 사람에게 장차 자신의 입속으로 들어갈 식용의 대상으로밖에는 비치지 않는다. 그것은 사과를 보는 사람의 시각이 그러하기 때문이다. 저 사과의 빛깔이 얼마나 곱고 붉은빛을 띠고 있는지, 윤기는 얼마나 나는지, 크기는 먹기에 얼마나 적당하며 값은 얼마나 하는지와 같은 점들이 고려되는 것이다. 그런데 사과의 본질이 정말 이런 것에 불과할까 하는 의문을 품은 사람이 있었다. 바로 세잔이었다. 그는 사과를, 인간의 시각으로서가 아닌 사과 그 자체가 갖고 있는 본질로 보고 싶어했으며 그것을 그리기 위해 무려 40년이란 시간을 바쳤다. 그런데도 실패했다. 본질이라는 게 뭐길래 그는 그토록 오랜 세월 그것에 목말라했던 것일까. 사과는 정말로 인간을 먹여주기 위한 존재로써 이 세상에 생겨난 것이 아니란 말인가? 존재라는 것이 본래부터 그것을 보는 타자의 관점에 의해서 규정되고 완성되는 것이 아니라는 것인가?
　의문은 계속됐다.
　사과의 본질이 그런 인간의 시각과 입장에서 보는 것과는 다른 고유의 존재적 특질을 가졌을 것이라는 발상 자체가 또다른 인간중심적 상상력의 결과는 아닐까? 대체 사과의 본질이 무엇인지, 사과의 본질이 정말로 있기는 한 것인지, 사람이 사과의 입장이 될 수 없는데 그 누가 어떻게 알아낼 수 있단 말인가. 설사 사과가 된다 한들 나조차도 내가 누군지, 나의 있는 그대로의 모습이 무엇인지 모르는데 그걸 어떻게 알 수 있다는 것인가.

지금까지 나라는 존재는 세상의 시선에 의해 일방적으로 규정되어왔고 할 수만 있다면 나는 그것을 거부하고 싶었다. 그러나 과연 외부로부터의 시선이 틀렸다고, 내가 판단하는 내 모습이야말로 진짜 나라고 어떻게 장담할 수 있는가.

'있는 그대로'라는 테마는 이처럼 내게 많은 생각을 안겼고 그것은 완전히 미지의 세계였다. 나는 그 실타래를 풀기 위해 세잔을 선물해준 이에게 계속해서 의문을 던져야 했는데, 종래엔 이런 대답이 돌아왔다.

"사과라는 대상을 객관화해서 본질을 있는 그대로 바라보려는 노력 그 자체가 중요한 거야. 그것이 바로 사과에 대한 존중이기 때문에."

나는 다시 물었다. "왜 사과를 존중해야 하지?"

대답은 즉각 돌아왔다. "사과조차도 있는 그대로를 볼 수 없고 존중할 수 없는데 그보다 더 복잡하고 커다란 가치를 어떻게 알아보고 존중할 수 있겠어?"

세잔은 그것을 위해 일생을 바쳤다.

하늘을, 날아가는 새를, 나무를, 농부를, 태양을, 해바라기를 철저히 자신의 시각으로 넘치는 주관을 담아 상상력으로 그려낸 고흐와는 달리, 이 세잔이란 화가는 사과라는 하잘것없는 대상을 있는 그대로 보고 그려내기 위해 무려 40년을 바친 것이다.

누군가를 있는 그대로 존중한다는 것은 그만큼 어려운 일이다. 사람은 자신의 필요에 의해서, 자신의 입장과 시각으로 타인을 볼 수밖에 없기 때문에. 존재의 본질이란 어쩌면 타인에 의해 인식되는 것 외에 다른 답이 없을지도 모른다. 그래서 세잔은 실패한 것 아닐까?

영화 〈라스베가스를 떠나며〉에서 알콜중독자이자 절망에 빠져 죽음을 향해 돌진하는 남자 주인공 니콜라스 케이지와 몸을 팔아 하루를 연명하는 거리의 여인 엘리자베스 슈는 운명처럼 만나 생의 마지막 사랑을 나누게 된다. 그들은 서로에게 간섭하지 않는다는 조건을 내걸고 동거를 시작하지만 서로를 향한 마음이 깊어갈수록 애초의 약속은 퇴색해간다.

우리의 모든 사랑이 그렇다. 사랑이야말로 사랑의 대상은 철저히 주관성을 띠지 않는가. 나의 눈으로 바라보는 너. 내가 바라는 너.

그렇기 때문에 너의 존재, 너의 바람, 너의 특질, 너의 욕망 그 모든 것들을 있는 그대로 인정하고 간섭하지 않는다는 것은 참으로 어려운 일일 수밖에 없다. 그런 위대한 신 같은 사랑을 하기에 우리들은 너무나도 평범한 사랑의 자질을 가졌을 뿐이니까.

니콜라스 케이지는 결국 죽음을 택하고, 여자는 사랑하는 이가 죽어가도록 내버려둔다. 삶에 완벽히 절망하여 스스로를 죽음으로 몰아가는 연인을 그대로 내버려두는 것이 정말로 있는 그대로를 존중하는 것인지, 그렇게 하는 것이 정말 사랑인지는 모르겠다. 또 그렇게 할 자신도 없다. 만약 나라면 사랑하는 사람이 스스로 생을 포기하도록 그냥 내버려두지는 않을 테니까. 그 사람의 처지가 어떻든, 정말로 죽어야만 할 정도로 아무런 희망이 없다 해도 나는 무조건 살리려고 할 것이다. 그리고 어쩌면 그것은, 그가 없는 세상이 내게 고통이기 때문일지도 모른다.

서른여덟의 생일날. 나는 아주 관념적인 선물을 받았다. 그것은 옷이나 CD, 혹은 향수와는 달리 나로 하여금 많은 생각에 잠기게 했다. 세잔이 40년에 걸쳐 고민했던 것을 하룻밤 안으로 결론을 내기란 불가능한 일일 것이다. 그러나 바로 그렇기 때문에 이 선물은 내게 결론이 중요한 게 아니라고 말해주고 있는지도 모른다.

'본질을 아는 것보다, 본질을 알기 위해
있는 그대로를 보기 위해 노력하는 것이 중요하다고.
그것이 바로 그 대상에 대한 존중이라고.'

문자

문자가 안 오면 운동을 해.

열아홉, 스물아홉, 서른아홉

요즘 나의 상태는 별로 좋지 않다. 그 이유를 찾기 위해 애쓰고 있는 형편이기 때문에 왜 그런지는 속 시원하게 말할 순 없지만, 현재까지 파편적으로 드러난 것은 매일의 일상이 똑같고 하루가 공허하며 무언가 의미 있는 시간을 보내고 싶은데 아무리 열심히 하루를 보내도 성취감을 느낄 수 없다는 것 정도가 되겠다. 도무지 불안과 결핍의 이유를 찾을 수가 없는 것이다. 왜 그런 걸까?

내 나이 우리 나이로 서른아홉. 내년이면 마흔이 되니 이젠 누가 뭐래도 적은 나이는 아니다. 마흔이 되면 죽을 만큼 진한 사랑을 해볼 확률도 현저히 떨어질 테고 세상의 주인공이 될 일은 더더군다나 많지 않을 것이다. 피천득 선생님이 쓰신 글 중에 이런 내용이 있다.

"'인생은 사십부터'라는 말은 인생은 사십까지라는 말이다. 다른 것은 몰라도 내가 읽은 소설의 주인공들은 93%가 사십 미만의 인물들이다. 그러니 사십부터는 여생인가 한다."

그래. 선생님의 말씀에 따르면 이제 나를 기다리고 있는 건 헤쳐 나가야 할 펄떡펄떡 뛰는 세월이 아니라 그저 잔여인생에 불과하다 는 것 아닌가. 나는 생각했다. 그렇다면 요즘 나의 우울함은 나의 나 이에 기인한 것일까?

어제는 능룡이랑 오랜만에 차를 마셨다. 최근 근황을 묻다가 요즘 나의 상태에 대해 이야길 하는데 능룡이가 또 내가 싫어하는 얘길 하는 바람에 울컥했다.

"내가 쫌만 어렸어도 해봤겠지만…"

능룡이는 올해 서른두 살. 나하고는 일곱 살 차이가 난다. 그런데 가끔, 그 애는 너무 쉽사리 조로하는 경향이 있다. 어느 날인가 춤을 배워보고 싶은데 아쉽다고 하더라. 옛날부터 배워보고 싶었지만 시 기를 놓쳤다는 것이다. 난 이해할 수가 없었다.

"지금이라도 가서 배우면 되지 무슨 시기를 놓쳤다는 거야?"

그러나 능룡이는 수긍하지 않는다. 서른두 살이라는 나이가 춤을
배우기엔 이미 늦었다고 단정지어버린 것이다.

아… 그건 정말 아니야 능룡아. 몇 번을 말해줘야 되니.
나도 서른이 될 무렵엔 이대로 젊음이 끝나버리는 줄 알았지만
삼십대가 되었다고 해서 못 해볼 것은 아무것도 없었어.
사십에 가까워지면서 흔들린 건 사실이지만
긍정적인 영향도 많았어.
시간이 남아돌지 않으니 오히려 하루하루가 소중해지고
젊었을 때는 심드렁했던 세상이
늦기 전에 더 많이 겪어보고 싶은 대상이 되었지.
그런데 나보다 일곱 살이나 어린 네가
왜 벌써 그런 생각을 하는 거야.

돌이켜보면 열아홉, 스물아홉, 서른아홉.
사람은 아홉 살이 될 때마다
이제 바뀔 나이에 대해 두려움을 갖게 되지.
나도 이젠 어른인 것인가, 정말 이젠 늙는 건가…
물론 나이라는 것이 오로지 숫자에 불과하다고 말하고 싶지는 않아.
나 또한 요즘 서른아홉의 홍역을 앓고 있는 중이니까.
돌이켜보면 열아홉이나 스물아홉에 느꼈던 걱정과 불안들은

지나고 나서는 웃음이 나올 정도로 지레 겁을 먹은 것 같다고
느꼈었는데 또다시 서른아홉이 되니
이번에야말로 그저 웃어넘길 수만은 없는 기분이 들어.
조금 더 현실적인 느낌이랄까.

미국의 프로야구선수가 오랫동안 마이너리그를 전전하다
서른이 넘어서 메이저리그 데뷔를 하게 되면 신문에 나게 돼.
그야말로 신문에 날 일이라는 거지.
하지만 나이 마흔에 데뷔하는 사람을 본 적 있니?
그건 생물학적으로 불가능하잖아.
40이란 숫자는 이처럼 뭔가를 시작하기엔 어쩌면
늦은 나이인지도 몰라.
아마도 그래서 10년 전 스물아홉 때 나는
다가올 삼십을 불안해하며 하물며 마흔은 상상도 할 수 없는
나이라고 했던 거겠지.
그런데 그 긴 세월을 훌쩍 뛰어넘어 어느새 다다른 서른아홉.
믿을 수 없는 나이가 마침내 현실이 되었어.
그런데 말이야 겪어보니 이것도 다 삶을 살아가는 과정에 불과하고
결코 끔찍한 나이는 아니더라.
사십대에 프로야구 선수가 될 수는 없지만 이전에는 보이지 않던
세상이 보이고 그래서 또다른 새로운 꿈을 꾸게 되더라고.

그러니까 능룡아, 중요한 건 나이를 먹어도
마음은 늙지 않는 것임을 잊지 마.
그렇지 않고 그렇게 섣불리 눌러앉아버리면
넌 정말로 삼십이 아니라 사십으로 살게 될지도 몰라.
알았지? 부디 하루하루를 카르페디엠Carpe diem하며 살길.

* * *

최근 들어 한 가지 흥미로운 사실을 발견했다.
　나는 나의 입장과 다른 사람의 입장이 되었을 때 사뭇 다른 태도
를 취한다는 것이다.

　누가 나에게 마음을 열었을 땐 어차피 헤어질 거 뭐 하러 사귀냐
고 냉소적인 태도를 취했으면서 친구가 사랑의 시작을 주저하는 모
습을 보이면 너무도 확신에 차 그러지 말라고 충고한다.

　사랑은 무조건 해야 하는 거라며.

　사십이라는 나이를 목전에 둔 덕분에 홍역을 앓고 있으면서 나이
때문에 섣불리 조로하는 동생을 보고는 흥분한다. 화를 낼 정도다.

나이 따위가 다 뭐냐고.

어찌된 일일까. 이것이 남의 일로 충고를 해줄 때와 본인 일로 닥
쳤을 때의 차이인 걸까?
분명한 것은 저런 말들을 사실은 놀랍도록 무심해지고 나약해진
요즘의 나 자신에게 해주고 싶었는지도 모른다.

역시 조언이란 남의 상황을 빌어 자신에게 하는 것임을 다시 한번
깨달으며.

쥴 앤 짐

뭐? 소유할 수 없으면 파괴하라구?

됐어. 귀찮아.

크리스마스

식은 스테이크에 강제로 끼워 파는 와인으로 저녁을 한 후
크리스마스 케이크를 사러 좋아하는 성산동 리치몬드에 갔으나
케이크를 공장에서 찍어내듯 쌓아놓고 파는 모습에 질려
그만 발길을 돌리고 말았다.

오, 나의 음식들아!

야채는 순둥이, 고기는 못됐다. 기름이라는 녀석들은 능글능글하고 고춧가루는 집요할 정도로 표독스럽다. 먼 나라 미국에서 방부제를 잔뜩 머금은 채 건너온 밀가루들. 그들은 빵이나 면발이 되어 전국의 제과점과 분식집을 통해 미욱스럽게도 사람의 건강을 꾸역꾸역 좀먹는다. 밀가루는 이처럼 음험하다.

오돌도돌 닭살이 그대로 드러나 있는 닭고기는 징그럽고 육덕지지만 지지자들이 광범위한 탓에 늘 인기가 식을 줄 모른다. 그들은 물과 함께 삼계탕이 되어 복날 몸보신용으로 제공되며 기름으로 튀겨지면 술안주로도 각광받는다. 방부제로 키워진 닭이 많긴 하지만 손쉽게 단백질을 섭취할 수 있다는 장점도 무시할 수는 없다.

또, 서민들이 즐겨 찾는 고기로는 돼지고기를 빼놓을 수 없는데 녀석은 영양이 풍부하고 싸고 맛있다는 장점이 있는 반면 대신 장이 약한 사람에게는 독이 될 수 있음을 잊어서는 안 된다. 이른바 '찬' 음식인 돼지고기는 밀가루와 더불어 장의 건강에는 좋지 않은 콤비이기 때문이다.

회의 맨살은 적나라하면서도 따스하고, 가격만큼 부티난다. 엷은 회색빛 살더미에 붉은 테를 두른 횟조각들은 보기만 해도 화사해 식욕을 한껏 돋우며, 곁들여 나오는 일본 된장국의 맛은 얇고 가벼워 부담이 없다. 국 얘기가 나왔으니 말이지만 우리 식단의 가장 큰 특징 중 하나는 뭣보다 국물이 있다는 것이다. 늘 선물 같은 소고기가 가득한 뭇국, 어쩐지 바다냄새가 날 것만 같은 영양만점의 미역국, 불편한 속에 먹으면 그만인 시원한 콩나물국 등 이 수분 만점의 국물 음식은 언제나 따스하고 촉촉하게 입안을 적신다. 단, 녀석들이 공통적으로 갖고 있는 짭쪼롬한 맛은 그만큼 염분이 많이 들어 있는 탓이므로 신장이 안 좋거나 염분 섭취를 조절해야 하는 사람들은 주의해야 한다. 국물은 일당백의 역할을 한다. 딱히 다른 반찬이 없을 때 식은 국물에 더운밥을 말아 온기를 불어넣어준 후 먹으면 그것만으로도 한 끼 식사를 부담 없이 해결할 수 있다. 추레한 나물반찬 두어 개 있는 것보단 훨씬 나은 것이다.

그렇다고 나물들이 무능하다는 것은 아니다. 그들은 튀지 않고 다소간 심심하긴 하나 각각의 개성이 있다. 숙주나물은 언제나 콩나물보다 부드럽고 차분하여 입맛을 부른다. 억세고 풋풋한 외양과는 달리 속이 깊은 도라지는 목의 피로를 회복시켜주는 따뜻한 성질을 지 녔으며 흐들흐들 물기가 많고 별 맛도 없어 무슨 매력이 있을까 싶 은 고사리는 비빔밥에 들어가 여럿이서 어울렸을 때라야 비로소 제 맛이 나는 합창단 체질이다. 그다음 버섯. 아주 음흉한 놈이다. 어렸 을 땐 버섯을 좋아하지 않았다. 고기도 아닌 것이 잡채 속에 들어가 늘 고기 행세를 하며 사람을 기만하지 않았던가. 하지만 나이가 들 면서 버섯의 진가를 알게 되고 난 후 이제는 고기가 주는 건더기의 쾌감을 만족시켜주면서도 정신적인 안정감까지 주는(건강에 좋으므 로) 멋진 친구가 되었다.

또, 호박을 빼놓을 수 없겠다. 담백하고 물컹하고 장에도 좋은 노 란 빛깔 호박은 건강에 있어 우등생이다. 살짝 무침을 해서 먹어도 좋고 끓는 물에 소금을 조금 풀어 데친 후 그대로 먹어도 좋다. 그런 데 속이 안 좋다고 호박죽을 먹는 사람들은 주의해야 한다. 호박죽 에는 밀가루가 들어가는 경우가 있어서 먹은 뒤 배가 아플 때가 있 는데 그건 밀가루 탓이지 호박 책임은 아니다.

나물 야채 이야기까지 했으니 이제 소고기 이야길 해야겠다. 뭐니 뭐니해도 음식의 꽃이라면 소고기. 그중에서도 으뜸은 숯불에 구운 소갈비와 등심을 들 수 있는데 이것도 젊어 건강할 때 많이 먹어둬 야 한다. 일단 속이 약해지기 시작하면 불에 직접 구운 고기는 피해 야 하기 때문이다. 속이 상한 사람은 뭐든 직화로 구운 것보다는 간

접열로 조리된 것이 맛은 좀 덜해도 건강에 좋은 법이다. 이미 쇠약해진 사람의 소화기로는 더이상 강렬한 불의 정열을 감당하기엔 무리가 있는 것이다. 군데군데 시꺼멓게 그을려진 상처의 흔적도 건강엔 치명적. 쇠잔해진 위와 장에는 그저 은은하게 삶아지고 데쳐진 녀석들이 조심스럽게 다가가야 뒤탈이 없게 된다.

짐작했겠지만 나는 이제 일생토록 즐겨온 음식들을 더는 양껏 즐길 수 없는 처지가 되었다. 속이 예전 같지 않기 때문이다. 내가 그들을 절제 없이 과하게 탐해온 죄로 이리 된 것은 알겠으나 아무리 그래도 음식이란 기본적으로 나쁜 놈들이다. 왜냐하면 맛있는 건 전부 다 몸에 안 좋으니까. 세상에 맛있는 양념갈비도 안 좋다고 하지 회는 날것이라 조심하라지, 온갖 맛있는 것들엔 죄다 들어가 있는 밀가루는 최고로 안 좋다고 하지. 그러니 이런 것들을 다 빼고 나면 도대체 무엇을 먹으라는 말인가.

꽤나 오래전 일이다. 어릴 적 티비에서 중견 탤런트 김성원 씨의 당뇨투병기를 본 적이 있는데 그분이 한 말 중에 잊히지 않는 의문이 드는 것이 있었다. '먹고 싶은 걸 못 먹는 고통은 안 당해본 사람은 결코 알 수 없는 극한의 고통'이라고. 어린 마음에 그 말이 잘 와닿지 않았던 이유는 과연 음식 못 먹는 게 그렇게나 힘이 드는 일일까 하는 점이었다(아주 어렸을 때였다. 한 일고여덟 살쯤). 그런데 나이

들어 겪어보니 이제야 그분의 말뜻을 알겠다. 우리집 내력이 장은 약해도 위는 튼튼해서 서른일곱이 될 때까지 소화제 한번 먹어본 적 없을 정도였는데, 작년부터 매운 걸 먹거나 술을 좀 마시면 어김없이 탈이 나곤 하니 툭하면 뭔가를 먹지 못하게 되는 상황이 올해에만 벌써 두번째. 아, 그런데 이게 정말 사람을 외롭게 하는 거라. 먹을 것이 왜 중요한지 이제야 알겠다. 먹을 것은 친구가 되어주기 때문이다.

지친 몸을 이끌고 집으로 돌아오는 길. 편의점에 들러 내가 좋아하는 먹을 걸 산다. 빵? 라면? 육포? 맥주? 요플레? 아이스크림과 빵이 혼합된 아시나요? 무엇이든 좋다. 그날 그 순간의 기호에 따라 산 것들을 들고 집에 들어와 컴퓨터를 하거나 티비를 보며 편히 그것을 먹을 때 드는 그 행복감. 그 즐거움을 무엇과 바꿀 수 있을까. 단언하지만 없다.

불안과 두려움을 동반하지 않았던 나의 마지막 식사를 기억한다. 2008년 여름이었다. 어느 날, 갑자기 회사에서 회식을 하자고 했다. 얼마 전 장염을 심하게 앓았기 때문에 조금 꺼림칙한 기분이 들었지만 별다른 내색 없이 참석했다. 이미 보름이나 흘렀으니 지금쯤이면 괜찮을 것이라 판단했던 것이다. 나는 실로 오랜만에 고추장소스가 잔뜩 뿌려진 막국수를 두 그릇이나 먹었다. 그리곤 삼겹살로 배를 채운 후 다시 2차로 자리를 옮겨 또 돼지고기를 안주 삼아 밤새 술을 마셨다. 그것이 나의 정상적인 마지막 식사였다. 그리고 난 돌아올 수 없는 강을 건넜다.

나의 속은 다음날 아침 완전히 뒤집어져 응급실로 실려 갔고 그때 병원을 들락거리던 3일 동안 몸무게가 무려 6킬로나 빠졌다. 그리고 일 년이 지난 지금. 체중은 더욱 줄어 마이너스 14킬로가 되었다.

돌아오지 않는 것은 많았다. 그 이후로 나는 고춧가루가 조금이라도 들어간 음식을 먹지 못한다. 사랑했던 음식과의 이별이 이토록 갑작스럽게 찾아올 줄이야. 사람을 많이 만나는 것도 아니고 별다른 취미가 있는 것도 아닌 내게 맛있는 음식, 내가 좋아하는 음식을 먹는다는 것은 생의 거의 유일한, 그리고 최고의 낙이었다. 물론 음식을 스트레스 해소수단으로 삼아 절제하지 못한 것은 잘못이라 인정한다. 하지만 이렇게나 빨리, 한꺼번에 너무 많은 것들을 앗아가버린 단죄에 대해서는 할 수 있다면 항변하고 싶다. 재심을 요청하고 싶다. 내가 왜 벌써 찬물에 맨밥을 말아 어머니가 담가 주신 총각김치 하나로 뚝딱 해치우던 그 맛있던 점심의 기억을 다시는 느껴볼 수 없어야 하는가. 왜 내가 그 부드럽고 달콤한 것이 물과 함께 입안 가득히 들어와 목구멍을 타고 넘어갈 때면 느껴지는 쾌감, 빵이라는 녀석이 주는 그 행복감을 더는 맛볼 수 없어야 하는가. 왜 이렇게 일찍.

만에 하나 나의 몸이 다시 회복되어, 예전처럼은 아니더라도 내가 좋아하는 것들을 가끔이라도 다시 먹고 살 수 있게 된다면, 나는 이렇게 하고 싶다.

일주일의 식사가 총 스물한 끼라 했을 때 그중 단 몇 끼만이라도,
아… 하루는 시원한 고기육수에 두텁고 탄력 있는 면발을
입안에서 뚝뚝 끊어가며 냉면을 먹고…
또 하루는 나의 영원한 동반자들인 빵과 떡볶이, 라면 등
밀가루 음식들과 눈물 어린 재회를 하고…
나머지 한 끼는 고기나 회를 술과 곁들여 먹을 수 있었으면 좋겠다.
약속한다. 그 외의 식사에서는 단호히 절제할 것이다.

오, 음식들아. 사랑하는 나의 음식들아. 내가 다시 너희와 만날
날이 올 수 있을까? 만약 그렇게만 될 수 있다면 지금 먹고 있는 이
맛없는 죽도 기꺼이, 기쁘게 먹으며 기다리리라.

눈이 큰 아이

도도하고 의심 많던 아이가 있었다.

그 애 외모의 가장 큰 특징은 단연 눈이었는데

세상에 태어나서 아직까지도 그렇게 큰 눈은 본 적이 없다.

정확히 500원짜리 동전만 했던 눈과 까만 살결,

전체적으로 약간의 남미끼가 감도는 마스크를 가졌던 그 애는

저 덕수궁 뒤편에 있는 이화여고를 다녔었다.

우리가 처음 만났던 곳도 근처 대로변에 있던

'난다랑'이라는 찻집이었지.

우린 결코 사귄 적은 없었지만

어떤 묘한 경계를 유지하며 사이를 지속시켰었는데

열아홉 살이 되기 전 어느 날 그 애는 유학을 간다고 했다.

난 그 말을 듣고 왜인지는 모르겠지만 그 애와 키스가

하고 싶어졌고 그래서 한 가지 제안을 했다.

'내가 만나서 너를 감동시키면 내게 키스를 해다오.'

그 애로서는 정말로 치명적인 제의였다.
워낙에 호기심이 많은데다
궁금한 게 생기면 도무지 참지를 못하는 성격이어서
오죽하면 전화할 때 "야" 하고 부른 다음에 곧바로
"아니다…" 이래버리면 완전히 넘어갈 정도였으니까.
그럴 때면 제발 자기를 궁금하게 만들지 말아달라고
호소하기까지 했었다.
이런 애다보니 '대체 키스를 하게 만들 정도로 진한 감동'이란
어떤 것일까 너무나 궁금해 아마 잠도 못 잤을 것이다.

이윽고 우린 대학로 어느 카페에서 만나게 되었다.
그 애는 그 큰 눈을 굴리며 긴장과 웃음이 범벅된 얼굴로
"어떻게 할 건데? 빨리 감동시켜봐" 하며 나의 카드를 재촉했고
나는 정성껏 포장된 유리병 하나를 내밀었다.
그 안엔 종이학 천 마리와 학 알이 가득 들어 있었다.

"너 생각날 때마다 접은 거야."

뜻밖이었다. 이 카드가 이렇게까지 제대로 먹힐 줄이야.

세상에 쿨한 척 시니컬한 척은 혼자 다 하던 아이가

종이학이라는 올드하기 짝이 없는 프레젠트에 감동하다니.

우린 잠시 후 카페를 나갔고

그 애는 그 추운 겨울날씨에도 불구하고

내가 인적이 드문 골목을 찾아

한참을 헤매는 동안 기꺼이 기다려주었다.

그리고 우리는 서투른 키스를 나눴다.

광화문역에 정차해 있던 버스가 다시 움직이기 시작했다.

그 애에 관한 기억은 여기까지다.

벌써 20년이 흘렀지만 가끔 생각난다. 어떻게 변했을까.

한번 만나보고 싶은데, 내가 이러고 사는 건 알까.

아마 모를 것이다.

미니홈피도 뒤져보니까 없는 것으로 봐서 아마 외국에 있을 테지.

만약 그 애와 다시 만나게 되서 그때 너한테 줬던 종이학 그거

사실은 다른 여자애가 나한테 접어준 거였다고 털어놓으면

그 애는 어떤 표정을 지을까.

아마 그럴 줄 알았다고 쏘아붙이며 웃을 것 같다.

큰 눈으로, 여전히 센 척하면서.

내시경

올해 어머니의 칠순을 맞이하는 나의 마음은 애닯다. 내가 보기엔 아직은 그저 나이가 좀 많은 아줌마에 불과한 우리 어머니는 남들에게는 진작 할머니로 보였을 것이다. 어렸을 적, 엄마가 내 고통의 전부일 때가 있었다. 언제나 나의 모든 것을 통제하고, 억압하고 두려움을 주던 엄마 때문에 나는 마음속으로 엄마만 없다면 엄마만 없다면… 하고 얼마나 되뇌었는지 모른다. 그런 어머니가 이제 정말로 인생의 황혼 길에 접어든 노인이 되셨다.

얼마 전 일이다. 속이 좋지 않은데도 불구하고 무서워서 내시경 검사를 미루고 있던 어느 날. 어머니가 위내시경을 받으러 간다는 것이다. 아버지도 안 계신데 혼자 가신다고 해서 검사 당일 내내 마음에 걸렸지만 워낙 바쁜 탓에 전화만 드리고 말았다.

"엄마 검사 받았어?"

"응."

"수면내시경으로 했지?"

"아니 그냥 일반으로 했어."

"아니 왜?"

"돈이 얼마냐. 그냥 받으면 돼."

이해할 수가 없었다. 돈 몇만 원 때문에 그 힘든 내시경을 수면으로 안 받고 맨정신으로 받았다니. 그후 시간이 지나 나 또한 도저히 더이상은 버틸 재간이 없어 일원동에 있는 삼성병원으로 내시경 검사를 받으러 가게 되었다. 엄마가 검사를 받았던 곳과 같은 병원이었다.

떨리는 마음으로 예약을 하고 진료를 받으러 가는 날. 우리집이 있는 정릉에서 일원동까지 가는 길은 멀었고 쓸쓸했다. 정문에 도착하니 내가 가야 할 소화기 내과는 병원 내에서도 가장 끝에 있는 '암센터' 건물에 있었다. 왜 하필 건물 이름을 '암'센터라고 지었을까. 어쩐지 기분이 꺼림칙했다.

워낙 소문난 병원이라서 그런지 아침부터 주차하려는 차들로 만원이었다. 한 시간이나 달려왔는데 다시 주차하는 데만도 이십 분이 걸렸다. 주차를 하고 접수를 한 후 대기실에서 기다리는데 사방을 둘러보니 병원 어디에도 혼자 온 사람은 나뿐이었다. 문득 엄마 생각이 났다. 홀로 이 먼 길을 와서 '암센터'라는 건물 이름에 섬뜩해하고, 대기실에서 혼자 쓸쓸히 차례를 기다리는 이 과정을 엄마는 혼자서 감당했을 것이다. 나는 젊어 괜찮지만 자식이 넷이나 있고 남편까지 있는 엄마가 혼자서 그 고통스러운 내시경 검사를 받으러 온 것을 생각하면 마음이 편치 않았다. 그날 난 집에 와서 다시 한번 엄마에게 물었다.

"엄마 도대체 내시경을 왜 일반으로 받은 거야. 정말 돈 때문에 그랬어?"

엄마는 계속 됐다고 하시며 단지 나의 검사 날짜만을 물어보셨다. 그러나 나는 그날 병원에 가서야 알았다. 그 병원에서는 보호자가 오지 않으면 수면내시경을 받을 수 없다는 것을.

언제부턴가 나는 엄마의 상전이 되었다. 아들을 자신이 원하는 무엇인가로 길러내려 억압하고 채근하던 엄마는 이제 행여 자식 일에 지장을 줄까봐 노심초사하는 늙은 어머니가 되어 있었다. 늘 뭔가를 시키던 입장에서 이제는 그 어떤 작은 부탁을 하는 것도 그렇게 어려워하는 분이 되셨다. 그렇게 자식들에게 조금이라도 짐이 되는 것을 싫어하시기 때문에 엄마는 나에게 혹은 누나들에게 같이 병원에 가달라는 말을 하기가 부담스러웠던 거다. 그러면서 엄마는 내가 병원에 다녀온 날, 내 검사일을 꼼꼼히 적어놓으셨다.

검사 당일. 민망하게도 엄마가 동행해주었다. 나는 엄마의 보호자 구실을 해드리지도 못했는데 나이 마흔이 되어가는 아들은 늙은 어머니의 에스코트를 받고 있었다. 대기석에 나란히 앉아 이 얘기 저 얘기 하며 기다리고 있으니 곧 전광판에 '이석원 환자 검사실로 들어오라'는 문구가 떴다. 그런데 내가 들어가려고 하자 엄마는 자기도 같이 들어가야 하는 거라며 따라나섰다. 그래 내가 그럴 리가 있냐고 했더니 엄마는 아니라고, 당연히 보호자가 같이 들어가야 하는 것 아니겠냐며 함께 들어가는데 입구에서 간호사들이 제지하였다.

"보호자는 밖에서 대기하시면 됩니다."

나는 또 한번 고개를 떨굴 수밖에 없었다. 당연히, 엄마는 보호자 없이 왔었기 때문에 그런 사실을 알지 못했던 것이다. 검사실에 들어서는 나를 엄마는 문가에 서서 애처롭게 바라보고 있었다.

수면내시경 검사는… 정말로 고통이 조금도 없었다. 간호사들의 지시에 따라 옆으로 누운 채 심장이 쿵쾅거리는 것도 잠시, '자, 주사 들어갑니다'라는 말과 함께 순식간에 정신을 잃었다가 깨어나보니 엄마 옆이었다. 모든 것이 순식간이었고 고통은 기억 속에 조금도 존재하지 않았다. 약기운으로 여전히 정신이 어질어질한데 엄마가 이것저것 꼼꼼히 챙겨주고 보살펴주신다. 엄마 곁에서, 나는 마치 아이 같았다.

나이 마흔이 다 되어가는 다 큰아들은 그렇게 칠순 노모의 보살핌을 받으며 집으로 돌아왔다. 나는 아직도 어른이 아니었고, 그저 내가 할 수 있는 건 엄마에게 다음부터 다시는 병원에 혼자 가지 마시라 당부하는 것뿐이었다. 그 말을 건네는 나의 입이 부끄러웠다.

내 편

같이 일했던 작가 언니가 그러는데 난 별로 똑똑하지 못하대.
일이 터지면 어디에 줄 서야 하는지도 모르고 우왕좌왕하다가
그냥 주저앉아버린다나.

인생이 내 편을 만들어가는 게임이라고 한다면 난 히딩크가 되진
못할 것 같아. 그러기에 난 너무 더디고 또 많이 서툴거든.

한때는 이른바 '처세'라는 걸 잘하는 사람들을
별로 좋아하지 않던 적도 있었지. 순수하지 못하다는 이유로.
하지만 지금은 그렇게 생각하지 않아.
살아가는 데 있어서 내 편을 만드는 일은 정말 중요하더라구.

너무 약삭빠르게 처신을 하는 것도 좀 그렇지만
스스로를 고립시키는 건 자신에게 죄를 짓는 일인지도 몰라.

말과 선언

왜 선언은 항상 선언에 그치고 마는가.
왜 말로써 세상에 던져지는 것들은 항상
현실에 의해 조롱당하는 신세가 되고 마는 걸까.

더이상 타인에게 기대지 않고도 살아갈 수 있는
내가 되었다고 자신 있게 말하는 순간,
거짓말처럼 나를 옴짝달싹 못하게 하는 상대가 나타난다.
이제 담배를 완전히 끊은 것 같다고 말하는 순간,
이제 나는 너에게서 완벽히 자유롭다고 말하는 순간,
깨닫는다.
결코 아직은 그럴 수 없음을.

선언의 허망함은 결심을 토하는 것에서만 비롯되지는 않는다.
감정을 표현할 때도 마찬가지다.
사랑한다고 말하는 순간 사랑하지 않는다는 것을
깨닫게 되는 경우는 얼마나 많은가.
왜 사랑한다고 말하고 나면 그 순간 말로는 설명할 수 없는
허망함이 밀려오는 걸까. 왜 그것을 입에 담는 순간,
그토록 복잡한 생각이 들며 나의 말의 진위가
스스로도 의심스러워지는 걸까.

태어나서 처음으로 사랑해, 라는 말을 들은 것은
중학교 3학년 때였다.
사람은 누구나 여러 명의 첫사랑을 가지고 있다.
태어나서 처음 좋아해본 것도 첫사랑이요,
좋아했으되 실제로 사귀어본 것도 첫사랑이요,
초등학교 때 사귄 것은 너무 어렸을 때니까
중학교 때부터 사귄 것이 첫사랑이요,
심지어는 성인이 되어 사귄 첫 상대를 진정한
첫사랑이라고 여기는 사람도 있다.

내게 그 말을 해준 것은 중학교 때의 첫사랑.
태어나서 처음 사귀어본 여자아이였다.

공중전화부스에서
동전을 수십 개씩 쌓아놓고 나누던 긴긴 통화가
마치 찰나의 순간처럼 흘러가던 그때,
어느 날 전화기를 통해 귓가에 들려온
한마디는 내 온몸을 감전시켜버리고 말았다.

"사랑해."

몰핀을 얼마나 맞으면 그처럼 몽롱한 기분이 들까.
철없을 적 들려왔던 사랑의 말들은
그토록 놀랍고도 강력한 것이었다.

'보고 싶어' '좋아해' '사랑해'

아무런 의심이나 회의 없이, 정말로 순수하고 영원하게
느껴지는 그 말들을 듣고 믿어 의심치 않던 순간들이 그립다.
이십여 년이 지난 지금 다시금 듣는 사랑해, 라는 말은
여전히 애틋하지만,
어쩐지 지금의 그 말 속에는 슬픔이 배어 있다.
참 희한한 일 아니냐.
사랑한다는데, 세상에서 내가 제일 좋다는데,

이처럼 아름답고 소중한 말을 내가 그토록 귀히 여기는 사람에게서
듣고 있는데도 어째서 기뻐 웃지 못하고
슬픔으로 아득한 기분이 되어버리는 것일까.

나는 여태껏 몇 명의 사람에게서 사랑한다는 말을 들어왔나.
그 말을 해주던 사람들은 지금 어디에서 무얼 하고 있으며
지금은 또 누구를 사랑하고 있는가. 왜 어른들은
일생에 여러 번의 사랑이 있을 거라고 가르쳐주지 않았나.

말이란 존재하는 것이 아니다. 다만 기억될 뿐.
나를 황홀하게 했던 수많은 말들은 언제나
내 귀에 들려온 순간 사라져버렸다.
말이란 이처럼 존재와 동시에 소멸해버리기에
그토록 부질없고 애틋한 것인지도 모른다.

2장

구원

인생이라는 바다 위를 표류하는 사람들은 저마다의 구원을 꿈꾸기 마련인데 나에겐 그것이 '여행과 책' 두 가지였다. 난 좀처럼 내 의지로 여행을 가본 적이 없는 사람으로 작업을 위해 스물여섯 살 때 런던에 가보고 역시 일 때문에 일본의 몇몇 도시를 찾았던 것 빼놓고는, 순수하게 여행이라는 것을 떠나본 적이 별로 없이 살아왔다. 여행에 대한 의지 자체도 그다지 없었던데다가 집 떠나서는 잠을 잘 이루지 못하고, 이것저것 가리는 것도 많아서 그랬던 것 같다.

또 서점을 그렇게 좋아했으면서도 막상 책은 거의 읽지 못하는 희한한 습성을 갖고 있는 바람에 오죽하면 서른네 살이나 먹어 다짐했던 목표가 '여행과 책 읽기'였을 정도였다. 그 목표들은 5년이 지난 뒤에야 겨우 반을 이루게 된다.

어릴 적부터 세상 돌아가는 일에 관심이 많아 신문은 챙겨보는 편이었지만 책은 정말이지 읽을 수가 없었다. 책만 펼쳐들면 저 밑에 단전에서부터 뭔가가 치밀어올라 도무지 진도를 나갈 수가 없었다. 어쩌다 맘에 드는 제목과 뒷면의 추천사에 끌려 이번만은 문제없이 완독을 할 수 있으리라는 기대 속에 구입을 해보아도 번번이 집에 가져간 순간 책장에 꽂아놓고는 더이상 보지 않게 되는 건 마찬가지였다. 그러나 그러면서도, 책 속에 내가 여태껏 알지 못했던 수많은 지식과 이야기, 또 타인의 상상과 생각들이 존재할 것이라는 기대에 책을 읽고 싶다는 욕망만은 버리지 않았다. 현실에서의 표류자는 가보지 못한 미지의 세계에서 구원을 찾는다고 했던가. 내겐 그것이 책 읽기였고 여행이었던 것이다.

그러던 어느 날 내게 작은 변화가 생겼다. 본격적으로 책을 사기 시작한 것이다. 그동안은 서점에 들러도 이 책 저 책 들춰보기나 할 뿐 그저 서점에 가는 것만으로 만족하던 내가 읽지도 못하는 책을 사게 된 건 친구의 조언 때문이었다. 2007년, 나는 한 사람 때문에 열병을 앓았고 다시는 겪고 싶지 않을 만큼 커다란 고통을 겪었다. 그것이 도저히 나의 힘으로는 스스로를 구해내지 못할 지경이 되자, 절망 속에서 친구에게 구원의 손길을 청했을 때 친구가 알려준 해결책은 다음과 같았다.

"석원아, 공부해. 그리고 운동해."

고통을 잊기 위해, 나는 지체 없이 달리기 시작했고 서점에 나가서 책을 사 모았다. 비록 읽지는 못해도 내 나름의 구미를 당기고 취향에 맞는 책들은 있었기 때문에 그러한 것들을 골라 한두 권씩 사기 시작했던 것이다. 서점에 가는 횟수가 점점 많아지고 한번 갈 때마다 쇼핑바구니에 담기는 책의 권수가 늘어가면서, 어느새 그것들은 나의 중요한 취미이자 낙이 되었다. 장식용으로 하나 있던 책장이 석 달 만에 두 개가 되고 다시 일 년 만에 세 개가 될 정도로 책들은 방을 가득 메워갔다. 그 책들을 보며 언젠가는 모조리 읽게 될 날이 왔으면 좋겠다고 생각했지만 아직까지는 관상용에 머물러 있던 그것들은 그저 고통을 잊기 위해 책을 사 모으는 한 별난 서적수집가의 수집물일 뿐이었다.

어느 날, 신문에서 신간 서적 리뷰를 보다가 눈을 잡아끄는 강렬한 문구를 발견했다. 그것은 봅 가르시아라는 작가가 쓴 홈즈 시리즈에 대한 일종의 오마주격 작품으로 『셜록 홈즈의 유언장』이라는 책의 헤드 카피였다.

"셜록 홈즈가 존재하는 데에는 다른 사람들의 인정이 필요치 않았다. 그는 어떠한 규정도 거부했다."
세상에 멋있어라. 살아오면서 너는 이런 사람이야, 너는 이래야돼, 라고 규정지어지는 것을 그토록 싫어했던 내게 규정을 스스로 거부할 수 있다는 건 보통 멋있는 일이 아니었다. 그 하나의 글귀 덕분에 어릴 적부터 숱하게 들어왔던 홈즈라는 인물은 단박에 나의 우상이 되었고 그 카리스마와 자신감은 나를 강렬하게 매혹했다.

나는 그길로 서점으로 달려가 책을 확보했다. 과연 아서 코난 도일이 쓰지 않은 홈즈를 읽는 것이, 오리지널보다 오마주로 헌사된 작품을 먼저 읽는 것이 잘하는 일일까 하는 고민도 잠시 했지만 그래도 어쩐지 이 인연을 놓쳐선 안 된다는 생각이 들어 서둘러 책을 사 가지고 집으로 돌아왔다.

물론 언제나처럼 당장 읽을 수 있었던 건 아니었다. 그러나 이번 만큼은 다른 때와 상황이 달랐다. 당시 나는 작업 때문에 격심한 스트레스를 받아 목을 다치고 몸 상태도 안 좋아져 집에서 감옥살이 아닌 감옥살이를 하고 있는 형편이었다. 나는 몇 달간 회복되지 않는 몸을 가료하기 위해 아무도 만나지 않고 집에만 있었기 때문에 몹시 지쳐 있었고 또 외로웠다. 그렇게 몇 달을 보내고 나니 티비도 인터넷도 더이상은 나의 무료함을 달래줄 수 없는 지경이 되었고 마침 섬광처럼 맞닥뜨린 그 짧은 문구 하나로 어떤 책 한 권을 읽기 시작한 것이다.

다섯 페이지가 넘어가고 열 페이지가 넘어가고… 막상 읽기 시작하자 진도는 빠르게 나아갔다. 무엇보다 지금에 와서 다행이었던 건 책 읽기를 시작하게 된 첫 책이 코난 도일의 작품이 아니었음에도 불구하고 그 자체로 재미가 있었던 사실이었다. 모처럼 읽고 싶어진 책이 만약 재미가 없었다면 아마 난 또다시 많은 시간을 그저 쇼핑 바구니에 책을 채우는 것으로나 만족해야 했겠지. 아무튼, 그렇게 일단 한 권을 떼고 나자 그때부터 다른 책들도 한 권 두 권 띄엄띄엄 이나마 읽어나갈 수 있게 되었다. 너무 신이 났다. 책을 몇 권 읽어야겠다도 아니고 그저 책을 읽을 수 있게 되기만을 바라던 내가, 그토록 좋아하는 서점에 꽂혀 있는 책들이 더이상 관상용이 아니게 되었을 때에 느낀 행복감은 말로 다 표현할 수 없었다.

돌이켜보면 참 먼 여정이었던 꿈이 5년 만에 실현되었다.

책 읽기. 그것은 내 인생의 혁명적인 변화였다. 책을 읽는 사람이라면 알 것이다. 책을 읽는다는 것이 얼마나 무시무시한 일인지를. 책 속에서 나는 오노 나츠메의 『콩나물 부부』를 읽으며 남의 일이라고만 여기던 부부를 꿈꾸게 되었고 공지영의 『괜찮다 다 괜찮다』를 읽으며 좌절 속에 위로받고, 어릴 적 보았던 『크리스마스캐럴』을 다시 읽으며 어쩐지 인류를 배반해선 안 될 것 같은 숙명을 느꼈다. 남의 삶을 엿보고 남의 생각을 들여다보고 남의 상상을 맛보는 이 무서울 정도의 희열과 쾌감이 어째서 이제야 나를 찾아왔을까. 이제 막 발을 딛기 시작한 이 미지의 세계는 정말로 나를 구원해줄 수 있을까. 나는 두려움과 호기심 속에 점점 책 속으로 빨려들어갔다.

책과 내가 너무나 멀던 시절. 아주 오래전부터 새벽이면 차를 타고 나가 밤이 새도록 돌아다니다가 집에 들어오곤 했었다. 무엇을 했던 것도 아니다. 그저 오로지 돌아다니기만 한 것이 전부였다. 운전면허를 따고 내 차를 갖게 되면서부터는 직접 차를 몰고 역시 밤이 새도록 돌아다녔다. 로버트 드 니로가 〈택시 드라이버〉에 출연했을 때에도 나보다는 운전을 덜 했을 것이다. 나의 이 오랜 습관은 결혼을 하고 나서도, 심지어 결혼을 한 당일 밤에도 행해졌다. 잠든 신부를 방에 두고 숙소인 리츠칼튼 호텔을 나와 강남의 밤거리를 세 시간씩이나 헤맸다. 모든 것이 두려움뿐이었고, 아무것도 감당할 수 없을 것 같았다. 이혼을 하면서 습관이 잦아들긴 했지만 어느 날이라도 다시 차를 몰고 새벽길을 나서야 할 때면 가슴속이 한없이 우울해지곤 했다.

길 위에서, 나는 정말로 아무것도 하는 게 없었다. 그저 돌아다녔다. 그러다 멈춰서선 도시의 어느 한 구석인가를 하염없이 바라보다 다시 차를 몰고 배회하는 것. 그게 나의 방황의 전부였다. 분명 나의 생에 무언가 엄청난 결핍이 있다는 것은 알았지만 그 구멍이 무엇인지, 무엇으로 채워야 하는지, 아니 채우고 싶다는 의지가 있는 것인지조차 알 수 없었다.

그런 시절은 너무도 오래 계속되었고 나는 그렇게 무기력하게, 언제나 그냥 쳐다보는 사람으로, 그저 지켜보는 사람으로 살아왔다.

그러고 보면 어쩌면 나의 삶은 진작부터 난파선이었는지도 모른다. 기나긴 시간을 숙명처럼 표류하면서 오직 미지의 세계에서나 가능한 구원을 꿈꾸어왔으니 말이다.

그렇게 꿈꾸던 미지의 세계에 발을 디딘 지도 조금의 시간이 흘렀다. 나의 생은 얼만큼 변화했을까. 어느 날, 가족에 관한 책을 읽으며 나의 미래의 딸아이에 대한 애틋함에 목이 메다가 불현듯 해결되지 않은 어떤 문제가 떠올라 허영만의 『벽』을 집어들었다.

"싫으면 키스만 해줘도 좋아." 석기가 말했다.
희재가 묻는다. "제가 그렇게 탐이 나세요?"
"탐스러우니까."
"억제력이 전혀 없나보죠?"
"얼마든지 억제할 수 있어.
그러나 억제해야 하는 이유가 뭔지 모르겠어."
"사랑해보고 싶은 생각은요?"
"사랑이란 낱말은 구역질이 나."

그렇게 표류하던 석기는 구역질난다던 사랑에 빠지고 희재와 결혼하여 가정을 꾸린다. 석기는 과연 사랑으로부터 구원받았을까.

석기를 구원해줄 것만 같았던 희재는 석기의 아이를 낳다가 죽어버리고 만다.

책 속에 구원이 있을지 모른다는 내 꿈의 결말도 어쩌면 이렇게 스러져갈지 모른다. 그러나 나는 멈추지 않을 것이다. 아니, 멈출 수가 없다. 그것이 나의 기나긴 표류를 중단하게 하고 조용하고 평화로운 항구에 정박하게 해주었기 때문에. 5년 전 구원의 방편으로 꿈꾸었던 책 읽기의 세계는 달콤했다. 이제 나의 안식처인 서점에 가는 것은 더욱 구체적으로 행복한 행위가 되었고, 읽는 것이건 쓰는 것이건 활자는 내게 가장 즐거운 존재가 되었다. 오늘도 책을 읽는다. 그리고 책 속의 세상은 자꾸만 등 떠민다. 떠나라고, 가보지 못한 곳으로. 남은 반쪽을 실천하라고.

나는 구원받았는가? 적어도 반은 그렇다.

여행의 시작

　여행이라는 것은 본래부터 사람의 기분을 감상적으로 만들어주는 행위인 것일까. 나는 알고 싶었다. 내가 그간 가본 곳이라곤 강원도와 경주, 또 런던과 일본의 크고 작은 도시와 민가 몇 군데가 전부인데, 그나마도 일 때문에, 혹은 신혼여행 덕택으로 간 곳들뿐이다. 나는 여행 자체를 목적으로 떠나는 여행은 거의 해본 적이 없었다.

　그런데 그곳들은, 원래부터 여행지로서 감상적인 외로움을 느끼기에 적합한 곳들이라 여겨졌다. 이를테면 늘 기후가 흐린 탓에 도시 전체가 갖고 있는 기운이 애시당초 저조할 수밖에 없는 런던과, 섬나라 특유의 가라앉은 분위기로 인해 활기와는 거리가 먼 일본이 그러했으며, 강원도만 해도 지역 전체를 감싸고 있는 애잔한 기운 덕택에 늘 쓸쓸한 기분을 던져주는 곳이고, 사시사철 마치 눈이 내린 듯 고요한 경주 또한 엇비슷한 감정을 자아내기는 마찬가지인 도시였기 때문이다.

그런데, 만약 내가 찾았던 곳이 동해가 아닌 서해나 남해였다면 어땠을까. 또, 런던이나 일본이 아닌 남아프리카 공화국이나 뉴질랜드였다면 어땠을까. 과연 그곳에서도 강원도 동해바다에서 느껴지는 그 설명할 수 없는 감정과 기분을 맛볼 수 있었을까. 다시 말해 어떤 곳이건 모든 여행지들이, 단지 낯설고 먼 곳이라는 이유만으로 한결같이 쓸쓸한 감정을 자아내리라고 단정할 수 있을까. 아마도 그렇지는 않을 것이다. 서해와 남해에서는 동해의 그것이 아닌 그곳 고유의 영혼과 기운이 존재할 테니까.

나는 이른바 '휴양'이라는 것을 목적으로 여행을 떠나본 적 또한 한 번도 없었다. 때문에 그곳을 사는 사람들의 삶과 그들이 만들어온 역사가 어려 있는 대도시가 아니라, 오로지 휴식과 즐거움만을 위해 존재하는 듯한 곳에서 받는 느낌은 어떤 것인지 잘 모른다. 짐작건대 비싼 돈을 지불하고 떠난 몰디브나 푸켓 같은 고급휴양지에서 강원도에서나 느낄 수 있는 특유의 서글프고 애상적인 느낌을 기대하기는 힘들지 않을까 싶다. 오히려 그러한 곳에서는 그동안 맛보지 못했던 풍경의 사치스러움 덕택에 눈은 호사를 누릴 것이며 느긋하게 휴식을 취하는 사람들이 던져주는 아늑함과 활기가 쓸쓸함보다 더 크게 다가올지 모른다.

나는 그것을 확인하고 싶었다. 세상의 가보지 못한 많은 곳에서 맛볼 수 있는 다양한 감정과 느낌 같은 것들을. 그리고 그것을 위해서는 한 번도 가보지 않은 곳, 지금까지와는 다른 분위기의 곳들을 가야 했다.

그러나 그럼에도 불구하고 선택된 목적지는 강원도. 이미 여러 번 찾았던 곳이다. 모처럼 오랜만에 여행을 떠나면서 또다시 익숙한 곳을 선택한 이유는 무엇일까. 사실 나는 강원도를 여러 번 갔으되, 결코 여러 곳을 다녀본 적이 없다. 숙소는 거의 설악산 근처 K호텔에 잡고, 도착해서 짐을 풀고 나면 설악산 비룡폭포에 올랐다간 저녁이면 대포항에 가서 술과 회를 먹고 잠을 잔 후 다음날 서울로 돌아오는, 이것이 몇 번을 가든 판에 박은 듯 되풀이되었던 나의 진부한 강원도행의 전부였다. 사실 진짜 여행은 무엇이고, 그렇지 않은 여행은 무엇인지 나도 잘은 모른다. 다만 지금의 내게 중요한 것이 가보지 않은 곳을 가는 것이라면, 그런 의미에서 내게 강원도는 '가보지 않은 곳'이나 마찬가지였다는 것이다. 나는 강원도의 진짜 모습, 내가 보지 못했던 모습을 보고 싶었다. 비록 내가 알고 있는 강원도가 그곳의 전부라 해도 말이다.

떠나는 날. 일정상 먼저 병원엘 들러야 했다. 최근 나는 무려 오년간이나 미뤄오던 대장내시경 검사를 받는데, 뭔가 심상치 않은 병이 확인되었다. 오늘은 처음으로 담당의를 만나는 날. 예약시간이 일렀던 관계로 아침 일찍 병원에 도착해 긴장 속에 차례를 기다렸다. 애써 스스로를 안심시키려고도 해봤지만 역시 머릿속이 혼란스러운 것은 어쩔 수 없는 일. 잠시 기다리고 있자니 이번 여행의 동행자가 저만치서 여행 가방을 밀며 내 쪽으로 다가왔다. 진홍색 여행용 슈트케이스에 짧은 반바지 차림의 그는 누가 봐도 여행객의 모습이었다. 붐비는 환자들 틈에 어렵사리 자리를 마련해 앉은 우리는 그곳에서 확연히 이질적인 존재들이었다. '대장센터'라는 묵직한 이름의 공간과 곧 여행을 떠나게 될 두 사람. 그것은 마치 각기 불안과 희망을 상징하는 것만 같았고 차례를 기다리고 있는 내 머릿속의 복잡한 심경과도 다르지 않은 것이었다. 이윽고 나의 이름이 불려졌다. "이석원 환자 들어오세요."

나는 병원에서 진찰실에 들어가 의사와 마주할 때면 할 수 있는 한 최대한 조심스럽고 정성스러운 동작으로 목례를 한다. 그것이 내 건강에 대한 염원을 표현하는 나만의 방식이다. 의사는 내 존중어린 인사를 받아도 손색없을 만큼 나이가 있었고 상당한 포스를 풍기고 있었다. 우리나라에서 가장 좋다는 병원의, 이 분야의 이름난 특진의라는 사전 정보가 내 머릿속에 선입견을 형성해놓은 탓도 있겠지만, 객관적으로 봤을 때도 그는 실력자라면 갖추고 있어야 할 특유의 분위기를 자아내고 있었다. 명확하면서도 단호한 말투, 날카로운 눈길로 여러 곳에 능숙하게 던져지는 시선들, 몇 개의 자료를 동시에 보느라 풍겨지는 전문가 특유의 부산함 같은 것들… 그는 나의 대장 속 사진이 선명하게 나와 있는 컴퓨터 모니터와 차트를 번갈아 보며 설명을 시작했다. "궤양성대장염이라는 건 알고 오셨죠? 이 병은 원인이 미상이고 평생 약을 먹어야 하는 병입니다." 나는 놀라서 물었다.

"평생…이요?"

"네. 평생. 운이 좋은 사람들의 경우 한 오 년 정도 복용하다가 가끔 약을 중단하는 경우가 있긴 해요. 일단 한 달 정도 먹어보고 경과를 한번 봅시다." 그의 말은 빠르고, 충분히 친절했으며, 단호했다.

궤양성대장염. 대장암으로 진행될 가능성이 있다는 원인미상의 완치가 어렵다는 난치병. 병의 이름 자체가 유명하거나 당장 목숨이 경과에 달릴 만큼 위중한 병은 아니지만 여러 가지로 꺼림칙한 병인 것만은 틀림없었다. 더군다나 '평생' 약을 복용해야 한다는 사실이 무엇보다 무겁게 다가왔다. 내가 이 병을 잘 이겨낼 수 있을까. 어쨌든 이제 병원에서 해야 할 일은 모두 마쳤다. 우리는 지체 없이 강원도로 떠났다.

얼마 전 개통된 경춘 고속도로 덕분에 강원도로 가는 길은 빨라졌고 단순해졌다. 돌이켜보면 강원도로 가는 길만큼 많은 변화를 거쳐온 곳도 드문 것 같다. 어릴 적 서울에 사는 사람들이 강원도엘 가려면 대관령이든 미시령이든 입맛 따라 택한 꾸불꾸불 산 고갯길을 핸들을 이리저리 수백 번씩 꺾어가며 힘겹게 올라 넘어가야 했었다. 그리고 그렇게 힘든 길을 거치고 나서야 비로소 눈앞에 속초의 바다 수평선이 펼쳐지지 않았던가. 그런데 이제는 새로 뚫린 도로들이 그 모든 산과 고개의 과정을 생략케 하고 이처럼 손쉽고 빠르게 강원도로 가는 길을 열어주었으니, 상투적인 생각에서가 아니라 정말로 그러한 방식이, 그런 강원도에 대한 빠른 접근이 강원도를 보다 강원도답게 느끼게 해줄 수 있을는지는 알 수 없었다. 여행이라는 것이 목적지가 전부인 것은 아닐 텐데. 여행지로 가는 과정 또한 여행의 일부일 텐데. 무언가 아쉬움이 느껴졌다. 적어도 내가 아는 한 과정의 간편함이란 언제나 결과물의 만족감을 떨어뜨리는 역할을 해왔다.

다시 찾은 강원도는 낯설었다.
설악산 근처의 도로나 풍경도 어쩐지 조금은 달라진 것 같았다. 숙소에 도착했을 때, 약간의 문제가 있었다. 모든 새로운 것들을 해보리라는 생각에 늘 묵던 K호텔을 피해 다른 곳을 숙소로 잡았는데 영 마땅치가 않았던 것이다. 호텔 측의 실수로 원래 예약했던 방보다 더 좋은 스위트룸으로 배정을 받았지만, 더 넓고 화려한 시설에도 불구하고 무언가 마음이 안정되지 않았다. 나는 그 뭔가가 무엇인지를 알고 싶었다. 역시 나는 익숙하지 않은 것에는 도무지 적응을 하지 못하는 류의 사람인 것일까…
나는 이 호텔을 포기해야 할 것인가를 신속히 결정해야 했고 갈등 어린 마음으로 방의 구석구석을 살펴보기 시작했다. 베란다에서 내다보이는 설악산 전경의 불안한 구도, 오래되고 낡은 콘도들이 밀집되어 있는 주변 환경, 스위트룸이라 방은 넓었지만 낡고 음침한 기운이 풍겼던 욕실, 군데군데 얼룩이 져 있던 바닥의 카페트… 나는 고민 끝에 예약을 취소하고 어렵사리 방을 구해 낙산사 옆 호텔로 다시 거처를 옮겼다. 그곳엔 스위트룸에 비하면 비교할 수 없을 만큼 작았지만 낙산의 바다가 한눈에 보이는 전망이 괜찮은 방이 있었다. 마음이 그제서야 편안해졌다. 동행자에겐 이야기하지 않았지만 나는 12년 전에 바로 이곳에서 묵은 적이 있다. 그때의 강원도는 지금보다 몇 배는 더 숨 막힐 만큼 쓸쓸했었는데.

아침부터 병원에 들렀다가 오랜 시간 운전을 하고 오느라 몸은 피곤했으나 시간이 아까워 방에 머물러 있을 수는 없었다. 우리는 우선 바로 옆에 있는 낙산사부터 찾기로 했다. 낙산의 바닷가를 정면에서 바라보고 있는 이 특이한 절은 몇 해 전 큰불이 나서 사찰 전체가 커다란 피해를 입었던 곳이다. 화마의 흔적은 잔인했다. 절의 골조를 이룬 나무들이 모조리 새것이었으니까. 우리는 '입장료는 무료'라고 쓰여 있는 팻말을 지나 낙산사 경내로 진입해 들어갔다. 어느새 뉘엿뉘엿 해가 져 바다는 붉게 물들고 있었다. 문득 그런 생각이 들었다. 왜 바다는 산에 비해 이처럼 쓸쓸하고 무서우리만치 적막한 기분을 전해주는 것일까. 왜 산에 오르면 산은 나를 포근하게 감싸

안아주는 것만 같은데 저 검고 깊고 두려운 바다를 보고 있으면 언제라도 나를 그 속으로 빨아들이기라도 할 것처럼 무섭고 황량한 기운이 느껴지는 걸까. 시커먼 바다 속은 언제나 세상에서 가장 두려운 것을 느끼게 해준다. 그것은 바로 종말. 내가 가장 두려워하는 것. 그날도 어김없이 바다는 마치 종말처럼 다가왔다.

며칠 전, 누군가가 내게 털어 놓았던 이야기가 떠올랐다.

돌이켜보면 그가 그런 내밀한 고백을 그처럼 자연스럽게 거리낌 없이 했다는 것이 놀랍다. 나 또한 세상이 그러하다는 것을 누구보다 잘 아는 사람이었지만, 그래도 속마음은 그것이 아니길 바랐기에 놀랄 수밖에 없었던 것이다. 나는 아직도 받아들이지 못하고 있는 것은 아닐까. 이 세상의 모든 것에는 끝이 있다는 사실을.

그가 내게 해준 이야기는 어찌 보면 작은 종말에 불과한 것이었으나, 내게는 나의 믿음과 기대에 대한 종결이었으며 그 자체로 절망을 의미했던, 그야말로 디 엔드의 너무도 무심하고 담담한 선언과도 같은 것이었다. 그는 그 사실을 전하며 태연했다. 그래서 나는 슬펐다. 그가 끝에 대한 슬픔마저 잃어버린 것이 아닌가 하고. 그런 맥락에서 나는 어쩌면 라이너 마리아 릴케와 같은 부류가 아닐까 한다. 색색깔의 꽃들이 피어 있는 아름다운 산책길을 걸으며, 그는 그 아름다움을 즐기지 못하고 오로지 소멸의 안타까움 속에 빠져들곤 했으니까.

모르겠다. 언젠가 다시 누군가를 사랑하게 되면 미친듯이 사랑이 피어오르는 순간을 사진 찍듯 잡아채 음악의 기록으로 남겨놓고 싶다 했었다. 그런데 어느새 지금의 나는 또다시 거짓말처럼 광활한 꽃길 앞에 서 있다. 영원히 지지 않는 해를 벗 삼아 일천 킬로미터짜리 꽃길을 둘이서 걸어가는 황홀한 순간,

나는 절망한다.
이 기나긴 길도 언젠간 끝날 것을 알기에.

새 나무로 다시 지어진 대웅전 앞으로 가니 한 스님이 목탁을 두드리며 수행을 하고 있었다. 그 모습을 보며 생각했다.
'나는 절대로 도 같은 건 닦지 못할 거야. 속세를 떠나서는 살 수 없는 인간이니까. 그러니 난 수없이 닥쳐올 끝과 마주하며 살 수밖에 없는 운명이겠지.'

태양이 검은 바다 속으로 사라져갔다.

다시 여행을 시작하며, 나는 이렇게 강원도에서 첫날을 보냈다.
강원도가 갖고 있는 이 고유의 느낌은 도대체 어디에서 비롯되는 걸까. 왜 이곳에 오면 언제나 거부할 수 없는 이토록 애잔한 기운이 나와 동행한 이를 감싸는 것일까.

'끝의 덧없음을 깨닫지 않으리.
힘들더라도 나는 다만 최선을 다해 끝과 마주하고 싶을 뿐.'

다시 여행을 시작하는 순간, 세상의 모든 낯설고 먼 곳들이 내게
쓸쓸함을 전해오고 있었다.

생활의 아름다움

음악이 자아내는 것들.

사랑이 불러일으키는 것들.

진정한 친구를 가리는 법

친구가 슬프고 불행한 일을 당했을 때 함께 슬퍼하고 위로해줄 수 있는 친구와 좋은 일, 기쁜 일이 생겼을 때 진심으로 축하해주고 기뻐해줄 수 있는 친구 중 어느 쪽이 더 크고 진한 우정이라 할 수 있을까.

누구는 묻겠지. 그 둘이 다른 거냐고. 하나가 되면 당연히 다른 것도 되는 것 아니겠냐고.

하지만 이 문제는 그렇게 간단한 것이 아니다. 세상엔 저 둘 중 하나밖에 해줄 수 없는 우정이 훨씬 많거든. 슬프지만 그게 진실이다. 별로 친하지도 않은 친구의 부모님이 돌아가셔서 문상을 가게 되었을 때, 마치 그 순간만큼은 원래부터 친했던 사이인 것처럼 진심이 발동해 위로했던 경험을 누구나 몇 번씩은 갖고 있다. 그것은 결코 가식이 아니다. 슬픔의 위로는 대단한 우정이 아니라도 사람이면 누구나 할 수 있는 것이다.

문제는 좋은 일이 생겼을 때. 어느 날 친구가 로또를 맞았다고 치자. 그걸 내 일처럼 기뻐하기가 쉬울까? 언젠가 한번 그런 일을 겪은 적이 있었다. 어느 날 제일 친한 친구였는데, 그에게 믿을 수 없는 행운이 찾아왔다. 친구는 내게 실시간으로 일의 진행상황을 전하다 마침내 대박을 알려왔는데, 거짓말처럼 일이 풀려가는 걸 보며 놀랍고 기쁘면서도 내 마음 한구석에 한 10%쯤의 질시의 감정 또한 커져가던 걸 난 또렷이 기억한다. 내 제일 친한 친구이자 나와는 상관없는 분야에서 일하는 친구였는데도 말이다. 그러니까 그의 일이 잘 되어도 내 몫이 줄어들거나 나와 비교될 일 같은 건 없을 텐데도 내 맘이 그렇게 되더라는 것이다.

사실 그런 감정이 드는 게 꼭 나쁜 마음에서만은 아닐 것이다. 이제 친구와 나의 처지가 서로 달라질 테니 예전처럼 지내지 못하게 되는 것은 아닐까 하는 불안한 마음도 있을 것이고, 그런 것들을 다 떠나서 그저 곁에 있는 누군가의 갑작스런 성공을 목격하게 되면 자연스레 본능적인 질시의 마음이 들 수도 있는 것 아닐까? 아무리 친한 사이라 해도 말이다.

그렇다면 그 친구가 슬픔을 당했을 때는 어땠을까. 그 애의 아버지가 돌아가셨을 때 난 일정상 도저히 짬이 나지 않는 스케줄을 쪼개 부산까지 내려가 조문을 하고 왔다. 삼십 분 조문을 위해 주말 이틀 동안 내가 가진 모든 시간을 끌어써야 했고 그 여파는 다음 주 일하는 데까지 지장을 줄 정도였지만 조금도 귀찮거나 힘들다고 생각하지 않았다. 나는 진심으로 같이 슬퍼했고 그것은 너무나 당연한 일이었다. 부조금을 낼 땐 지갑에 있는 돈을 모두 털어넣기도 했다. 생색 같지만 아무리 친한 사이라도 서울에서 부산까지 달려간다는 게 쉬운 일은 아니잖나. 나는 내심 할 도리를 했다는 생각에 뿌듯했고 그날 장지로 떠나는 버스 안에서 친구는 내 우정에 진심으로 고마워하는 표정으로 마음을 담아 손을 흔들었었다.

바로 그 친구였다. 그 정도로 가까운 친구였는데도 좋은 일이 생기니깐 이상하게 묘한 감정이 들더라는 것이다. 솔직히 난 내 자신이 믿어지지 않았다. 그리고 바로 그때 알게 된 거다. 슬픔을 위로하는 것보다 기쁨을 나누는 것이 훨씬 더 어려운 일이라는 것을. 난 반성했다. 그리고 다시 한번 말하지만 그때 생겼던 나의 질투심은 축하하는 마음의 10% 정도에 불과했다는 걸 강조하고 싶다. 90%는 진심으로 기뻐했으니까. 근데 20% 아니었냐고? 사실 톡 까놓고 50% 아니었냐고? 아니, 정말로 솔직히 말하면 은근히 그 일이 엎어졌으면 하고 바라기까지 하지 않았냐고? 너무 자세한 건 묻지 말아줬으면 좋겠다. 그리고 만약에, 만에 하나 정말로 그랬다면 그건 모두 내 안의 악마가 벌인 일일 뿐이라는 걸 알아줬으면 한다. 그 애의 가장 친한 친구인 내가 그랬을 리는 없을 테니까.

이사

새로운 것을 경험해보고 싶은 욕구는 많지만 내가 새로이 겪어보고 싶은 세계는 결코 거주지나 차, 오래된 단골집과 같이 생활과 관련된 것들은 아니다. 오히려 그것들은 편하고 익숙하게, 지금처럼 내게 최적화된 상태로 언제까지나 변화 없이 제공되기를 바랄 뿐이다. 본인의 취향과 결점을 꿰뚫고 있는 단골 미용실을 바꾸고 싶어 할 사람이 있을까. 집도 마찬가지다. 내 집과 집을 둘러싼 환경이 맘에 드는 한 '다른 곳에서도 한번 살아봐야지'라는 생각이 드는 편은 아니다. 집은 탐구의 대상이 아닐뿐더러 새로움은 여행지나 기타 다른 것을 통해 얼마든지 맛볼 수 있는 거니까. 집은 밖에서의 그 모든 새로움을 감당하기 위해 홀로 은둔하며 휴식하고 에너지를 충전할 수 있는 역할을 수행할 수 있는 곳이면 족하다.

다행히 이사를 많이 다닌 편은 아니다. 스물여덟 살에 결혼을 하기 전까진 한 번의 이사도 없이 한집에서 줄곧 살았다. 그러다가 결혼을 하게 되어 두 번 정도 이사를 했고 이혼해서 다시 부모님과 합친 후 지금까지 5년 남짓 살아온 것이 나의 이사 이력의 전부이다. 때문에 이제, 또 한 번의 이사를 앞두고 있는 나의 마음은 그리 평온하진 못하다. 원래부터 이사를 좋아하지 않는데다 좋은 이유로 더 좋은 곳으로 가는 것도 아니었고, 더구나 아파트에서 살다가 주택으로 가는 만큼 주차문제라든가 관리문제 같은 여러 번거로움도 있을 것이었다. 무엇보다 익숙한 곳을 떠나야 한다는 사실이 힘들었다.

마음이란 뭐든 떠나게 된 후라야 관대해지는 것인가보다. 그동안 살던 곳에서도 층간 소음이며 사용법이 복잡한 보일러 때문에 꽤나 불편을 느끼며 살아왔는데 이사가 결정되고 나자 갑자기 집이 너무나 아늑하고 편하게만 느껴지는 거다. 이곳이 이렇게 조용했었나? 이토록 편안했었나? 이제는 벽보까지 써 붙여가며 고통을 호소했던 앞 동 개 짖는 소리쯤 얼마든지 참을 수 있을 것 같았고 윗집 쿵쾅거리는 소리엔 왜 그렇게 날을 세웠었는지 내 자신이 이해가 가지 않을 정도였다. 그렇게 한 달. 이별을 앞두고 나서야 나는 이곳에서 살던 5년 중 가장 행복하고 아쉬운 시간들을 보낼 수 있었다.

한 달은 이별을 준비하기에 부족하지 않은 시간일 줄 알았다. 5년간 산책하고 달리기하던 아파트 앞뜰을 다시 한번 찬찬히 둘러보고,

거리에서 늘 지나치던 행상하는 아주머니들에게 마음속으로 인사도 하고, 마지막으로 나와 가족의 손때가 묻어 있는 집 안 구석구석을 음미해보고도 싶었지만, 늘 그렇듯 일상에 쫓겨 뜻대로 되지는 않았다. 이삿날. 나의 민망한 사생활들이 이삿짐센터 직원들에 의해 낱낱이 분해되고 포장되는 모습을 지켜보다, 나는 나대로 처리해야 할 일들을 해나갔다. 그렇게 한나절 동안의 번거롭고 수고로운 과정을 거쳐 순식간에 나의 거처는 낯선 곳으로 이동하였다. 그간 살던 집과의 이별의 의식은 그렇게 추억 속에 미뤄둔 채.

어지간하면 피하고 싶었던 이사였다. 그러나 사정상 그럴 수가 없었다. 그저 새 집이 조용한 곳이기만을 바랄 뿐. 다행히 새 집, 새 동네는 조용했다. 나는 그마저의 소음까지 줄이고자 한여름 땡볕에도 불구하고 집 안의 모든 창문을 꼭꼭 닫아버렸다.

걱정과는 달리 새 집에는 빠르게 적응해갔다. 남이 쓰던 변기에 앉기 싫어 사온 새 변기 커버는 급한 김에 원래 있던 것을 사용해버리는 바람에 구석으로 치워졌고, 기왕에 내 살이 닿아버린 것, 새것으로 가는 일은 잠시 미뤄지게 되었다. 마루에는 이처럼 다른 이의 손때를 참을 수 없어하던 나의 유난 때문에 사온 샤워기, 식기건조대 등 온갖 물건들이 쌓여 있었다. 그러나 그것들 또한 비닐포장이 채 뜯기기도 전에 원래의 집 안 구석구석에는 나의 흔적이 하나둘 빠르게 덧입혀지기 시작했다.

새 집은 평수가 작아서 덩치 큰 살림살이를 죄다 버려야 했다는 것 빼고는 그다지 모자란 구석은 없는 곳이었다. 적응도 빨랐고 별달리 불편한 것도 없었다. 오히려 걱정했던 불편함보다는 동네에 표정이 없는 것이 더 무겁게 다가왔다. 지역은 넓고 사람이 없는 것도 아닌데 웬일인지 동네가 가라앉아 있었다. 왜일까. 어쩐지 이곳의 첫인상은 전에 살던 곳과는 많이 달랐다.

원래 살던 아파트에는 정확히 만 오 년을 살았다. 수녀원이 풍기는 고요한 정취가 저녁이면 늘 사람의 마음을 안정시켜주던 곳. 공기가 좋은 동네라고 할 수는 없었지만 사방이 아파트 천지인 땅에서 바로 앞에 수녀원이 있는 우리 동은 그나마 혜택받은 곳이었다. 적어도 우리집 앞 공간만큼은 밤이면 풀벌레 소리와 선물 같은 적막을 얻을 수 있었으니까. 대로변과의 거리도 적절해 조금만 걸어나가면 사람과 시장의 활기를 느낄 수 있었고 집으로 돌아오면 조용한 숙식처가 되어주곤 했었다. 그에 비하면 참으로 무색무취한 이곳을 나는 매일 아침저녁으로 꾸준히 산책하면서 구석구석 탐색하기 시작했다.

이곳의 집들은 대체로 비슷한 형태를 띠고 있어서 비슷비슷한 싸구려 벽돌과 똑같은 고동색 샷시로 마감된 창틀을 한 집들이 동네 전체에 걸쳐 거대한 군락을 이루고 있었다. 집을 지은 재료들이 이처럼 동일한 이유는 아마도 건축비의 절감을 위해서 저렴한 것들을 고른 때문이었을 것이다. 나는 다가구나 다세대와 같은 말들이 주택의 단위를 일컬을 때 어떻게 다르게 쓰이는지 잘 모른다. 다만 이곳의 모든 집들이 찍어낸 듯 똑같이 생겼고, 이웃들에 관심이 없기는 아파트나 매한가지라는 건 분명했다.

집의 살림이 기울어 아파트에서 누리던 생활을 감당하지 못해 값이 싼 주택으로 이사를 오게 되었으니 좋은 마음으로 있을 수는 없는 일. 이사를 온 뒤, 공간에 대해 조금은 냉정한 마음으로 짐정리도 안한 채 틀어박혀 글을 쓰고 있는데 뜻밖에 누군가가 찾아왔다. 아직 이사 직후라 우체부가 바뀐 주소도 모를 텐데 누굴까 의아히 여겨 나가보니 웬 젊은 부인이 대여섯 살쯤 된 사내아이를 앞세우곤 손에는 고지서를 든 채 인사를 하는 것이다. 1층에 사는 사람이었다. 나는 2층에 살고 있었으므로 우리는 아래윗집에 사는 이웃지간이었던 셈이다. 여자가 수도 요금을 같이 내야 한다며 고지서를 건네주었다. 나는 알았다며 받아들었다. 용건을 끝내고 그녀가 돌아서자 엄마의 손을 잡고 있던 아이가 순간 힘차게 인사를 했다. "안녕히 계세요." 아이의 씩씩한 모습이 어쩐지 애틋하여 입가에 웃음이 번졌다. 나는 아이에게 내가 할 수 있는 한 최대한의 반응을 보이려 애쓰며 "그래 잘 가라" 하면서 머리를 쓰다듬어주었다. 그러곤 한 달이 흘렀다.

나는 이후로 함께 사는 이웃들과 한 번도 마주치지 않았고 지금 그때 그 여자와 아이의 얼굴도 생각나지 않는다. 이곳에 이사를 온지는 벌써 여러 날이 지났지만, 어쩌면 난 아직 진짜 이사를 오지 못했는지도 모른다. 내가 이곳에서 하는 일이라곤 오직 글을 쓰고 먹고 씻고 자는 일뿐이니까. 집이라는 것에 그 이상 바랄 것이 뭐가 있냐고? 있다. 당연히.

내가 사는 공간에 희망을 갖거나 애착을 느끼고, 무엇보다 불 꺼진 집에 들어왔을 때 따뜻함과 위로를 받는 일. 그러나 조용하다 못해 정적의 냉기까지 감도는 이 집에서, 어쩌면 그러한 것들은 영영 바랄 수 없는 것인지도 모른다.

우리집은 망했다. 그래서 살림 규모를 줄이기 위해 이곳에 왔다. 따라서 우리가 이곳에 얼마나 살게 될지 지금으로선 알 수 없다. 운이 좋아 형편이 풀린다면 미련 없이 떠나겠지만 그런 보장이 없는 지금으로선 알 수 없는 일이다. 이 년이 될지 아니면 오 년이 될지… 그것도 아니면 영영 머물게 될지. 낯설고 정이 가지 않는 곳. 운동을 위해 동네를 산책할 때마다 어쩐지 이곳이 서글프게 느껴진다. 내가 이처럼 정을 주지 않으니 아마 이곳 또한 나에게 정을 주지 않을 것이다. 이곳에서의 모든 내 시야의 기억들은 결코 추억으로 남지 않게 될까? 새 집에서의 한 달. 어쨌든 새로운 둥지에서, 나는 또 이렇게 살아가고 있다.

사랑했던 사람

누군가 이런 말을 해주었다.

"사람은, 전생에 자신이 가장 사랑했던 사람의 얼굴로 다시 태어 난대요. 전경린이 그랬어요. 나는 누구를 사랑해서 지금의 내 얼굴 이 되었나. 당신은 또 누구를 사랑해서 당신의 얼굴이 되었을까."

내가 전생에 이 얼굴을 사랑했다고?
이 얼굴을…?
믿기지가 않는다.

함께 산다는 것 —부모와 자식 사이

스물여덟 살에 결혼이라는 걸 하게 될 때까지, 엄마는 젊은 날의 내 모든 불행과 고통의 원천이었다. 안 그래도 고된 시집살이에 아들손자마저 안겨드리지 못해 더더욱 힘겨웠던 세월. 덕분에 딸만 내리 셋을 낳은 후 7년 만에 태어난 나에 대한 엄마의 집착과 기대는 상상을 초월하는 것이었다. 초등학교 때, 나는 하루에 무려 일곱 군데의 학원을 다녔다. 지금은 어떨지 몰라도 당시에 그렇게 하는 아이는 전교에서 나 하나뿐이었고 그 덕분에 난 어른이 된 지금도 뭔가를 배우는 일, 특히나 뭔가를 배우러 어딘가로 가야 하는 일이라면 진저리를 칠 정도로 싫어하게 되었다. 어렸을 적에 울 어머니는 나에 대한 구속이 너무나 심하서서 그 때문에 난 소아정신과 신세를 져야 할 정도였다. 스무 살이 될 때까지 내게 엄마의 허락을 받지 않은 외출이란 건 허용되지도 않았고 상상할 수도 없었다. 아니 상상은 너무 많이 했었지. 하지만 상상에 그쳤을 뿐이다. 그런 엄마 때문에 결국 스무 살이 넘어서는 정신병원 폐쇄병동에 입원하기까지 했지만 엄마는 지금까지도 내가 무엇 때문에 의사 앞에서 그렇게 괴로워했는지 알지 못한다. 말을 한다고 해서 이해할 수도 없는 일이고, 굳이 연로한 부모 마음에 이제 와서 못을 박는 것도 다 부질없는 일이다. 그래서 어린 날, 나를 그렇게 힘들게 했던 그 모든 사연들은 언제까지나 나만의 기억으로, 아니 이젠 나 스스로조차 언제 그랬던가 싶을 만큼 희미한 기억으로 남아 있다.

병원을 다니는 4년 동안 난 약을 먹지 않았는데 내 병은 약으로 치료될 수 없는 것이라 생각했기 때문이다. 나의 뇌 안의 어떤 부분이 생리적으로 잘못되어 그로 인해 내 마음, 생각, 또는 기분과 판단이 이유 없이 어그러지는 것이라면 모를까 나처럼 명백한 원인이 있는 사람에게는 처방이란 한 가지밖에 없다고 생각했다. 함께 사는게 문제라면 두 사람을 떨어져 살게 해야 낫는 것이지 여전히 같은집에 살면서 아무리 병원을 다니고 약을 먹고 해봐야 백약이 무효 아니겠는가. 처방은 맞아들었다. 결혼을 해서 처음으로 엄마와 떨어져 살게 되자 고통이 거짓말처럼 눈 녹듯 사라진 것이다. 문제가 해결된 게 아무것도 없는데, 엄마와 나 사이에 결론이 난 게 없는데 단지 떨어져 산다는 이유만으로 모든 갈등은 사라지고 다만 애틋한 마음만이 남더라. 기가 막혔지만 산다는 게 그렇게 단순했다.

어렸을 때 들었던 띠 궁합이라는 것에 의하면 돼지와 용은 상극이라 했다. 우리집에서는 내가 돼지였고 엄마를 포함해 용이 세 마리나 있었는데 궁합이라는 게 정말 있는 것인지 난 그 셋과 모두 사이가 좋지 않았다. '가족 간의 상극'. 같이 살면 서로 간에 힘이 드니 떨어져 살아야 애틋함이 살아난다는 궁합. 함께 살기에 그들은 성격이 맞지 않고, 대화는 좀처럼 원활하지 않으며, 서로가 서로를 이해하지 못한다. 사실 가족 간의 상극이라는 게 다른 것 없다. 서로 안 맞으면 그게 바로 상극 아닌가. 왜 똑같은 상황에서 똑같은 말을 던졌는데 누구는 알아듣고 누구는 화를 내는가. 왜 어떤 일을 하든 다툼 없이 조정과 이해가 가능한 가족이 있는가 하면 같은 핏줄인데도 어째서 작은 일에도 늘 부딪히고 기어이 얼굴을 붉히고 마는 사이가 있는가. 집안의 작은 일을 할 때조차 의견이 맞지 않는 생활 방식의 차이, 한마디를 던져도 비수가 되어버리는 고통의 대화, 말이 통하지 않을 만큼 현격한 차이를 보이는 가치관… 제아무리 가족이라도 함께 산다는 것은 참 쉽지 않은 일이다.

나는 다행히도 독립을 하게 되면서 떨어져 사는 것의 위력을 체험한 바 있다. 과연 떨어져 살게 되자 엄마에 대한 모든 불만은 사라지고 오직 인륜으로서의 감정, 애틋함과 효도하고 싶은 마음만이 충만하게 되었던 것이다. 만약 떨어져보지 않았던들 이러한 마음을 가져볼 수 있었을까?

문제는 내가 이혼을 하면서 다시금 부모님과 함께 살게 되었다는 점이었다. 물론 이제는 나도 어른이 되고 엄마도 어느 정도 연로하셨으니 그래도 예전보다는 서로 지낼 만하지 않겠는가 조심스레 기대를 해보면서 그렇게 다시 엄마와, 또 아버지와 동거를 시작하게 되었다. 그런데 생각지도 못했던 일이 벌어졌다. 이번엔 엄마가 '너 때문에 못 살겠다' '미치겠다'를 연발하게 된 것이다. 어릴 적에 나를 일방적으로 통제하던 엄마가 이제는 아들에게서 끊임없는 잔소리를 들어야 하는 처지에 놓였다고나 할까. 실내온도, 운전방식, 가구의 선택, 절약에 대한 인식의 차이, 또 가전제품의 구입과 집안 경제에 관한 문제에 이르기까지 누구의 간섭도 받지 않는 어른으로서 내가 구축해온 삶의 방식은 사뭇 예민하고 까다로웠기에 그런 나를 엄마는 견디기 힘들어하셨다. 이미 엄마가 동거인을 위해 희생하며 살아온 세월은 몇십 년간이나 남편과 시부모, 자식들의 수발을 든 것만으로도 충분한 것이었으니 말이다.

가끔은 그런 상상을 해본다. 만약 엄마가 할머니의 둘째 며느리였다면 두 사람 사이는 어땠을까. 그랬다면 고부간이 훨씬 편하고 산뜻했을 텐데. 결국 함께 사느냐 마느냐의 문제인 것이다. 할머니가 돌아가셨을 때 흘리던 엄마의 눈물과 할아버지가 돌아가셨을 때 흐느끼시던 아버지의 울음을 생각하며 감정이라는 건 도대체 미움이 개입되지 않으면 깊어질 수가 없는 것일까 하는 생각을 했다.

어렸을 때, 왜 함께 사는 아버지는 할아버지의 미움을 사고 떨어져 사는 자식들은 예쁨을 받는 건지 알 수 없었다. 하지만 이제는 알 것 같다. 엄마를 사랑하는 것과 새벽 두시에 일어나서 소리를 내며 집안일을 하는 엄마 때문에 잠을 못 이루는 건 별개의 문제라는 것. 아버지를 공경하는 것과 하루종일 미친듯이 커다란 볼륨으로 마루와 온 방 안의 티비를 켜놓은 채 생활하는 아버지를 감내해야 하는 것은 또다른 차원의 문제라는 것을. 그런 일상의 불가항력 속에서 부모님에 대한 애틋한 마음이 점점 휘발되어가고 있는 것을 느낄 때 나는 슬프다. 떨어져 사는 누나들은 그런 일상의 부대낌 없이 아버지 어머니에 대한 애틋함을 온전히 간직할 수 있겠지. 나도 부모님과 떨어져 살고 있었더라면 더욱 잘해드릴 수 있을 것 같은데 현실은 아침부터 떠들썩한 티비소리에 잠이 깰 때면 어떤 때는 발작을 할 것만 같다.

모르겠다. 그렇다고 이 세상 모든 사람들이 각기 떨어져 혼자 살아야만 평화로운 삶을 살 수 있다고 말하고 싶은 건 아니다. 다만 할아버지 할머니로부터 아버지 어머니로 이어져왔던, 이 함께 살기 때문에 생길 수밖에 없는 미움의 사슬을 물려받지 않기 위해선 어떻게 해야 하는지, 나의 부모만큼은 결말을 맞이하게 되었을 때 좀더 행복하고 따스한 기억이 가득했으면 하는데 그것을 위해 내가 할 수 있는 건 무엇일지 알고 싶다.

가족이 해체되어간다고 한다. 나 또한 나의 일가를 이루지 않을지도 모른다. 그러나 아버지 어머니의 자식으로서 한 가족의 성원으로서의 도리만큼은 다하고 싶다. 그것을 위해 우리 세 식구가 평화롭고 행복하게 살 수 있도록 내가 할 수 있는 일은 무엇일까. 부디 어머니 아버지와의 함께 살기에 성공했으면 좋겠다.

충고

답답하다. 내가 몇 번을 말해야 되냐.
연애할 때 상대방을 이해하려고 하지 말라니까.

"이게 여자친구인 나한테 할 수 있는 소리예요?"

이런 거 상담하지 마. 니가 그렇게 느꼈으면 그게 진실이여.
그걸 자꾸 뭔가 착오가 있겠지,
원래 스타일이 그래서 그렇지,
진심은 아니겠지,
이런 식으로 위안을 삼지 말라고.

주 원장님

기타를 처음 배울 무렵 기타만 잡으려고 하면
이상하게 손에서 땀이 많이 나와
고민 끝에 아버지 친구 분이시자 한의사셨던
주 원장님을 찾아갔다.
원장님은 내 얘길 들으시더니 그딴 건 병축에도 못 낀다는 듯
아무 걱정 말고 세 번만 와서 침을 맞으면 씻은 듯이
나을 거라고 하셨다.

어렸을 때 하도 주사를 맞아서 그런지
몸에 바늘 들어가는 걸 무척 싫어했지만
손에서 땀이 나는 건 더 싫어
세 번만 꾹 참기로 했다.

그런데 첫날 첫 치료부터 뭔가 심상치가 않았다.
손에 침을 맞는 것 자체도 끔찍한데
차도가 전혀 없었던 것이다.

그래 둘째 날 찾아가 여전히 땀이 나온다고 말씀드렸더니
처음이라 그렇다시며
오늘 꺼 맞고 나면 많이 줄어들 거라고 하셨다.
그러나 그날도 여전히 차도는 없었다.

이젠 기타가 문제가 아니라
침을 맞는다는 생각만 해도 땀이 줄줄 흐르는 것만 같았다.

마지막 세번째 날. 이번에도 여전히 똑같다고 말씀드리자
원장님은 말없이 침통을 꺼내신 후
지금까지와는 차원이 다른 무시무시한 장침을 고르셨다.
무려 십 센티는 족히 될 법한 녀석을 보며
두려움에 사로잡힌 나의 손에서는 수도꼭지처럼 땀이 흘렀고

마침내 마지막 순간

"이런 확…"

주 원장님은 있는 힘을 다해
손에 침을 꽂았고
나는 외마디 비명을 질렀다.
그때 정말이지 난 침이 내 손을 뚫고 나오는 줄 알았다.

침을 다 놓으신 주 원장님은 이제 괜찮을 거라며
본인도 자신 없는 표정으로 말씀을 해주셨고
나는 공손히 인사한 후 병원을 나와
다시는 그곳에 가지 않았다.

이후 침과는 상관없이
어느 날부턴가 땀은 자연스럽게 나지 않게 되었다.

그대

활짝 핀 꽃 앞에
남은 운명이
시드는 것밖엔 없다 한들

그렇다고
피어나길 주저하겠는가.

어느 보통의 존재

누구나 자신에 대한 기대라는 것이 있고 그것이 실제로 오르기 어려운 산이라는 것을 깨닫기까지는 어느 정도의 세월이 필요하다. 그 깨달음을 스물다섯에 얻는다면 그건 바보 같은 일일 것이고, 서른이라 한들 속단이긴 마찬가지다. 그러나 마흔 언저리쯤 되면 반드시 포기하고 받아들여야 할 때가 온다. 그때가 되면 마지막 몸부림도 쳐보고 온몸으로 거부도 해보지만 결국 받아들이지 않으면 안 되는 것은 나 자신에 대한 거부할 수 없는 확인이다.

자신을 안다는 것. 그 잔인한 일 말이다.

어릴 적 나는 꾸미고 감추는 데 헌신적이었다. 외출을 할 때면 발걸음이 아무리 불편해도 신발 안쪽에 겹겹이 밑창을 쌓아올려 키높이 운동화를 만들었고, 만나는 사람에 따라 거주지는 시시때때로 바꾸었으며, 어디를 가도 누구를 만나도 모르는 것을 아는 척, 가지지 않은 것을 가진 척하느라 거짓말도 서슴지 않았다. 시간이 흘러 그렇게 나를 부정하고, 가리고, 아닌 척하기 위해 들였던 많은 공들이 소용없다는 것을 깨달았던 건 철이 들어서가 아니었다. 결국 있는 대로 드러내는 것이 가장 훌륭한 감추기이자 꾸밈이라는 진리를 터득했기 때문이었다.

그러자 비로소 그 모든 컴플렉스들로부터 해방될 수 있었다.

나는 이제 안다. 내 키는 크지 않다는 걸. 난 결코 잘생기지 않았다는 걸. 난 잘나지도 똑똑하지도 않은 사람이라는 걸. 어쩌면 진작부터 알았을지 모른다. 다만 진짜 내 모습을 보고 싶지 않았을 뿐.

우리집 욕실에는 등이 두 개 있다. 하나는 하얗고 밝은 빛을 내는 형광등으로 세면대 위의 거울 위쪽에 달려 있고 또 하나는 욕조 위에 있는 은은한 노란빛 백열등이다. 그 두 가지 불빛 속의 내 모습이 너무나 달랐기에 나는 욕실에 들어갈 때 결코 형광등을 켜는 법이 없었다. 선택은 언제나 백열등.

어느 날 습관처럼 켜왔던 백열등이 고장나 할 수 없이 형광등을 켠 적이 있었다. 그때 거울에 비친 처음 보는 내 모습. 노란 불빛이 늘 감춰주던 얼굴의 잡티와 얼룩덜룩한 피부색, 늘어난 주름이 그대로 드러나버린 내 얼굴에 나는 놀랐다. 대칭이 맞지 않는 눈과 양쪽 윤곽이 확연히 다른 턱선, 코의 뭉툭한 형태와 어딘지 어색하고 자연스럽지 못한 입모양까지. 거울 속의 내 모습은 찬찬히 들여다보기 꺼려질 정도로 보기 흉했다. 나는 곧 거울로부터 얼굴을 돌려 외면을 하고 말았다. 그리곤 생각했다. '저게 진짜 내 모습은 아닐 거야.' 며칠이 지나 고장난 백열등의 전구를 새것으로 갈아낀 후 다시 한결 나아진 모습의 나를 보며 생각한다.

'어떤 게 진짜 나일까. 나는 어떤 모습을 거울삼아 살아야 할까.'

누군가에게 '당신은 소중한 존재'라고 말해주는 것은 조심스러운 일이다. 사람의 인생이 공평한 지위와 가치를 지니고 있다고 보기는 힘들뿐더러 귀하고 대접받는 삶을 사는 사람이 있는 반면 날 때부터 하찮거나 혹은 별 볼 일 없는 존재로서의 삶을 살아가야 하는 사람도 많기 때문이다. 세상의 모든 책들이 희망을 노래하고 거의 강요에 가까운 긍정을 이야기한다. 하지만 불행히도, 사람이란 저마다 타고난 인격과 재능에 격차가 있고, 그것을 가지고 각자 귀천이 분명한 직업을 선택하게 되며, 그에 따라 개개인의 사람이 품을 수 있는 꿈의 한계 또한 정해져 있다. 세상의 감춰진 진실이 이러할진대 그러나 사람들은 그러한 현실을 있는 그대로 목도하길 원하지 않는다.

나는 희망을 함부로 말하는 사람들이 무섭다. 희망 이후의 세계가 두렵기 때문이다. 절망을 경험해본 사람이라면 혹여 운 좋게 거기서 벗어났다 한들 함부로 희망을 이야기하기엔 조심스러운 사람이 될 것 같은데, 세상엔 그에 아랑곳하지 않는 용기 있는 사람들이 더 많은가보다.

미련이 많은 사람은 인생이 고달프다고 한다. 사람은 때로 받아들일 수 있는 건 받아들이고 체념하는 자세를 배울 필요가 있어서 '나에게 허락된 것이 이만큼이구나' 인정하고 그 안에서 살아가야 제명에 살 수 있다는 것이다. 그래. 산다는 건 그저 약간의 안도감을 가지고 시내 대형서점에 들러 책 한 권을 고르는 일에서도 충분히 행복을 느낄 수 있는 것이다. 오늘 나를 행복하게 하는 것들이 가족 중에 암에 걸린 사람이 없는 것, 빚쟁이들의 빚 독촉 받을 일이 없는 것, 먹고 싶은 라면을 지금 내 손으로 끓여먹을 수 있다는 하찮은 것들뿐이라 해도 누가 뭐라고 할 수 있는 것은 아니다. 그리고 그러한 행복의 크기가 결코 작은 것 또한 아니다. 하지만, 그것이 만약 체념에서 비롯된 행복이라면, 더 많은 것을 갖고 싶고, 하고 싶은데 그 모든 욕망들을 어쩔 수 없이 꾹꾹 누르고, 인생에서 누릴 수 있는 많은 영화에 일찌감치 백기를 든 대가로 주어지는 것이라면 그건 자신에 대한 기만이 아닐까.

앨범 〈가장 보통의 존재〉의 주인공은 어느 날 자신이 보통의 존재임을 깨닫곤 몸서리친다. 그것은 섬뜩하리만치 무서운 자각이었으나 문제는 그다음부터였다. 자, 자신이 보통의 재능과 운명을 타고난 그야말로 보통의 존재라는 것도 알았고, 세상이 공정하지 않다는 것도 잘 알고 있으며 세월이 갈수록 나를 가려주던 백열등이 수명을 다해 가고 있음도 직시하게 된 지금. 그렇다면 '나'는 앞으로 나의 남은 날들을 어떻게 살아가게 될 것인가.

'나'는 현실에 투항하게 될까?

누구든 위험한 희망을 선택하지 않아도 될 권리와 자유가 있다. 따라서 그는 얼마든지 안락과 정착을 꿈꿀 수도 있을 것이다. 그러나 너무 일찍 자신에게 주어진 불리한 여건에 수긍하거나, 운명을 거역하기 위한 노력을 쉽사리 포기한다면… 하여 보통의 존재는 역시나 보통의 선택을 할 수밖에 없다는 사실을 입증하게 된다면… 이야기의 결말이 조금은 허무하지 않을까. 주인공의 미래가 몹시도 궁금해진다.

내게는 작은 일이 없었다

　　나는 그날그날의 할일을 매일 노트에 기록한다. 사실 기록한다기보다는 정리해서 빠짐없이 적어놓고 차례대로 해나가는 것이다. 나의 스케줄은 늘 많아서 매일 대여섯 가지가 넘는 일을 해야 하는데 내가 무슨 스타라서 그런 것은 아니다.

　　스케줄의 면면은 다음과 같다.

　　6월 22일 금요일.

　　은행에 다녀오기.

　　모닝글로리 대리점 찾아서 지금 쓰는 것과 똑같은 노트 사기.

　　스킨 사기.

　　페브리즈 사기.

드라이 맡긴 거 찾아오기.

가방 미리 싸놓기.

어느 것 하나 간단한 일이 없다. 집 근처에 모닝글로리 대리점이 있긴 하지만 그곳에는 내가 찾는 노트가 없기 때문에 다른 대리점을 찾아야 한다. 아마도 차를 타고 나가야 할 것이다. 스킨만 해도 그렇다. 나는 무알콜 저자극의 존슨즈 베이비 스킨만 쓰는데 어떤 편의점에서도 이걸 팔지 않는다. 보통 재래시장 근처에 있는 약간 족보 없는 마트 같은 데를 가야 겨우 구할 수 있으므로 이 역시 멀리 행차를 가야 한다. 이렇게 남들 볼 땐 아무것도 아닌 일들을 차례차례 해나가다보면 어느새 하루가 간다. 왜 나는 이처럼 보잘것없는 일들을 처리하는 게 여전히 간단하지가 않은 걸까.

먼 곳으로 중학교를 배정받으면서 처음 버스로 통학을 하게 되었는데 이상하게 내릴 때만 되면 긴장이 되는 거다. 아무도 신경을 쓰지 않는데 다음 정거장에서 내려야 하는 순간이 다가오면 혼자 두근두근해하며 긴장을 하곤 했다. 놀라운 건 어른이 된 지금까지도 그런다는 거다. 택시를 탔다가 내릴 때가 되면 주머니에서 지갑을 만지작거리며 은근슬쩍 초조해지고 가게에서 값을 치른 후 거스름돈이나 카드 영수증을 받으면 지갑에 넣는 순간엔 왜 그렇게 다급해지는지.

조금 머리가 굵어져 신분증이 나올 무렵 처음 관공서에 가던 때가 생각난다. 동사무소라든가 구청, 하다못해 은행 같은 곳을 갈 때면 얼마나 두렵고 귀찮았던가. 언제나 복잡한 서류와 절차 때문에 가기 전부터 스트레스와 공포로 시름시름 앓다가 겨우 스스로를 달래 가까스로 가게 되어도 마치 말도 통하지 않는 먼 나라 공항에서 그곳 공무원과 이야기하는 기분을 느껴야 했다. 지금이야 예전과는 비할 수 없을 만큼 절차가 간편해졌다지만 나 어렸을 때 우리나라의 관공서란 정말 비효율적이고 복잡한 곳이었다. 예를 들면 당시에는 지금은 보편화되어 있는 번호표조차 없었기 때문에 그저 시장바닥처럼 줄을 서서 기다리다 무턱대고 끼어드는 아저씨 아줌마들과 전쟁을 치르곤 했던 것이다.

언젠가 가까운 동생 중에 인감증명 떼어오라니까 은행에 가서 전화를 건 애가 있었다.

"형 은행에서는 인감증명 안 띠어준다는데요?"

그때 기억에 한 십 초 동안 말을 안 했던 것 같다. 하도 어이가 없어서. 하지만 이해할 수 있다. 그 지경까진 아니었지만 내게도 관공서에 가는 일은 정말 큰일이었으니까. 나는 오늘도 매일 노트에 그날의 할일을 일일이 적어놓는다. 그리고 개미처럼 그것들을 해나간다.

내겐 어느 것 하나 작은 일이 없기 때문에.

예술 공부

당신이 만약 예술을 하고 싶다면 당신이 하고자 하는 일에
삶이라는 것이 얼마나 강하게 개입되어 있는가를 알아야 합니다.

그게 진짜 공붑니다.

현장 고발 치터스

외국의 방송 프로그램 중에 〈현장 고발 치터스〉라는 프로그램이 있다. 내용인즉 부부나 연인 중 한 사람이 상대방의 불륜을 의심해 의뢰를 하면 제작진은 거의 사설탐정과도 같은 집요함으로 파트너의 불륜 행각을 쫓고, 마침내 적발이 되면 증거 화면 등을 의뢰인에게 보여주며 확인을 시킨 후 함께 불륜 현장에 나타나 파트너를 엿먹이는 뭐 그런 프로그램이다. 물론 엿을 먹는 게 파트너만은 아닐 테지만 말이다.

사실 이 프로그램을 처음 봤을 땐 내용이 워낙 쇼킹해서 몇 번 챙겨 보다가 만날 똑같은 타령뿐이라 언젠가부터 보지 않는데 어제는 등장인물들이 다소 독특해서 채널을 고정하게 되었다. 의뢰인은 오십대 중후반쯤 돼 보이는 흑인 노인네로 다리를 절었고 아마도 일용직 노동자인 듯싶었다. 그리고 그가 힘들게 일하며 돌봐온 그의 여인은… 예뻤지만 눈이 사시인 여자였다. 둘은 나이 차이가 많이 났지만 양쪽 다 핸디캡이 있는 처지였으므로 서로의 상처를 감싸주며 커플이 되었음은 짐작해볼 수 있는 스토리였다.

제작진은 추적을 시작했고 얼마 지나지 않아 불륜은 사실로 밝혀졌다. 며칠 후, 여느 때처럼 여자가 자신의 집으로 외간남자를 끌어들여 욕정을 불사르려는 찰나 〈현장 고발 치터스〉의 제작진과 의뢰인이 들이닥쳤다. 이때가 프로의 가장 극적인 지점이자 시청자들로서는 가장 자극적인 장면을 보게 되는 순간으로, 한 침대에 뒤엉켜 있던 두 사람은 화들짝 놀라 남자는 황급히 달아나고 여자는 망연자실한 채 그 자리에 얼어붙었다. 떠들썩한 상황도 잠시, 카메라가 돌아가고 조명이 대낮처럼 환히 빛나는 방 안에서 두 연인은 마주 앉았다. 남자는 상처받았으되 무기력하게 슬퍼하고 여자는 머리를 쥐어뜯으며 괴로워한다. 사랑하는 사람이 다른 사람하고 살을 섞는 장면을 목격하게 된다면 기분이 어떨까. 그러나 내가 정말 슬펐던 건 어떻게 사랑하는 사람에게 이럴 수 있냐고 다그치는 진행자에게 던지는 그 여자의 한마디였다.

"자기가 채워줄 수 없는 게 있다는 걸… 말할 수가 없었어요…"

아아… 이 하찮고 천박한, 진짜 고발 같지도 않은 고발 프로그램에서 이토록 아득한 슬픔을 느끼게 될 줄은 정말 몰랐다.

휴대폰

메시지 확인을 끝내고 나자
희미하게 액정의 불빛이 사라져가는 휴대폰 화면을 바라보고 있자니
녀석이 마치 생명을 가진 존재라는 느낌이 든다.

그가 반짝일 때면, 내 마음은 작게 설레었었지.

비

비가 이처럼 많이, 그리고 오랫동안 내리면
나는 세상이 거대한 비의 우산을 쓴 것만 같다.

죽음에 관한 상상

사람이 죽으면 장례라는 걸 치른다. 3일 혹은 5일 또는 경우에 따라 7일까지 영안실이 마련돼 생전 돌아가신 분의 가족 친지 지인들의 조문을 받고 마지막 날 발인을 한 후 화장을 하거나 아니면 무덤에 관을 묻고 봉분을 올린다. 그 이후로는 종교적 선택에 따라 49재가 있기도 하다.

사람이 죽으면 죽는 그 순간에 우리가 영혼이라 부르는 것은 어떻게 될까. 정말로 영혼이 있어서 장례를 치르는 동안 이승에 머무르며 자신의 장례를 지켜보다 마지막 절차가 끝나면 하늘로 올라갈까, 아니면 그런 것은 다 사람들의 추측과 바람에 불과하고 그저 완벽한 소멸만이 있을까.

미궁은 죽는 순간부터 시작된다. 세상에는 죽음 이후에 대해 수없이 많은 추측과, 연구와 상상에서 비롯된 온갖 이야기들이 있지만 그 누구도 죽어보기 전에는 알 수 없다. 죽음을 앞둔 사람의 의식이 점점 흐려지다 어느 순간, 그러니까 사람들이 죽었다고 말하는 바로 그 순간 심장이 멈추고 뇌의 기능이 최종적으로 정지하고 나면 (몸이야 체온이 점점 식어가며 빠르게 굳어가는 것을 눈으로 보고 만져봤으니까 알겠지만) 과연 그 순간 이후부터 죽은 사람의 내면에서 무슨 일이 벌어지는가 하는 것은 살아 있는 사람은 결코 알 수 없는 세계인 것이다.

관건은 소멸이냐 아니냐 하는 점.
'죽으면 다 끝이다. 영혼이고 뭐고 없다'라는 말이 맞다면 정말이지 인간적이지도 않고 허탈하기만 할 것 같다. 영혼이라는 게 없어 죽는 순간 의식이 완전히 끊긴다면 500만의 추모행렬도, 하늘을 찌르는 슬픔의 열기도 전연 느낄 새 없이 그저 완전한 무의 존재가 되어버렸다는 것이 아닌가. 허무하다. 그래서는 안 될 것 같다. 뭔가 페이드아웃의 과정이 있어야 할 텐데. 죽음의 길로 들어서는 과정이라는 게 있어야 할 텐데 말이다.
반면 '영혼이 있다'는 가정이 사실이라면 조금 위안이 된다. 먼저 혼이라는 것이 유체를 이탈해서 공중을 부유하며 죽은 자신의 모습을 보겠지. 그리곤 이리저리 날아다니다 이내 자신의 죽음을 발견하는 사람들을 하나둘 지켜볼 것이다. 충격 속에 기절하고 슬픔으로 오열하는 부인과 자식들, 가깝게 지낸 지인들, 친지들… 그들의 모습에 그 자신도 서럽게 슬퍼하고 죽은 것을 후회도 해보지만 영혼이란 존재는 살아서의 감정만큼 격한 슬픔을 느낄 수는 없을 것이다. 슬픔과 안타까움 속에서도 뭔지 모를 편안한 기운이 그를 감싸고 있어 사랑과 감사가 충만한 가운데, 장례기간 동안 원 없이 이승의 이곳저곳을 둘러보며 세상을 정리하다 화장과 동시에 영혼이 하늘로 솟구쳐오를 것이다. 이때가 진짜 헤어지는 순간, 즉 영원한 소멸의 순간이라 하겠다. 이러한 과정들은 정말로 죽어보기 전까지는 아무도 알 수 없는 일이지만 결국 이 궁금증에 대한 해답은 누구든 공평하게 알게 된다.

보통 죽어가던 사람이 다시 살아났을 때의 경험을 가지고 '죽으면 어떻게 되더라' 하는 사례를 연구한 경우는 있지만 그것이 정말로 죽음을 일부 체험한 것인지 아니면 그조차도 죽음과는 전혀 상관없는 삶의 일부였는지는 알 길이 없다.

내가 태어나서 처음 가족의 죽음을 접했던 건 스물네 살 때였다. 할머니는 오랫동안 중풍, 당뇨를 포함한 온갖 병을 앓으셨는데 나중에는 흔한 말로 벽에 똥칠을 할 때까지 사셨다. 할머니의 병치레가 워낙 일상적이었기 때문에 식구들은 별다른 긴장이 없었고 나 또한 그런 할머니가 어쩐지 영원히 사실 것만 같은 기분으로 지냈다. 때문에 할머니가 돌아가시기 전 몇 해 동안 난 영락없는 불효자였다. 어머니가 안 계실 때면 할머니의 대소변을 받기 위해 철제 변기를 할머니 엉덩이 밑에 받쳐드리고 다시 그것을 꺼내 화장실로 가져가 변기에 내용물을 쏟아내는 일들은 내 몫이었는데 나는 그것이 짜증나고 싶어 할머니에게 소리를 지르고 화를 낼 때가 많았다. 그렇게 일상 속에서, 할머니가 돌아가셔도 별로 슬프지 않을 것 같다고 되뇌며 살았지만 종결의 순간은 기어이 다가왔다.

어느 날 할머니의 임종이 다가왔음을 느낀 어른들은 내게 금강경을 사오라는 심부름을 시켰다. 난 인사동 조계사 근처에 있는 불교용품 파는 거리에 가서 그중 관음사라는 곳엘 들어가 적당한 테이프를 골랐다. 그런데 그때, 왜 그랬는지 갑자기 울음이 터졌다. 지금도 기억나는 건 무언가… 태어나서 처음 경험하는 어떤 강력한 이별과 슬픔의 기운이 나를 엄습했다는 거다. 나는 그것을 감당할 수가 없어 집으로 가서는 누워 있는 할머니 곁으로 가 서럽게 울어댔다. 어른들은 내가 할머니를 얼마나 끔찍하게 생각하면 저렇게 통곡을 하냐고들 했지만 사실은 미안하고 죄송함에서 나오는 회한의 눈물이었다.

이제 가실 시간이 되어 할머니의 자식과 손자들이 전부 모였다. 아버지는 아는 경찰들에게 연락해 사망신고절차에 관해 부탁을 하시고 서울대학병원 영안실을 예약하는 등 분주하셨고 고모들은 눈물을 찔끔찔끔 흘리며 슬퍼하는데 내가 맡은 일은 오랫동안 굳어버린 할머니의 굽은 다리를 펴드리는 일이었다. 어른들이 너 나 할 것 없이 몸이 펴진 채로 돌아가셔야 한다면서 할머니의 무릎을 힘껏 누르라고 시켰기 때문이다.

마침내 할머니의 숨이 차오르기 시작하는데 할머니는 숨이 멎어가면서도 내가 무릎을 누를 때마다 깜짝깜짝 놀라며 눈을 뜨셨다. 어른들이 그래도 누르는 것을 멈추지 말라고 해 나는 펴지지도 않는 다리를 몇 번이나 눌렀지만 나중엔 다들 그것을 후회했다. 그냥 편안히 돌아가시게 놔둘걸 그랬다고. 나는 열심히 무릎을 누르며 울면서 할머니에게 말했다.

"할머니 죄송해요. 더 잘해드릴걸. 내가 잘할걸…"

이윽고 아들 둘과 딸 넷을 낳으시고 그 자식들이 다시 수십의 손자손녀들을 낳아 저마다의 삶을 살게 한 할머니는 팔십몇 세를 일기로 하늘나라로 영면하셨다.

할머니도 처음부터 할머니는 아니었을 것이다. 할머니에게도 어린 시절과 처녀 시절, 새색시 시절, 자식들을 하나둘 갖기 시작하던 풋내나는 주부 시절이 있었을 것이고 그 모든 시절을 거쳐 마침내 할머니가 되었을 것이다. 그리곤 건강한 몸으로 평범하게 노년을 보내지는 못하시다가 마지막으로 손발을 못 쓰게 될 정도로 불편한 순간을 살다 그렇게 가셨다.

떠들썩한 장례를 마치고 작은아버지, 고모들까지 다 돌아간 후, 우리 가족들은 혼자 남은 할아버지를 걱정하며 집에 모여 있었다. 장례를 마치고 처음 방에 들어선 순간, 할머니가 안 계신 방 안이 어찌나 퀴퀴하고 어두침침하던지 이곳에서 할아버지 혼자 어떻게 지내실까 와락 걱정이 들던 기억이 난다.

죽음이 사람을 슬픔으로 열 오르게 하는 건 다시는 볼 수 없는 영원한 헤어짐이기 때문이다. 영원히 헤어지는 것만큼 슬프고 감당하기 어려운 일이 또 있을까. 그런데 지금도 잊을 수 없는 건 당시 나에겐 슬픔도 슬픔이지만 문제는 슬픔의 지속기간이었다. 장례를 마친 후 집에 있자니 너무 쓸쓸하고 마음이 고통스러웠다. 그래서 누나들에게 이렇게 영원히 슬프면 우울해서 어떻게 사냐고 진심으로 걱정이 돼서 물어보니 다들 대수롭지 않다는 듯 시간이 지나면 괜찮아진다고 하는 게 아닌가. 난 너무 슬퍼서 그 말을 믿을 수가 없었는데 한 일주일인가 지나니 마치 거짓말처럼 감정이 스르륵 페이드아웃 되는 걸 경험했을 때, 그때의 그 황당한 기분을 잊을 수 없다. 마치 슬픔이 무슨 물체라도 되어서 누가 그걸 갖다 줬다가 도로 가지고 간 것만 같은 그런 얼떨떨한 기분이었다.

나이가 들수록 죽음을 마주하는 횟수는 빈번해지고 그만큼 익숙해진다. 영원히 사실 것만 같던 할아버지 할머니가 차례로 돌아가시고 친구들 부모님의 부음도 하나둘 들려오기 시작하니 이제 언젠가는 내 부모의 차례도 올 것이다. 또한 나나 내 친구들의 순서가 우리 부모님들보다 꼭 나중이라는 보장도 없다. 어쨌든 죽음은 누구에게나 한 번씩 오는 거니까.

생을 마친 후 만약 신과 마주하게 된다면 그는 나를 가혹하게 평가할 것인가, 아니면 삶에 지친 나를 가엾이 여겨 쉬게 해줄 것인가. 만약 내게 주어질 천당이라는 게 있다면 행불행을 감수하지 않아도 될 만한 공평함이 존재한다는 것만으로도 천당일 것이다. 마음이 아파서 병원을 찾은 환자가 쌀쌀맞고 냉정한 의사를 만나 더 큰 상처를 입는 경우가 되지 않도록, 한평생 삶에 대한 회고를 객관적으로, 그러나 따스한 시선으로 들어줄 수 있는 인격과 덕성의 존재가 내 앞에 있다는 것만으로도 나는 진실만을 말할 수 있을 것 같다. 아무것도 꾸미지 않고 아무것도 건너뛰지 않고.

잃어버린 것에 대한 슬픔과 상실감은 시간이 지나면서 풍화된다. 어떤 것은 풍화가 되다, 되다 결국엔 마지막 한 줌 가루가 되어 그마저도 바람에 쓸려가지만 또 어떤 것은 종래에도 완전히 다 쓸려가지 않고 최후의 덩어리로 남아 화석이 되기도 한다. 나는 죽음과 함께 모든 것이 사라지길 바란다. 그래서 내겐 앨범이란 것이 없다. 기록은 내 머릿속에 있는 기억만으로도 충분하기 때문이다. 나는 죽음 이후의 세계가 존재하지 않았으면 좋겠다. 다만 소멸 직전에 약간의 절차를 기대할 수 있다면 장례를 치르는 동안 영혼이 죽음을 준비하고 세상과 이별할 시간을 가질 수 있길 바랄 뿐이다.

사람은 죽으면 어떻게 될까.
해답은 누구에게나 공평하게 주어진다.

나의 사랑했던 게으른 날들

그렇게 열심히 살지도 않았고
많은 사람을 만난 것도 아니었지만
바라는 게 많지 않았으므로
마음은 평화로울 수 있었던,
가진 것 없어도 별로 쫓기지 않고
뭔가를 해내야 한다는 강박도 초조함도 없었던

돌아가라면 돌아갈 용기는 없어도
그리운 것은 분명한
그때.

나의 사랑했던 게으른 날들.

친구가 없어요

어느 날, 당신이 친구라 여길 만한 사람들의 숫자를 세어보기 시작했다면 그것은 대인관계에 관한 한 빨간불이 켜졌다고 보면 됩니다. 없다고 느끼니까 자꾸 총합을 내보고 확인하려 드는 거거든요.

어렸을 때 아버지께선 친구와 지인들이 워낙 많으셨기 때문에 저는 대인관계에 관한 일종의 컴플렉스까지 있었습니다. 하지만 친구가 많아야 한다는 강박과는 달리 막상 친구를 많이 사귀지는 못했습니다. 어려서는 성품이 제법 활달해서 많은 아이들과 어울렸던 것 같은데 사춘기를 겪으면서 넓은 세상에 적응하지 못하고 움츠러든 결과 그만 숨기 좋아하는 사람이 되고 말았거든요. 친구가 없는 사람들은 보통 성격이 내성적이고 사교적이지 못하거나 타인에 대한 관심과 의지가 부족한 경우가 많다고 합니다. 대체로 맞는 말이지만 그것이 전부라고 할 수는 없습니다. 성격이나 기질이라는 건 복합적인 것이어서 처음 보는 사람 앞에선 낯을 가릴지라도 일단 친해지면 활달한 사람도 있는 법이고, 외향적인 듯 보이면서도 막상 일대일 관계에서는 소극적인 사람도 있기 마련이니까요.

제가 봐도 저는 참 이상한 아이였습니다. 친구들끼리 모여 거나하게 술판이 벌어지고 분위기가 무르익으면 바로 그 순간 집에 가고 싶어지곤 했거든요. 분명한 건 저라는 사람은 타인과 함께 있을 때 도무지 그 사람들에게 완벽하게 몰입을 하지 못한다는 겁니다. 왜인지 다들 마음껏 자신을 내던질 때 저만은 언제나 자리에서 한 발짝 물러나 그 모든 것들을 지켜보고 있게 됩니다. 결국 휘청거리는 술판을 감당해야 하는 건 늘 제정신을 유지하고 있던 저의 몫이 되기 마련이었고, 그때마다 저의 신분은 호스트가 아닌 손님으로 전락해버리고 말았습니다. 그 누구의 탓도 아닌 나에 의해서. 상황은 늘 반복되었죠.
어렸을 때부터, 이상하게 대화를 하게 되면 난 항상 내가 정말로 관심 있고 얘기하고 싶은 건 들어줄 만한 친구가 없었고 마찬가지로 친구들의 이야기도 내겐 관심 밖의 것들이었어요. 그것은 나이를 먹어서도 마찬가지였습니다. 생각이 비슷하고, 공통의 관심사를 갖고 있는 사람을 만난다는 것은 그처럼 어려운 일이었죠. 그래서 늘 고민했던 것은 나는 어떤 부류에 속하는 사람인가, 나와 동류의 사람들은 도대체 어디에 있는가 하는 것이었습니다.

불행히도 그러한 고민은 어른이 되고 나의 일이 생기고 나서도 속 시원히 해결되지 않았습니다.

사람을 사귄다는 것에 대해 여전히 고민하던 어느 시절에 있었던 일입니다.

신문사 기자와 인터뷰를 했는데 술을 마시며 진행하는 취중인터 뷰였죠. 애초부터 술자리였던 만큼 인터뷰가 끝나고 나서도 자리는 계속 이어졌는데 그 기자는 저에게 말을 놓자고 하면서 오늘 끝장을 보자고 했습니다. 하지만 전 그럴 마음이 없었습니다. 처음 만난 사 이이기도 하거니와 원래 술을 별로 좋아하지 않았고 친한 친구와도 그러질 않는 내가 그 사람한테 굳이 맞춰줄 이유는 없었으니까요. 나는 적당한 선에서 자리에서 일어났고 그 기자는 적잖이 실망한 눈 치였습니다. 압니다. 내가 만약 그 기자의 이야기를 밤새 들어주며 술 상대를 해주었다면 그때부터 우린 친한 사이가 됐겠지요. 하지만 저는 누군가와 친해지려면 시간이 필요한 사람입니다. 그런 제게 서 로 잘 알지도 못하면서 밤을 새우자고 하는 것은 그야말로 강요로 받아들여질 뿐입니다. 결국 저는 그 기자의 인맥리스트에서 제외되 고 말았고 그것은 가뜩이나 없는 연말 망년회 때 참석할 자리의 수 가 또 하나 줄어든 것을 의미했습니다.

그러나 이것이 단순한 문제가 아니라는 것, 즉 나만의 입장에서 일방적으로 판단한 건지도 모른다는 생각을 하게 된 건 시간이 조금 흐르고 나서였습니다. 나로선 내가 부당한 요구를 당했고 그것을 거절함으로써 관계에 있어 어떤 불이익을 보게 되었다라고 생각했지만 그 사람 입장에서는 호감을 느낀 상대에게 자신의 방식으로 손을 내민 것뿐인데 그만 거절을 당하고 만 것이죠. 그는 과연 상처받지 않았을까요? 이렇듯, 관계를 맺는다는 것은 결코 단순한 일이 아닙니다. 친구가 많지 않은 사람들은 세상에 일종의 사교의 룰 같은 것들이 존재하고 있다는 것 정도는 알고 있지만, 그 방식들이 도통 자신과는 맞지 않다고 여기거나 그 의도 또한 순수하지 않게 여겨 회의에 사로잡힐 때가 많습니다. '이렇게 원치 않는 상황을 견뎌내야만 친구가 생기고 아는 사람들이 늘어나는 것인가?' 하는 고민 속에 때로는 노력을 해보기도 하지만 결국은 자신을 변화시키지 못하고 체념 속에 살아가게 됩니다. 자신이 느끼는 자신과 세상의 문제가, 자신의 차원에서 머무르는 일이 아님은 결코 깨닫지 못한 채.

고민은 그것만이 아니었습니다. 친구지간이라는 것은 마치 연애하는 남녀 사이만큼이나 복잡미묘했고, 관계 또한 수평적인 것과는 거리가 멀었습니다. 남녀 사이에도 더 좋아하는 사람과 덜 좋아하는 사람 간에 권력 관계가 형성되듯이, (당연히 더 좋아하는 사람이 약자가 되고 덜 좋아하는 사람이 강자가 되겠죠) 친구끼리도 마찬가지였습니다.

어느 날 나는 내가 가장 친하다고 여기고 있는 친구와 나와의 관계가 결코 대등한 것이 아님을 깨닫고 깊은 회의에 빠져들었습니다. 만약 우리가 정말로 수평적인 사이라면 나는 친구의 태도에 부당함을 느꼈을 때 정당히 어필할 수 있어야 하고, 우리 관계는 그것을 수용할 수 있어야 했습니다. 그러나 불행히도 그렇지 못했죠. 다시 말해 내가 친구로서 충분히 할 수 있는 문제 제기를 했을 때, 혹여 그것이 나의 피해의식이나 오해에서 비롯된 것이라 하더라도, 그쪽에서 그것을 풀기 위해 노력할 의지가 있을 만큼 그쪽에게도 내가 필요하고 소중한 존재인가를 따져보니 그다지 유쾌한 결론이 나지 않았던 겁니다. 판단컨대 친구는 나의 항의를 받아들일 의사가 없었고 관계는 그 즉시 깨어질 만큼 신뢰와 유대는 약했으며 그저 내 입장에서만 더 아쉽고 구차한 사이일 뿐이었습니다.

문제는 그렇다 해도 관계를 쉽사리 포기하기란 쉽지 않을 만큼 여러 환경적, 상황적인 이유들이 개입되어 있다는 점이었습니다. 이를테면 그 친구가 내가 속해 있는 무리에서 어떤 위치를 차지하고 있는지, 만약 그와의 관계를 포기했을 때 나의 위치는 덩달아 어떻게 위협받게 될 것이며, 그에 따라 나의 생활은 어떻게 변하게 될 것인가 하는 정치적인 고민 같은 것들 말입니다.

어려서는 아무런 이해타산 없이 그저 한동네에 살고 같은 유치원에 다닌다는 이유만으로 친하게 지낼 수 있었던 존재들이 커가면서 본격적인 자신만의 관계망을 맺어가게 됨에 따라 순수라는 단어는 점차 사라지고 여러 가지 세속적인 고려와 취향의 문제 등을 따져가며 친구를 만들게 됩니다. 더구나 내 입장에서 선택할 수 있는 능동적인 입장보다는 선택을 기다려야 하는 수동적인 상황에 처해질 경우도 많기 때문에 친구라는 상품으로서의 자신을 단련시켜야 할 필요성마저 대두되게 되지요. 그러면서 때로는 이성친구를 만들 때보다도 훨씬 더 깊고 다양하고 복잡한 고민을 하게 됩니다. 어떻게 하면 내가 원하는 사람과 친구가 될 수 있을까, 보다 많은 사람과 친구가 되려면 어떻게 해야 하는가 등등.

언젠가 보았던 메탈리카의 다큐영화에서 보컬리스트인 제임스 햇필드는 이런 말을 했습니다.

"사람들하고 가까워지는 게 싫어. 왠지 알아?
어떻게 가까워지는 건지 모르니까."

세월이 아무리 흘러도 주사 맞는 건 여전히 무섭듯이 사람 사귀는 법 또한 저절로는 터득이 안 됩니다. 제 경험에 의하면 돈과 친구의 공통점은 갖고 싶다고 해서 가질 수 있는 것이 아니어서 언젠가는 고민을 하다 하다 그저 나는 이런 사람이구나 하고 인정을 하고 말았습니다. 무슨 말인고 하니 아버지는 원래부터 친구가 중공군처럼 많은 분이셨고, 나는 단지 소수의 친구만을 가진 채 살아가야 하는 성격과 팔자를 갖고 태어났을 뿐이라고 말입니다.

정말로, 친구가 하나도 없어서 누구 하나 의지할 수 있는 사람이 없을 때가 있었습니다. 그런데 놀라운 것은 세월이 이십 년쯤 지난 지금의 나는 그때보다 비교할 수 없을 만큼 많은 사람들을 알게 되었는데도 때때로 혼자 다니던 그때가 그립다는 생각을 꽤나 자주 한다는 사실입니다. 늘 친구가 없는 상황에 쫓기고 두려움을 갖고 있으면서도 혼자인 시절이 그리운 것은 왜일까. 왜 나는 이처럼 많은 지인들 틈에서 '친구'라는 존재를 발견하기가 힘든 것일까.

제 주변에 제법 발이 넓은 두 사람이 어느 날 각각 저에게 이런 말을 한 적이 있습니다.
"난 친구가 없어."
몇 년 전 얘기입니다. 그리고 둘은 잘 살았죠. 한 친구는 직장 다니면서 책도 내고 자식도 낳고 또 한 친구는 방송일, 시나리오 작업 하면서 자리를 잡고. 이 둘은 성격이나 하는 일의 특성상 분명 주변에 사람이 많은 인간들인지라 당연히 친구도 많아 보였기 때문에 전 그 두 사람을 볼 때면 왜 친구가 없다고 생각하는지 궁금할 때가 많았습니다. 얼마 전 그중 한 명이 내게 또 이런 말을 하더군요.

"이런 얘길 할 수 있는 친구는 석원이 너밖에 없어."

예전에 친구가 없다고 털어놓았을 때보다 훨씬 더 많은 사람들과 지내게 된 지금도 그 친구는 여전히 이런 고백을 합니다. 그렇다면 그 친구의 결혼식 때 왔었던 백 명도 넘던 그의 친구들은 도대체 그에게 무엇이었던 걸까요.

사람이 세상을 살아가려면 타인이란 존재는 절대적입니다. 나의 말은 들어주는 사람이 있을 때라야 비로소 말이 될 수 있고, 나의 행동과 내가 빚어내는 모든 결과물들은 지켜봐주는 사람이 있을 때 비로소 '의미'라는 것을 가질 수 있게 됩니다. 그렇게, 내가 지금 어느 곳에 서 있는지, 어떤 사람들과 어울려 세상을 살아가고 있는지에 대한 해답이 되어줄 수 있는 사람들을 우리는 친구라 부르며 이런 중요한 일을 해주어야 하는 사람들이 없거나 그 수가 많지 않을 때, 우리는 외롭고 또 고민하게 됩니다.

저에게도 친구는 있었습니다. 그것도 세상이 부러워하는 그런 친구가. 하지만 그 친구는 너무 일찍 하늘나라로 가버리고 말았죠. 친구가 떠난 지도 벌써 6년. 그동안 저는 새 친구를 만들기 위해 세상을 열심히 살았지만 다시 그런 친구를 얻을 수는 없었습니다. 물론, 제가 속한 분야에서 열심히 일해온 대가로 많은 지인들을 알게 되었으므로 정말로 외톨이였던 시절과는 비교할 수 없는 처지입니다만 지인이 아무리 많다 한들 친구의 자리를 대신해줄 수는 없었습니다.

제 나이 서른여덟. 그러나 아직도 저는 남은 세월, 저의 새로운 친구들을 기대하고 있습니다. 우정의 거미줄을 촘촘히 쳐놓은 채 단 한 사람이라도 나와 생각과 취향이 비슷하며, 나에게 동류라는 동질의 행복감을 느끼게 해줄 수 있는 사람, 같은 것을 보고 웃을 수 있는 유머의 코드가 맞는 사람, 나를 이해해주고 내 편이 되어줄 수 있는 사람을 묵묵히 기다리다 언젠가 그물에 누군가 걸리기라도 하는 날에는 최선을 다해서 나를 보여주고 마음을 열 생각입니다. 역시 친구를 만드는 최고의 방법이란, 다가오길 기다리는 것보단 내가 먼저 다가가는 것일 테니까요.

엄마가 말을 걸면 왜 화부터 날까

　내가 나이도 있고 나름 효심도 있는 편이어서 엄마를 생각하는 마음도 깊은데 이상하게 엄마가 말을 걸면 밑에서부터 뭔가가 치밀어 올라온다. 어제도 갑자기 낮에 헐레벌떡 들어오시더니 "아니 빨래를 또 돌려? 내가 어제 다 했는데" 이러는 거다. 분명히 세탁기는 돌아가고 있지 않은데 도대체 뭘 듣고 저러는 걸까. 문제는 그럼 엄마에게 빨래 안 한다고 말을 해주면 되는데 혼자서 잘못 듣고 저러는 자체가 짜증이 나서 말해주기가 싫은 거다. 그때부터 난 아무 대꾸도 하지 않은 채 엄마가 세탁기가 돌고 있지 않다는 걸 스스로 확인할 때까지 혼자서 뿔이 나 뚱하니 아무 말도 않고 있었다.

　"어? 세탁기 안 돌아가네. 아니 그럼 말을 해주지. 녀석아."
　난 끝까지 대답을 안 했다. 그리고 그러고 있는 내가 이해가 안 갔다.

그저께는 또, 난데없이 이소라가 앨범을 또 냈냐고 물어본다.

"뭘 또 내. 오랜만에 나온 건데." 그랬더니 "아니, 너 작년에도 나왔다고 하지 않았어?" 이런다.

"내가 언제 그랬어. 그리고 소라 누나 앨범이 나왔는데 내가 엄마한테 그 얘길 뭣 하러 해." 나의 목소리가 다시 커졌다. "아니, 아니면 아닌 거지. 왜 소릴 지르니?"

"내가 하지도 않은 말을 하니까 그렇지." 이번에도 난 내가 이해가 안 갔다.

이제 '내일모레도 아닌 내일' 마흔이 되는데다 효심도 깊은 내가 왜 그러는 걸까. 이런 상황이 닥칠 때마다 사실 엉뚱한 말을 하는 엄마보다도 내가 더 이해가 안 간다. 아니라고 말하면 될 것을, 좋게 설명하면 될 것을. 다른 사람에게는 그토록 예의 바르게 대하면서 정작 내 어머니한테만 이러는 이유를 나도 정말 모르겠다.

상처

'남들도 다 외롭다는 사실마저 위로가 되지 않을 땐 책을 읽어봐.
조금은 나아질 거야.'

누워서 양팔을 치켜올린 채 책을 들고 읽다보니 문득 오른손의 흉
터들이 눈에 들어왔다. 나의 오른손에는 조금 많은 흉터가 있는 편
인데 이상하게 어렸을 때부터 오른손에만 흉터가 생기고 왼손은 깨
끗했다. 내가 오른손잡이니까 오른손을 많이 썼을 것이고 그러다보
니 자연스레 그럴 수밖에 없지 않나 생각했지만 그렇다 해도 손에
이처럼 흉터가 많은 이유는 또 무엇인지 그것까지는 설명할 수 없었
다. 나는 그다지 활동적인 아이가 아니었기 때문에.
작은 것들은 빼고 큰 것 세 개에 관해서만 이야기하도록 하겠다.
내 오른손에는 흉터가 세 개 있는데 그것들이 있는 위치는 악수를 할

때 보이는 팔목과 손의 경계지점–위에서 내려다본 엄지손가락을 닭다리 모양이라고 했을 때 허벅지에 해당하는–에 삼각형 모양으로 나 있어 감추려야 감출 수가 없는 자리이다. 지금이야 내 외모의 하자에 대해 완벽히 포기하고 무신경한 편이지만 젊었을 땐 작은 점 하나까지 신경쓸 만큼 민감했기 때문에 이 흉터들이 컴플렉스였던 적도 있었다. 물론 지금은 노 프러블럼, 나이를 먹으면 이런 여유가 생긴다.

흉터들이 생긴 연유를 살펴보자. 우선 맨 위에 있는 약 0.7센티 정도 길이에 다소 두껍게 살이 올라온 녀석은 어릴 적 기르던 개 검둥이가 내가 떡을 주자 급한 마음에 내 손까지 무는 바람에 생긴 흉터다. 사고가 나자 아버지께서 "저 새끼 개의 자격이 없다"며 화를 내시던 기억이 생생하다. 참고로 나는 켈로이드 체질이라 한번 상처가 생기면 영원히 지워지지 않고 흉터로 남는다. 그리고 그 아래에 양 옆으로 나 있는 나머지 두 개의 흉터는 테니스공을 쥐고 정면으로 보면 양쪽으로 라인 두 개가 마치 여섯 육 자의 받침처럼 양 옆으로 벌어져 있는 것을 볼 수 있는데 바로 그런 모양과 흡사하게 생겼다. 특히 그중 왼쪽에 있는 흉터는 손모가지의 정맥 근처에 있어서 사람들에게 어릴 적 심적 고통에 못 이겨 자살을 하려다 생긴 것이라고 뻥을 칠 때 종종 이용하기도 한다.

검둥이 얘기가 나와서 말이지만 예전에는 검은 개를 기르면 친구들이 놀리고 손가락질하고 그랬다. 색깔이 검은 생물에 대한 사람들의 편견 탓이었다. 못난 나는 어린 마음에 그게 컴플렉스였고…

　그래 엄마가 데리고 있던 직원 중에 종완이 형이라고 있었는데 이 형이 그런 내 마음을 어떻게 알았는지 어느 날 '너, 검둥이 형 주면 형이 진짜 종자 좋은 진돗개를 갖다 주겠다'고 꼬시는 거다. 나는 몇 날 며칠을 고민하다가 황금빛 부티나는 진돗개가 눈에 하도 어른거려 눈물을 머금고 그러자고 했다. 검둥이를 보내는 날. 눈물을 펑펑 쏟으며 함께 달리기하고 산책하면서 미안한 마음에 하염없이 쓰다듬으며 안타까워하며 그렇게 애를 보냈지만 진돗개는 오지 않았다. 다음날이던가 누나들로부터 종완이 형이 이빨을 쑤시면서 다니더라는 말을 들었을 뿐이다.

　이것이 바로 나의 양면성이다. 개를 애틋이 여기는 마음은 강하면서도 개까지 컴플렉스를 자극하는 날엔 또 그건 도저히 참지 못하는, 도무지 나조차 이해를 할 수 없는 내 모습. 생각해보면 이 흉터라는 게 무섭다. 나는 수많은 개를 길렀지만 내게 흉터를 남겨준 검둥이에 대한 기억은 잊으려야 잊을 수가 없는 것이다. 사람도 마찬가지여서 마음속에 지울 수 없는 상처를 준 사람이 더 오래 기억에 남으니 이것은 무슨 이치일까. 그때 검둥이는 나를 참 많이도 원망했겠지.

　외로워서, 심심해서 누워 책을 읽다가 문득 눈에 띈 손의 흉터 자국 때문에 말이 길었다.

두 사람

"계속 내 생각만 나지?"
"네."
"어려서 그래."
"나도 계속 네 생각만 나."
"왜요?"
"늙어서 그런가봐."

공격과 수비

어떤 사람이 생활비가 없어서 몰래 회사의 기물을 내다 팔았다.

그의 손에 쥐어진 돈은 만 원짜리 120장. 그는 두툼해진 지갑을 들고 밥을 먹으러 갔다. 유명한 집이었는데 이상하게 맛이 없었다. 식사를 마치곤 집으로 돌아가는데 아뿔싸, 120만 원이 든 지갑을 그곳에 두고 온 것이다. 서둘러 먼 길을 돌아가 찾아봤지만 현금 가득한 지갑이 남아 있을 리 없었다. 그는 미쳐버릴 것 같은 자책감에 시달려야 했다. 그것은 120만 원을 받아들었을 때 느꼈던 약간의 안도감과는 비교도 안 되는 강도였다.

어릴 적 비슷한 말, 반대말을 공부할 때 얻는 것의 반대말은 잃는 것이라 배웠는데 이 둘의 강도가 왜 서로 등치되지 않는 건지 모르겠다. 왜 같은 값이면 기쁨보다는 슬픔, 혹은 불안, 걱정이 더 센 것이며 사랑보다 미움과 원망이 더 진하고, 획득하는 것보다 상실이 더 크게 와 닿는 것일까.

　그냥 그런 생각이 들었다. 운동경기와 달리 인생이란 공격보다는 수비가 더욱 중요한 일일지 모른다고. 한 열 배쯤.

반전

비밀을 보여주면 달아날 거란 생각에
두려움을 갖곤 하지만
사실은 더욱 큰 사랑을 느끼게 되므로
이것이야말로 사랑의 반전인 것이다.

따라서
비밀공개는 신중히.

고독

　누나들은 나의 생애에 많은 영향을 미쳤다. 가족들은 우리 집안 내력상 내가 창작을 하는 것이 돌연변이에 가까운 일이라고 말하곤 하지만 누나들이 어린 내게 연극을 보여주고 극장엘 데려가고 전시회엘 가고 했던 그 모든 일들이 아직까지도 행복한 기억으로 남아 있을 뿐 아니라 나로 하여금 문화와 예술 같은 것들을 생의 중요한 가치로 여기게끔 만들었음이 분명했다.

　어릴 적 나는 집에서 가족들이 이탈자 없이 모여 도란도란 옥수수 쩌 먹고 대화 나누는 것을 큰 낙으로 여기던 아이였다. 늘 바쁘던 누나들이 모처럼 다 모이고 엄마까지 함께 누워 야밤에 이야기판이라도 벌어지는 날에는 그렇게 흥분이 되고 즐거울 수가 없었다.

　나는 그 시간이 영원히 계속되길 바랬다.

하지만 밤은 깊어가고 한 명 두 명씩 잠이 들면 이내 대화는 시들어갔다. 그럴 때면 나는 혼자서 그 어둡고 무거운 적막을 감당해야했다. 통행금지가 끝나고, 도로를 지나는 자동차의 그림자가 방 안천장에서 나타났다 사라지기를 반복하는 새벽이 되면 나는 그제서야 잠이 들었다.

지금도 이해되지 않는 한 가지는, 왜 내겐 대화판에 낄 자격이 주어지지 않았을까 하는 점이다. 즐겁고 빠르게 오가는 말들 속에서신중히 타이밍을 노려 한마디를 던져봐도 내 말은 언제나 보기 좋게묵살당하기 일쑤. 나는 지금까지도 그게 분하다.

자기들 대화에 방해가 되지 않을 만큼 충분히 생각해서 주제에 걸맞은 질문을 던졌고, 말이 끊어지지 않도록 적절한 타이밍을 잡아한마디를 했을 뿐인데 도대체 왜 누나들은 내 말엔 대꾸를 해주지않았던 걸까. 나의 안타까운 말들은 언제나 혼자서 허공 속에 울려퍼졌다간 끝끝내 저 혼자 민망하게 사라지곤 했다.

그렇게, 나는 이야기판의 관찰자이자 구경꾼에 머물며 대화에서소외되었고 그나마도 누나들이 학교에 가 있는 동안엔 혼자서 집 안곳곳을 탐험하며 홀로 시간을 보냈다.

뎃생 연습을 위한 아그립빠와 쥴리앙, 비너스 같은 석고상들이 방을 가득 메우고 있던 둘째 누나의 방은 신비의 공간이었다. 그곳에들어서면 이젤과 캔버스 등 그림을 위한 여러 도구들과 누나가 앉아서 그림을 그리는 초록색 등받이 없는 동그란 의자가 있었고, 다양한 종류의 유화 물감들과 붓들이 방 안 가득했다.

벽에는 누나가 그린 수십 점의 정물화와 고흐의 그림을 모작한 해바라기 등 여러 개의 그림들이 빽빽이 걸려 있었고 진한 고동색 삼단짜리 나무로 된 책장에는 미술 서적들이 한가득 꽂혀 있었는데 그중 아무거나 뽑아들어도 한나절은 읽음직한 신기하고 경이로운 화가들의 일생이 그 안에 가득 들어 있었다.

누나는 어느 날 집을 나가서 독립해 살겠다고 선언했다. 당시에 이미 큰누나는 집에서 치외법권자였고 이제 조금 있으면 막내 누나도 독립을 원할 것이었다. 그런 누나들의 모습은 어린 나에게 많은 의문을 던져주었다. 왜 누나들이란 항상 저렇게 밖에 나가는 것을 좋아하고 늘 약속이 있어 집을 비우게 되는 것일까. 누나들이 하루 종일 집에 있으면서 나와 이야기도 하며 놀아주면 좋을 텐데. 무섭고 하기 싫은 것들을 강요하는 엄마로부터 나를 지켜주고, 어딘가 즐거운 곳으로 나를 데려가주기도 하면서 그렇게 지내면 좋을 텐데. 하지만 현실은 그렇지 못했다.

누나들은 차례로 성인이 되었고 대학교에 들어가서는 그때마다 통과의례처럼 집을 나가 독립할 것을 원했다. 그 때문에 큰누나, 둘째 누나, 막내 누나가 차례차례 엄마와 맞서는 모습을 나는 순서대로 지켜봐야만 했다. 어린 나는 독립이 누나들의 자아에 얼마나 중요한 것인지 그 욕망은 어디에서 비롯되는 것인지 알 수 없었다. 그저 나는 누나들과 떨어져 있는 것, 고독한 집에서 혼자 견디며 지내야 한다는 사실이 막막할 뿐이었다.

그렇게, 누나들은 내게 고독과 소외를 안겨준 첫 대상들이었다.

생각해보면 나이 들어 어른이 되어 살아가는 나의 모습이 어린 시절의 그것과 흡사함을 느낄 때마다 말로는 설명할 수 없는 기분에 사로잡히곤 한다. 지금은 아침 열한시 삼십분. 그때도 꼭 이런 시간이었다. 유치원을 파하고 나서 집에 돌아오면 누나들은 모두 학교에 가 있고 엄마는 볼일을 보러 나가시고, 아버지는 직장에 계시느라 집은 텅 비어 있었다. 그럴 때면 나는 홀로 그 무거운 적막을 힘겹게 깨고 마루에 올라 작은 가방을 어깨에서 풀어 내려놓은 후 아무도 없는 이 방 저 방을 기웃거리다간 둘째 누나 방으로 들어가곤 했다.

그리곤 누나 방 책장에 꽂힌 미술책들을 뒤적이거나 동그란 초록색 의자를 굴리며 한참을 놀다보면 식구들이 차례차례 돌아오기 시작했던 것이다.

나를 고독에서 구원해줄 나의 가족들이…

지금이 그때와 다른 점이 있다면 이제는 반겨줄 누군가가 올 일이 그리 많지 않다는 사실뿐이다.

소나기

언젠가, 누군가로부터 온 편지.

"일 마치고 강남역에서 버스를 타려고 줄을 섰을 때,
비가 참 많이 왔었어요.
바로 뒤에 줄을 선 여자가 우산 없이 서 있기에 우산을 씌워주며
함께 버스를 기다렸죠.
생면부지의 그녀와 침묵 속에서 한참을 서 있었어요.
낯설고 서먹하지만 왠지 둘이라는 기분이 느껴졌죠."

언젠가 한여름 소나기처럼 그렇게 찾아올 거야.
나는 믿어.

목

커피는 수분을 빼앗아가기 때문에 금물. 탄산음료도 당연히 금물. 홍차 등 차 종류도 좋지 않고 녹차 역시 입을 마르게 하므로 피해야 한다. 결국 물밖엔 허용되는 게 없단 얘기다. 불가피하게 술을 마시게 됐을 때는 물을 끝없이 마셔주고 우유를 포함한 대부분의 유제품도 성대에 좋지 않기 때문에 먹지 않으며 당연한 거지만 담배는 안 된다. 매운 음식 또한 좋지 않다.

침을 삼키는 행위는 목에 무리를 주므로 가급적 하지 않고 무엇보다 전화를 자제한다. 왜냐하면 노래하는 것보다 말하는 것이 목에 더 큰 혹사를 가하고, 말하는 것 중에서도 전화를 할 때 성대에 가장 많은 부담이 가기 때문이다. 속삭이는 것이 오히려 더 안 좋다는 얘기가 있지만 아무래도 제대로 말을 하는 것보단 목을 아낄 수 있다. 또한 노래를 하다가 목에 무리가 가거나 통증이 생기게 되면 집으로 돌아오는 길에 조금이라도 노래를 해서 풀어주는 게 그대로 목이 경직되는 것보다 회복이 빠르다.

목을 관리하는 데 있어서 중요한 것은 무엇보다 수분의 충분한 공급이며 그보다 더 중요한 것이 잘 자는 것이다. 충분한 수면시간의 확보는 정말이지 중요한데 중간에 깨더라도 다시 잘 수 있으면 그리 큰 문제는 없다. 그리고 피해야 할 것은 소리를 심하게 지르거나 슬픈 일을 당하더라도 결코 울어서는 안 된다는 점인데, 그랬다가는 목이 돌이킬 수 없는 지경이 되어버릴 수 있다.

무대 위에 여러 연주자가 있지만 가운데 서 있는 보컬이란 자리는 다른 이들과 차별된다. 제 몸이 악기인 탓이다. 보통 기타라는 악기를 관리 보관하기 위해 기타리스트들은 습도계를 준비하는데 기타에 가장 민감한 것이 습도이기 때문이다. 그러나 기타가 아무리 세심한 관리를 필요로 하는 악기라 할지라도 사람의 몸에 비하면 그건 진짜 비행기와 종이비행기의 격차만큼이나 차이가 크다고 할 수 있다. 사람의 몸은 기타와는 비교도 할 수 없을 만큼 복잡하고 예민하거니와 특히나 목이라는 신체 기관은 사람의 여러 기관 중에서도 으뜸으로 민감하며, 무엇보다 사람에게는 마음이란 것이 있어서 이것이 잘못되기라도 하는 날엔 곧바로 몸에, 특히 목에 치명타가 가해지게 된다.

소라 누나가 자신의 노래가 마음에 들지 않는다며 관객들에게 입장료를 환불해주겠다고 한 기사가 대문짝만하게 났다. 인터넷에는 진정한 아티스트의 프로정신이라며 호의적으로 기사가 올라왔지만 상황을 알아본 바 현장분위기는 그렇게 평화롭지만은 않았다.

사연인즉, 누나는 전날 공연에서 눈물을 흘리며 소리를 질렀고, 그래서 목이 상했다고 한다.

공연은 앞으로도 한참이나 남아 있는데 한번 가버린 목은 24시간 만에는 절대로 회복되지 않는다. 이럴 때 그 모든 두려움을 짊어지고 무대라는 태산과 마주하고 선 가수의 심정을 그 누가 알까. 감정을 온전히 담아내려면 통곡을 해도 모자랄 판에 마음대로 울어젖혔다간 목이 남아나지 않는 모순된 순간들이 가수에겐 일상적으로 찾아온다. 결국 가수 이소라는 전날 공연에서 눈물을 흘리고야 말았고 그 눈물은 그대로 그녀의 목에 치명타가 되었다.

가수가 컴퓨터처럼 노래하고 자기 몸을 관리하길 바라는 사람은 이런 모든 절차에 대한 이해를 거부하겠지만, 바로 이런 인간됨과 생명됨에서 가수가 만들어지고 목소리가 터져나오는 것이다. 때문에 그녀의 쉬어버린 목소리는 관리가 부재한 탓이 아니라 그 자체가 노래의, 콘서트의 일부였으며 이 모든 것이 그 가수를 접하고 감상하는 과정일 터였다.

목이 상해버린 후 하루하루를, 그럼에도 불구하고 정말 이소라답게 훌륭히 치러온 콘서트가 어느덧 마지막 공연을 앞두고 있던 어느 날, 나는 누나의 공연을 보러 갔다. 일요일 늦은 시간. 마지막 날까지 누나의 목이 버텨준 것에 안도하며 공연장에 도착하니 이소라를 응원하는 수많은 사람들이 모여들어 현장은 열띤 분위기였다.

긴 장기공연의 마지막 날다운 흥분과 활기를 느끼며 동행인과 함께 로비에 들어서자 많은 꽃과 사람들이 설레임 속에 공연의 시작을 기다리고 있었다. 창구에서 좌석을 지정받아 극장 안으로 들어갔다. 무대에는 분명히 누나의 의지가 반영되었을 보라색 커튼이 반쯤 열린 채 드리워져 있었다. 그 틈으로 무대를 찬찬히 살펴보았다. 누나의 무대 세팅은 스스로 모니터 환경을 조절할 수 있도록 중무장되어 있었다. 무엇보다 눈에 띄었던 건 보컬 바로 코앞에서 김을 뿜고 있던 가습기였다. 무대 위의 가습기라니. 일견 웃음이 날 만도 한 풍경이었지만 난 결코 웃을 수가 없었다. 누나 앞에서 김을 뿜고 있는 저 가습기야말로 가수들의 목을 보호하기 위한 저마다의 필사적인 노력을 상징하는 것이었기 때문이다. 문득 누나와 라디오 방송할 때 무대에 정수기를 올려놓고 노래하는 보컬리스트는 아마 세상에서 나밖에 없을 거라고 했던 기억이 났다. 그때 누나는 그렇게 웃으시며 자기보다 더한 인간이 있었냐며 맞장구를 쳐주었었는데.

누나는 그날 정말이지 결사적으로 노래했다. 가수는 제아무리 목 상태가 안 좋아도 무대에 오르기만 하면 어떻게든 소리가 나온다. 그리고 그건 과학으로 설명할 길 없는 무대의 힘이다. 그러나 드문 경우지만 거기에도 한계가 있을 때가 있는데, 하필이면 오늘 누나의 목은 바로 그 한계상황에 다다른 것 같았다. 누나는 위태로운 외줄타기를 하며 공연을 지탱해나갔고, 그렇게 상해버린 목으로 결국 마지막 한 방울까지 남김없이 토해버렸다. 사람들은 가수 이소라의 전쟁과도 같은 무대에 눈물과 환호로 답했고 공연은 그렇게 무사히 끝났다.

가수는 비로소 안도와 기쁨에 차 퇴장하고, 사람들도 썰물처럼 빠져나간 자리에 홀로 남아 김을 뿜고 있는 가습기를 오래도록 바라본다. 저 가습기가 묵묵히 내뿜었던 습기가 오늘 누나의 목을 얼마만큼 지켜주었을까. 그 효과가 단 1%에 불과했다 한들, 누나는 가습기 아니라 더한 것도 무대에 올렸을 것이다. 이 모든 것들이 다 가수는 제 몸이 악기인 탓이라 하겠다.

사랑

아끼고 아끼느라
입속에 꾹꾹 눌러 몇 번이고 참고 또 참으며 담아둔 말
사랑.. 해.

나는 알았다. 정말로 사랑을 하게 되면
사랑이 무엇일까
라는 생각을 하지 않게 되는 게 사랑이구나.
하게 되면 저절로 알게 되는 게 사랑이로구나.

사랑한다.
나는 너를 사랑한다.
나는 너를 있는 그대로 사랑하려 노력할 것이다.

간절함

내 방 책장 위에 있는 작은 화분 안의 식물이 며칠째 죽어가고 있다. 처음엔 고개를 조금 수그리는 정도였는데 내가 계속 물을 주지 않자 지금은 목이 완전히 꺾여지고 온몸은 힘없이 늘어져 가련한 신세가 되었다. 그러나 그 광경을 바라보는 나의 시선은 잔인할 정도로 무심하다.

비록 지금 마음의 여유가 없긴 하지만 물 한 잔 떠다 화분에 부어줄 경황이 없을 정도는 아닌데. 저렇게 생명이 눈앞에서 죽어가고 있는데도 귀찮은 건지 아무 느낌이 없는 건지 도통 물을 줄 생각이 들지 않는다. 그래도 아직 잎이 말라비틀어져 구멍이 뚫린 것은 아니니까 지금이라도 물을 준다면 녀석은 아마 살아날 수 있을 텐데. 그러면 다시 언제 그랬냐는 듯이 줄기는 탱탱해지고 잎사귀엔 푸르게 화색이 돌겠지. 그래도 나는 여전히 바라본다. 그저 바라보고만 있다. 실은 자기도 지금 저 식물과 비슷한 처지에 놓여 있으면서.

누군가 물과 관심을 주지 않으면 속수무책으로 죽어갈 수밖에 없는 주제에, 죽어가면서까지 녀석이 내비칠 수 있는 간절함이란 저토록 처량맞고 나약한 모습밖엔 없는 것일까. 스러져가는 존재를 앞에 두고 잔인할 정도의 무심함으로 대했던 나는, 정작 나 자신 또한 무언가를 간절히 원하고 있는 상태였다. 갈망의 마음속에서 허우적대고 있으면서도 다른 존재의 간절함에는 무심했던 것이다. 간절함이란 이처럼 모순된 것일까. 눈앞에서 죽음으로 호소하고 있는데도 이토록 외면할 수 있다니. 아마도 지금 내가 기다리고 있는 무엇도 내게 이렇게 무심하리라. 나의 간절함은 결코 그 마음을 움직이지 못하리라.

시간이 며칠 더 흘렀다. 기다리던 것은 끝내 오지 않았고 나의 마음은 결국 황폐화되었다. 내 마음은 이름도 모르는 내 방 화분 속 식물처럼 시들고 병들어갔다. 모든 것을 체념하게 되었을 때, 나는 그제서야 화분에 물을 주었다. 정말이지 식물의 숨이 끊어지기 직전의 순간이었다.

'살아나라. 이렇게 가버려서는 안 돼.'

나는 내가 간절히 원했던 것을 녀석에게 주었다.

조카 이야기

한식날 성묘 갔다가 괜히 큰누이 얼굴 한번 보고 싶어 누나네 집으로 발길을 돌렸다. 큰누나는 '바우'라는 아명의 초등학교 2학년짜리 아들 하나를 두고 있는데 이 녀석은 비명지르기와 게임을 좋아하고 특기는 식당 같은 공공장소에서 뛰어다니기, 떠들기, 눕기 등 조카라서 그렇지 정말 내가 질색하는 행동을 많이 하는 아주 개구쟁이 녀석이다.

깐깐하기 이를 데 없는 우리 누나가 이상하게 자기 아들한테만은 쩔쩔매는 이유를 알 것도 같고 모를 것도 같지만 나라면 엄하게 키울 것 같은데 나야 애 낳을 일이 없으니 실천해볼 기회는 없다고 할 수 있겠다.

그날 누나집에는 바우뿐만 아니라 바우의 친구도 와 있었는데 두 녀석이 하도 시끄럽게 뛰어다니기에 내가 목소리를 잔뜩 깔고 "야!

너희들 조용히 못해?" 하고 한마디했지만 무안하게도 아이들 떠드는 소리에 파묻히고 말았다.

한마디로 애들은 나 같은 건 안중에도 없었다. 밥 먹을 때도 밥은 안 먹고 딴짓만 하기에 "야, 조용히 하고 어서 밥 좀 먹자" 했더니 바우는 들은 척도 안 하고 바우 친구는 '앤 뭐야' 하는 표정이다.

아… 다정한 삼촌과 조카 사이를 구현해보리라 다짐해온 나였건만 어쩐지 요즘 조카들을 보면 거리감이 느껴진다. 삼촌이라고 쥐뿔이나 해준 것도 없고 그렇다고 얼굴을 자주 보여주는 것도 아니니 그렇겠지, 라고 생각은 하면서도 어쩐지 살짝 서글픈 생각이 드는 건 왜일까. 언젠가 큰 조카 유진이랑 단둘이 있을 때 뭔가 삼촌으로서 말은 걸어야겠는데 특별히 할말이 없어서 "유진이 올해 몇 학년이지?" 하고 물어봤다가 유진이가 "됐어" 하고 대꾸하는 바람에 놀랐던 적이 있다. 그런 의례적인 질문엔 대꾸할 가치조차 못 느낀단 얘긴가. 얼굴이 화끈거렸다.

요즘 애들 정말 무섭다. 바우 친구가 누나 다리에 자기 다릴 걸치는 것만 해도 그렇다. 정말 나 어렸을 때 친구 어머니란 어렵기만 한 존재였는데 눈을 의심케 할 장면이었다. 그러나 한편으론 그런 생각도 들었다. 왜 난 누가 시킨 적도 없는데 어른들 앞에서 그렇게 어려워하고 긴장해야 했을까, 왜 남의 집에만 가면 얼어붙었을까. 좀더 편하고 솔직하게 행동할 수도 있었을 텐데.

난 자기 의견을 말하는 데 익숙하지 않다. 특히 다른 사람에게 싫은 말하기, 거절하기 등등은 정말 어려운 일이다. 그런 내가 매사 행동에 거침이 없고 표현도 거리낌 없이 하는 요즘 애들을 보면서 한편으론 너무 버릇이 없는 것 아닌가 싶다가도 일면 부러운 생각이 드는 것은 아마 그래서일 게다. 나는 지금껏 무엇에 억눌려온 걸까. 누가 시키지도 않았는데. 가슴이 답답했다. 그렇다고 이 나이에 뭔가 달라질 리도 없을 것 같고. 다만 이제는 그저 조카들 볼 때마다 단돈 만 원이라도 스스럼없이 꺼내줄 수 있는 그런 삼촌이라도 되고 싶다. 내 나이가 몇인데 돈 만 원이 없냐고?

조카가 다섯이니 만 원씩 주면 5만 원이거든.

결혼

아침에 잠이 깨면 누운 채로 처음 드는 생각.

외롭다.

그럴 때면 반사적으로 '역시 결혼을 해야 하는 건가?' 하고 생각한다. 문제는 과연 결혼이란 걸 하면 외로움에서 해방될 수 있는가 하는 점이다. 나는 결혼을 해봤기 때문에 싱글들보다는 경험적인 면에서 다소 유리한 편이라 할 수 있는데, 기억이 잘 나진 않지만 더듬거리며 그때의 감정들을 떠올려보면 그 결론이 그렇게 밝은 것은 아니다. 결혼생활을 하는 동안 누군가 곁에 있어서 외롭지 않다고 느낀 적은 많지 않았던 것 같으니까. 사람이 외로워서 연애를 해봐도 여전히 외로운 것처럼 외롭지 않으려고 결혼을 한다면 그것은 올바른

처방, 혹은 선택이 될 수 없을 확률이 높다. 결혼이라는 게 뭘까. 결혼이란 이를테면 영화는 평생 이 사람하고만 보겠다는 약속이다. 물론 지켜질 가능성은 희박하다. 또 결혼이란, 두 사람이 만나서 데이트를 한 후 각자 집으로 돌아가는 게 아니라 한집으로 들어가 여전히 함께 있는 것. 즉, 데이트를 한 이후에도 쭉 같이 있다가 나중엔 데이트 자체가 없어지는 것. 그게 바로 결혼이다.

* * *

98년에 결혼을 해서 2004년에 이혼했으니까 나의 결혼생활은 6년 동안 지속된 셈이다. 헤어지고 처음 자유의 몸이 되었을 때는 해방감에 뼛속까지 시원할 지경이었지만 어느 정도 시간이 흐르고 나니 누구나 그렇듯 다시 결혼에 대한 유혹과 의무감에 시달리게 되었다. 이성과 경험은 다시 결혼해서는 안 된다고 매 순간 일러주지만 불행히도 나이를 먹어갈수록 그 결심은 흔들리게 된다. 그 어떤 생물학적 본능과 사회적 관습이 주는 압박감들, 흐르는 세월 등 많은 것들이 복병인 탓이다. 어느 잡지와 인터뷰를 했는데 이혼에 관한 이야기를 나누는 자리였다. 왜 이혼을 했는가를 말하려니 왜 결혼을 했는지부터 풀어가야 했고 결혼생활은 어땠는지 결혼이란 게 도대체 무엇인지까지 줄줄이 늘어놓아야 했다.

결혼이라는 게 정말 뭘까. 사랑과는 결코 동의어일 수 없는 두 글자 결혼. 결혼에 대한 나의 결론은 간단하다. 생물학적으로 말이 안 되는 행위라는 것이다.

어떻게 한 사람하고만 평생 잘 수 있을까.
어떻게 한 사람하고만 평생 지낼 수 있을까.
어떻게 한 사람만을 평생 좋아할 수 있을까.

이것은 감정과 기호, 또는 성적인 문제만을 이야기하는 것이 아니다. 사람은 일대일만의 소통으로 만족하며 살아가기란 근본적으로 힘든 존재임에도 불구하고, 이 결혼이란 제도는 오로지 한 사람하고만 소통하라고 강제한다. 맞든 맞지 않든, 죽을 때까지, 오직 한 사람하고만.

11년 전 청첩장을 돌릴 때, 이미 결혼을 한 선배들은 한 사람도 축하를 해주지 않았다. 그들은 하나같이 의미심장한 미소를 지으며 결혼은 뭐 하려고 하냐는 둥 고생문이 훤하다는 둥 축하가 아닌 위로의 말을 건넸다. 물론 나도 결혼에 대해 희망이라든가 환상 같은 것 없이 각오를 하고 있었기 때문에 짐작은 하고 있었지만 도대체 어느 정도이기에 저럴까 싶었다. 나중에 영화배우 한석규가 결혼을 앞두고 인터뷰를 하는데 나와 꼭 같은 말을 하더라. "청첩장을 돌리는데 기혼자들에게선 축하를 받지 못했다"고.

나는 결혼을 왜 했을까. 결혼이란 것이 꼭 필요하고, 원하는 사람만 하게 되는 것은 아니다. 오히려 세상의 수많은 결혼들이 무책임하게, 호기심에서, 그저 남들 하니까, 원래 해야 하는 거니까, 나이가 됐으니까 혹은 그밖에 별로 신중하지 못한 이유에서 행해진다. 또 아이가 생겨서, 내 사람이라고 도장 찍고 싶어서 등등. 나는 바로 마지막 이유에서 결혼을 감행했다. 내가 결혼과는 맞지 않는 성격의 소유자라는 것도 알고 결혼을 한다고 해서 도장을 찍을 수 없다는 것도 알았지만 그땐 그렇게 하는 것만이 내가 선택할 수 있는 가장 강력한 선언이었다.

'이 사람은 내 사람이다.'

나는 오직 그것을 위해 인생을 던졌다. 그리고 그 대가는 가혹했다. 사랑해서, 너무나 사랑해서 영원히 갖고 싶었지만 이 마음이 언젠간, 내가 생각했던 것보다도 빨리 사라질 것도 알고 있었고, 더구나 결혼은 사랑과는 그다지 상관이 없으며, 우리가 너무 어렸다는 것도, 지금 나의 선택이 무모하다는 것도 모두 알았다. 하지만 인생에서는 어느 순간, 나도 나를 어찌할 수 없는 순간이 찾아올 때가 있는데 그때가 바로 그랬다.

우리는 사랑했다. 그래서 결혼했다. 하지만 슬프게도 서로를 깎아

먹는 햄스터가 되었다. 모든 것은 짧았다. 신혼의 재미도, 로맨스도, 애틋함도. 왜 옛날 사람들은 헤어지는 게 싫어서 죽을 때까지 함께 있고 싶어서 결혼을 했다는데 어째서 요즘 세상에서는 그 모든 것들의 유효기간이 이토록 짧아졌는가. 왜 함께 살게 되니까 오히려 떨어져 있고 싶고, 영원히 함께 살아야 한다는 사실은 그토록 아득한 짐이 되었나. 누구나 그렇듯 나의 결혼생활도 처음엔 조심스러운 발디딤으로 출발했다. 신혼 때는 소꿉장난 같은 행복도 느끼며 결혼이 꼭 어두운 것만은 아니구나, 하는 순진한 기대도 가져봤지만 그것도 잠시. 종내는 거부할 수 없는 일상에 치이고 서로에게 치이다 점점 극한으로 충돌하여 마침내 이혼을 선택, 헤어지고 말았다.

돌이켜보면 씁쓸한 것은 사람이 결혼하자고, 우리 같이 살자고 하는 마음이 아무리 간절해도 제발 헤어졌으면 하는 마음보다 강하지는 않다는 것이다. 하나가 되고 싶다고 눈이 멀어서 맹렬히 달려갔다가 나중에는 다시 혼자가 되고 싶어 더 무서운 속도로 돌아오는 것. 그게 사람의 이기심이란 것일까.

시간은 흘렀다. 사람은 망각의 동물이라고 했던가. 사랑과 결혼에 대해 부정적인 경험을 갖게 됐지만 시간이 지나면서 마음 한켠엔 또다시 일말의 기대를 갖게 된다. '나는 못해도 누군가는 잘 사는 사람이 있겠지, 잘 찾아보면 잘 사는 사람들도 많겠지.' 그렇게 늘 다른 사람들 결혼생활의 지속 여부를 관심사로 두며 살아간다. 그러다가 행여 잘 지낸다던 연예인 커플이 깨졌다는 기사라도 나는 날엔 어쩐지 나도 모르게 맥이 빠지곤 하는 것이다. '잘 좀 살지. 역시 안 되는 걸까…' 한 커플이 이혼한다는 소식을 들을 때마다 한 겹씩, 결혼에 대한 두려움의 두께는 깊어간다.

사실 혼자 산다고 해서 무슨 뾰족한 수가 있는 건 아니다. 로맨스는커녕 외로움에 찌들어야 하고 그로부터 탈출할 수 있는 기회는 나이가 들수록 적어진다. 게다가 아무도 없는 빈집에 들어설 때의 그 적막감. 하지만 조물주는 얄궂은 분임을 잊어서는 안 된다. 당신이 당신의 짝을 데려와 둘이 한집에 갇히는 순간, 그곳은 또다른 지옥으로 변할지도 모르니까. 누군가와 함께 산다는 것은 두려운 일이다. 그래서 나는 그 마음이 흔들릴 때마다 기도한다.

'신이여, 결혼하고 싶어질 만한 상대가 나타나지 않게 하소서. 이대로 혼자 살다가 늘그막에 동반자 같은 사람을 만나 만혼을 이루게 허락하소서. 부탁드리오니 제발 젊어 섣불리 결혼하지 않게 하소서.'

명심하라. 결혼이란 당신의 문제를 해결해주는 열쇠가 아니다. 오히려 결혼은 당신에게 수많은 새로운 문제를 던져준다. 당신이 당신의 동반자와 기꺼이 그 문제를 풀 각오가 되어 있다면 그때 감행하라. 그 무섭다는 결혼을.

어느 오후

아이들 산책을 시키며 문득 그간 사람구경을
너무 못 시켜줬다는 생각에 마주치는 사람들마다
애들 좀 쓰다듬어주세요 하고 부탁했다.

조만간 고수부지에 데려가 거북이가 좋아하는
비둘기 공격도 마음껏 하게 해주고
자루도 영역표시 원 없이 하게 해주어야겠다.

그래. 죄다 니 땅이다.

비 오는 봄의 오후…

희망

저는 하루하루가 희망으로 넘쳐흐른다는 사람들을 보면
정말로 의아한 생각이 들어요.
희망이란 절망 속에서 생기는 것인데
저렇게 희망만이 가득한 사람의 희망이란 대체 무엇일까
하는 생각이 드는 거죠.

희망을 부정하는 것은 아니에요. 희망은 저에게도 몹시 필요하죠.
다만, 세상의 이름난 희망의 전도사들이 조금 더 세련된 방법으로
희망을 수혈해주었으면 좋겠어요.
그렇게 대책 없이 세상만사가 너무나 행복하고 하루하루가 그저
기쁨이고
복되기만 하다는 식으로 얘기하면 잘 받아들여지지가 않거든요.

저도 희망이 필요해서, 받고 싶어서 그래요.

엄마의 믿음

　봄이면 엄마는 점집에서 식구들마다 맞춤처방된 부적을 받아와 방마다 붙여놓곤 하셨다.

　계단식 아파트에 살 때, 우리집과 마주보고 있는 앞집 대문엔 늘 무슨 교회나 성당의 표식 같은 것이 붙어 있었지만 유독 우리집 문에는 커다랗고 샛노란 부적이 씨뻘건 글씨가 새겨진 채 붙어 있곤 했었다. 나는 이웃들 보기에 민망해서라도 떼라고 하고 싶었지만 차마 입 밖으로 꺼낼 수는 없었다. 어차피 씨알도 안 먹힐 테니까.

　우리집의 공식적인 종교는 불교였다. 그래서 엄마는 늘 절에 다니셨다. 그러나 절에 시주하고 부처님께 비는 것만으로는 우리 가족의 안위를 지키기에는 부족하다고 느끼셨는지 엄마는 점도 자주 보러 다니셨다. 엄마가 단골로 찾던 점쟁이의 이름은 '칠선녀'. 나는 그분을 한 번도 직접 뵌 적은 없다. 다만 그분이 이야기해준 나와 우리 가족에 대한 점괘만은 늘 듣고 자랐다. 돌아가신 분에겐 죄송한 말씀이지만 유감스럽게도 그분의 점괘, 즉 미래 예측이 맞는 것을 본 적은 거의 없는 것 같다. 물론 그분뿐만이 아니라 나는 어떤 점쟁이건 미래를 맞힌다는 것에 대해서는 그다지 신뢰하지 않는다. 칠선녀는 내가 커서 국무총리가 된다고 예언했었다.

엄마의 미신에 대한 믿음은 굳건했다. 때문에 우리들은 지켜야 할 규칙이 많았다. 우선 나는 노란색 옷을 입을 수 없었다. 칠선녀가 나에겐 노란색이 '멸망의 색깔'이라고 했기 때문이다. 또 아직까지 그 의미를 알지 못하는 이른바 '손 없는 날'이란 건 하늘이 두 쪽 나도 지켜졌고 그밖에도 먹으면 안 되는 것, 해서는 안 되는 일들이 무척이나 많았다. 하지만 불행히도, 엄마의 그런 노력에도 불구하고 우리집은 운이 따르지 않았다.

얼마 전, 가세가 기울어 원래 살던 집을 버리고 작고 초라한 곳으로 이사하던 날. 엄마는 버려지는 세간살이 앞에서 더는 버티지 못하고 눈물을 흘리셨다. 그러면서도 이삿짐센터 사람들에게 "오늘은 못을 박지 마세요"라고 주의 주는 것을 잊지 않았다. 누나와 나는 그 많던 살림살이들이 죄다 버려지는 현실 앞에서도 그래도 자신이 믿는 수많은 운에 관한 철칙들을 여전히 고수하는 엄마를 보고 측은한 마음이 들었다. "언제 저런 거 지켜서 뭐 하나라도 된 거 있어?"라는 말이 목구멍까지 올라왔지만 그건 엄마에게 너무나 잔인한 말이 될 것이 분명했다.

　엄마가 그토록 믿어왔던 부적과 점 같은 것들이 엄마와 우리 가족에게 해준 건 무엇일까. 그나마 불행이 이 정도에서 그친 것이 부적 덕이라고 한다면 할 말은 없지만 유난히 풍파를 많이 겪은 우리집 사정으로 봐서는 도움이 된 건 별로 없다고 생각한다. 나는 제발 엄마가 그 말도 안 되는 미신들로부터 벗어나 현실을 직시하길 오랫동안 바라왔다. 그러나 막상 엄마가 당신이 일평생 믿어왔던 신념이 틀렸음을 스스로 인정하는 모습을 보였을 때, 난 오히려 슬퍼지고 말았다. "나 성당에 가고 싶어. 이런 거 지켜서 뭐 하나 된 것두 없구…"
　이사 온 지 며칠 되지 않던 어느 날. 엄마는 새 집에 들어오셔서는 침대에 풀썩 엎어지며 이런 말씀을 하셨다. 한 집안에 종교가 둘이 있으면 망한다면서 둘째 누나의 성경책을 내다 버리기까지 했던 엄마의 입에서 저런 말이 나오다니. 우리가 말하지 않아도 당신은 이미 부적이니 손 없는 날이니 하는 것들이 당신과 당신 가족들의 안위를 별달리 지켜주지 못했다는 것을 잘 알고 있었던 것이다.

　나는 종교가 없다. 어려서 먹을 걸 준다기에 크리스마스 날 교회에 한 번 정도 가고 절의 분위기를 좋아해 절에 가면 마음이 조금 편해지는 정도지 특별히 종교라는 걸 가져본 적은 없다. 징크스나 미신 같은 걸 믿는 편도 아니다.

종교는 무엇이고 믿음이란 무엇일까. 어머니가 부적 같은 거 챙기지 않고 교회엘 다니거나 다른 종교를 가졌더라면 우리집은 지금쯤 부자가 되었을까. 생각해보면 엄마가 자신의 믿음에 금이 가기 시작했다는 것을 스스로 알았으면서도 평생 지켜왔던 그것들을 끝내 놓지 못했다는 것은 어떻게 보면 숙연하기까지 한 행동이었다. 결과가 어찌됐건 엄마는 엄마의 믿음을 지킬 권리가 있고, 믿음은 믿음으로서 가치가 있는 것일 테니까. 그런데 왜 난 그토록 엄마가 엄마의 믿음의 대한 결과를, 패배를 인정하길 끝끝내 바랬던 것일까. 내가 철이 없었다. 어머니가 저 나이에 현실을 직시한다는 것이 무슨 의미가 있는가.

하여 나는 앞으로 다시는 노란 옷은 입지 않기로 했다. 그 외에도 엄마가 지키라는 것은 뭐든 토 달지 않고 따르기로 했다. 그렇게 해서 만에 하나 내 일이 잘 풀린다면 엄마는 자신의 믿음이 틀리지 않았다고 기뻐하실지도 모르는 일이니까. 이번에 이사 온 집에는 아직 부적이 한 장도 붙어 있지 않다. 이런 적은 처음이다. 나는 엄마가 다시 새 점집을 다니고, 새 부적을 집에 붙이셨으면 좋겠다. 엄마의 희망이 아직 살아 있다는 것을 보고 싶다.

나는 왜 영어를 배웠나

예전의 우리는 우리만의 호칭으로 서로를 부르고
우리만의 언어로 대화하고 사랑했었는데
왜 무엇 때문에 이렇게 어떤 말도 전할 수 없는 사이가 된 것일까.

관계는 시들어가고, 하고 싶은 많은 말들을 할 수 없었을 때,
엉뚱하게도 난 영어를 배우기 시작했다. 나는 내가 하고픈 말들을
어떻게든 토해내야 했었다.

필리핀에서 온 유학생 지넷과 캐나다에 오래 머물렀던 영화학도
용식 씨.
나는 그들과 일주일에 두 번씩 만났다.
그리고 수업은 내가 제안한 방식으로 진행되었다.

내용은 간단했다.

우선 내가 하고 싶은 말을 한국말로 하면 그들이 그것을 영어로

작문해주고 나는 다시 그 문장을 외워서 써보는 것이었다.

모두들 자신의 커리큘럼은 제쳐둔 채 나의 방식에 선뜻 응하였고

수업의 효과는 상당했다.

나는 가슴속에서 솟구치는 수많은 말들을 모두 한국말로

쏟아냈고 그들은 그것을 영작해주었으며 그러면 나는

그것을 외워 영어로 사자후를 토했다.

짧은 기간이었지만 그때 참 열심히 영어를 배웠었는데.

맨 처음 배웠던 문장들은 아직도 잊을 수 없다.

나는 요즘 많은 고민에 싸여 있어요.

(I have a lot of worries nowadays.)

나는 너무 많은 상처를 받았죠.

(I got hurt so many times.)

나는 그게 사랑의 문제라고 생각하지 않아요.

(I don't think it is about love in general.)

누가 어떤 이에 대해서 권력을 갖고 있는가 하는

문제라고 생각합니다.
(I think it is about who has the power over whom.)

하지만 아직도 희망이 사라지지 않네요.
(But I still have faith in my mind.)

저 바보 같지 않나요?
(Don't you think I'm a fool?)

사랑은 둘만의 언어를 갖게 되는 것.
한번 잃어버린 말들은 좀처럼 되찾아지지 않았다.
가끔 그때 썼던 노트를 열어 격렬히 쓰여 있는 문구들을
볼 때면 웃음이 난다. 이렇게 아파하고, 화내고, 그러면서도
기다리고, 원했던 내 어린 마음과 감정이 생생히
살아 있던 시간들.

'그때, 간절히 원하던 무언가가 있었지.'

나는 그래서 영어를 배웠다.

로망

어릴 적 하이야트 호텔로 점심식사 자리에 초대된 아버지를 따라 갔을 때 로비엔 젊은 아버지의 후배가 서 있었고 그 옆엔 멋진 청년 실업가에 못지않게 멋진 애인이 함께 있었다. 그때 이런 곳에 오는 사람들은 저렇게 돈 많고 세련된 부자에다 자신감도 넘치고 그래서 저런 멋진 사람과도 동행할 수 있는 건가보다 하고 생각했다. 그 모습이 어찌나 근사해 보였던지 나 또한 커서 여자친구와 좋은 일이 있을 때면 항상 하이야트엘 함께 가곤 했다. 나는 성공한 청년실업 가도 아니었고 자신감이 충만한 편도 아니었지만 그곳의 테라스라 는 식당을 찾아 저녁식사를 함으로써 나도 호텔 같은 곳에 일상적으 로 드나드는 부류의 사람이 되고 싶어했다. 그때 내가 동경했던 그 기분을 맛볼 수 있도록.

그러나 어른이 된 내겐 어릴 적 보았던 아버지 후배의 자신감이나 돈, 사회적 배경이 없었기 때문에 애초부터 그것들은 흉내내기에 그칠 수밖엔 없었다. 나는 그저 구석 한켠에서 조용히 밥을 먹고 나올 뿐이었고, 그럴 때마다 다른 사람들은 모두 이 호텔의 진짜 손님들인데 나만 이방인인 것 같은 기분을 느낄 때도 있었지만 그래도 나는 그저 그렇게 함으로써 조금이나마 어릴 적 로망을 실천해보는 데에 만족하였다. 내가 정말로 '그런' 사람이 되었더라면 더 좋았겠지만 말이다.

어릴 적 로망 한 가지 더. 윤 회장 아저씨라는 아버지 친구 분이 계셨는데 어느 날 대궐 같은 아저씨네 집에 초대되어 갔을 때 마당에 개가 몇십 마리나 있는 것을 보고 충격을 받았다. 당시로서는 귀한 개의 상징과도 같았던 독일산 셰퍼드를 비롯해 푸들, 요크셔테리어, 치와와, 세인트버나드 등 큰 개 작은 개 가릴 것 없이 이름도 다 알 수 없는 온갖 개들이 마당 가득히 놀고 있었고 그 모습은 마치 그곳이 지상낙원이라도 되는 양 나의 머릿속에 각인되었다. 그때부터 나도 언젠가는 꼭 저렇게 동물들을 여러 마리 길러보리라 결심하게 되었다. 마침내 어른이 되어 결혼을 하게 되었을 때 능력도 안 되면서 개 고양이를 다섯 마리나 기르다 패가망신한 것도 다 그때의 기억 덕분이다.

결국 난 아버지를 호텔로 초대했던 그 후배처럼 성공한 청년실업가가 아니었던 데다, 윤 회장 아저씨처럼 대궐 같은 집도 마련하지 못했으면서 개만 분수 넘치게 많이 들인 결과 결국 어렸을 때 품었던 나의 두 가지 로망은 그렇게 초라한 흉내내기에 그치고 말았다. 하지만 후회하지는 않았다. 그토록 고생을 했을지언정 어린 시절부터 줄곧 품어왔던 환타지 어린 소망을 어찌됐건 이뤄본 것에 만족했으니까. 로망이 로망으로 그치지 않는 것. 혹여 실망하게 되더라도, 그건 후회할 일은 아닌 것 같다. 그리고 다시 살아가는 동안 새로운 로망은 또 멈춤 없이 생성되었다.

난 호텔이라는 공간을 워낙 좋아한다. 그런데 호텔 로비에 가면 무명의 가수들이 악단의 반주에 맞춰 흘러간 팝송 같은 것을 부르곤 하지 않는가. 내겐 그 모습이 그렇게 낭만적으로 보일 수가 없었다. 그래서 언제부턴가 호텔에서 노래를 해보고 싶다는 소망을 가지게 되었다.

최근에는 값싼 인건비 때문에 필리핀 사람들의 독무대가 되었다지만 내가 무보수로라도 서겠다고 제의하면 불가능한 일만은 아닐 것이다. 이 일이 내게 매력적인 이유는 우선 호텔이라는 공간에서 벌어지는 일이기 때문이지만, 나를 모르는 사람들 앞에서 노래할 수 있다는 점도 무시할 수 없다. 호텔이나 놀이공원, 그것도 아니면 종로3가 거리에서 불우이웃을 돕기 위해 노래하는 통기타 가수들을 볼 때, 나는 내게 무명의 악사들에 대한 환타지가 있음을 느낀다. 왜일까.

나를 알고 좋아해주는 사람들 말고 나를 모르는 사람들 앞에서 노래하고 싶다는 욕망이 드는 까닭은. 분명한 건 내겐 내가 누군지 알지 못하는 사람들에게 뭔가 울림을 주고 싶다는 환상과 기대가 있다는 것이다. 어쩐지 그것이 진짜라는 생각에.

그리하여 어느 크리스마스 날, 호텔 로비에서 사전에 아무에게도 알리지 않은 채 그저 크리스마스를 즐기러 온 순수한 호텔 고객들 앞에서 노래할 수 있다면, 그렇게만 된다면 나는 결혼식 때 입었던 삼만 원짜리가 아닌 정말로 비싼 고급 턱시도를 손수 구입해 차려입고 옛날 마피아 영화에서 가수가 노래하는 장면이면 등장하는 그 두터운 케익조각처럼 생긴 마이크를 들고 멋지게 노래하고 싶다. 그러다 평소와는 뭔가 다른 노래가 들려오는 것 같아 한 명 두 명씩 돌아보기라도 한다면 얼마나 근사할까.

로망이란 어쩌면 단지 꿈꾸는 단계에서만 아름답고 행복할 수 있는 것인지도 모른다. 그토록 바라던 많은 것들이 실제로 내 것이 되었을 때, 상상하던 만큼의 감흥을 얻었던 적은 많지 않으니까. 그러니 중요한 건 이루어낸 로망보다는 아직 이루지 못한 로망이 얼마나 남아 있는가, 앞으로 얼마나 더 많은 꿈을 품게 될 것인가 하는 점일 것이다.

다행히 내게는 로망이 아직 몇 개 더 남아 있고 앞으로도 조금 더 생길 수 있을 것도 같다. 그리고 그것들은 힘 닿는 대로, 비록 실망하는 한이 있더라도 시도해볼 것이다. 왜냐고?

로망이니까.

연애란?

누군가의 필요의 일부가 되는 것.
그러다가 경험의 일부가 되는 것.
나중에는 결론의 일부가 되는 것.

이해

　타인을 사귈 때에 그 사람을 이해하려는 노력은 어떤 동기에서 동력을 받아 행해지게 될까. 고통이란 매우 강력한 사랑의 촉매제로 작용한다. 자신을 평화롭게 하는 이에게는 결코 간절함을 느끼지 못하는 사람이 고통으로 자극받게 되면 엄청난 정열을 품게 되는 것도 그 때문이다. 마찬가지로 고통은 지극한 이해를 부르기도 한다. 잘못은 상대방이 했는데 정작 나는 어떻게든 상대방의 행동을 이해하고 정당성을 부여하기 위해 나 자신을 설득하고 나 자신과 싸우고 있는 것이다. 상대로 인해 생겨난 분노의 감정이 상대방을 향하는 것이 아니라 나의 생각과 판단을 바꿔놓는 이 아이러니. 바로 고통의 힘이다.

　A의 사연은 이랬다.

남자친구가 일 문제로 보름간 미국 출장을 갔다. 한 도시에서 머무르는 것치고는 짧지 않은 시간이었다. 문제는 역시나 연락이다. 뻔히 로밍이 되어 있는 걸 아는데도 문자 한 통 없다.

'바빠서 그렇겠지.'

세상에 아무리 바쁜 사람도 문자 보낼 시간 몇 초가 없다는 것은 말이 안 된다. 하루가 지난다. 이틀이 지난다. 화가 난다. 그러나 역시 화는 이해로 가기 위한 노력에 의해 묻혀버린다.

'무슨 사정이 있을 거야. 너무 바빠서, 외국이라 힘들어서, 아니면 내가 알지 못하는 무슨 일들이 있을 거야. 나는 외국 출장 같은 것 한 번도 가본 적 없으니까. 너무나 경황이 없겠지. 어쩌면 문자를 보냈는데 '거리가 멀어서' 늦게 오는 걸 수도 있고.'

A의 노력은 끝없이 계속된다. 그러나 이러한 상황에서 그것을 타인의 입장을 헤아리고자 하는 순수한 노력의 일환으로 볼 수 있을까? 오히려 이 모든 것들은 결국 자신이 보통의 존재로 전락했다는 사실을 부정하기 위한 필사적인 몸부림에 불과하다.

동기가 불순하면 행위도 순수하지 못하다고 했던가. 고통으로 자극받아 피어난 사랑은 새로운 고통이 수혈되지 않으면 사그라지고 마는 것처럼, 이해도 마찬가지다. 자신을 지키기 위한 노력은 결코 상대에 대한 진정한 이해가 될 수 없는 것이다.

함께 산다는 것 —사람과 동물 사이

그래, 네 말이 맞아.

나는 상처받았지만, 굳이 되갚아줄 필요는 없었지.

정말 일부러 그런 건 아니었을 텐데…

한 달 전쯤이었어. 밑에 집에서 아침마다 개가 짖어서 스트레스가 심했어. 난 일정한 소음… 알 수 없는 소음… 정말 힘들어하는 편이거든. 그래 관리사무소에 신고도 해보고 그 집 대문에다 호소문도 붙여보고 했지만 시정이 되질 않았어. 개가 짖는 동안엔 집에 사람들이 없어 대놓고 따질 수도 없고 미치겠더라구. 사람이 잠을 자야 살 거 아냐. 그러다가, 어느 날엔가 또 짖길래 도저히 못 참겠다 싶어 냅다 뛰어 내려갔지. 한바탕 할려구. 근데 평소엔 초인종을 아무리 눌러도 인기척이 없던 그 집에 웬일로 우리 엄마 연배로 보이는 나이 지긋한 아주머니가 나오시더니 흥분한 나를 보자마자 그러는 거야.

"개 때문에 내려오셨군요."

"아, 네…"

나는 갑자기 할말을 잃었어. 내 짐작에 분명히 이 집 식구들은 우락부락하게 생긴 유흥업자 내지 악덕 부동산업자 스타일에다가 아이 예절교육 같은 건 관심도 없는 무식한 사람들일 거라고 철석같이 믿고 내려갔거든. 그런데 그분은 그저 평범하고 미안해할 줄 아는 그런 사람이었어. 문이 열렸을 때… 하얀 말티스가 튀어나와서 꼬리를 흔드는데 아주머니는 마치 보물처럼 껴안으면서 말씀하셨어.

"왜 짖었어. 왜…"

수술날짜를 잡으려고 했지만 내일에나 예약이 됐다면서 미안하다고 하는 거야. 개 때문에 힘들어했던 사람들이 나뿐이 아니었다면서… 순간 나는 가슴이 미어지면서, 정말 이런 상황은 어떻게 받아들여야 할까. 나는 그 강아지 때문에 근 한 달을 아침마다 고생했는데 정작 따지러 갔다가 나만 인정머리 없는 놈이 되어버린 거잖아. 그래 어떡해. 오히려 내가 죄송하다고… 조금 더 참을 수 있었던 일인데… 하고는 올라와버렸어.

모르겠어.

내가 한 달 동안 스트레스를 받은 건 분명하지만 그 집에선 이웃에게 피해를 주지 않기 위해 개 수술날짜까지 잡았던 거고. 그 아주머니는 날 아주 몰인정한 사람으로 생각하고 있겠지? 결국 난 그 녀석 때문에 내내 스트레스를 받은 것도 모자라 급기야 죄책감에까지 시달려야 했어. 시간이 조금 흘렀지. 그러고 보니 언제부턴가 통 짖는 소리가 들리지 않는 거야. 강아지가 수술을 받은 걸까? 갑자기 무서운 생각이 들었어. 사람 편하자고 멀쩡한 생명에 칼을 대는 이런 잔인한 짓을 나도 예전에 한 적이 있었거든.

98년이었어. 결혼을 하기 전 와이프와 작업실에서 잠시 같이 지내고 있을 때, 우린 어느 날 성남 모란시장으로 고양이 한 마리를 데리러 갔어. 넓은 공터 같은 곳에 시골 오일장마냥 이곳저곳에 좌판이 벌어져 개나 고양이를 비롯한 온갖 생물들을 팔던 곳이었지. 한편에서는 애완용을 팔고, 바로 그 앞에서는 식용을 파는 집이 지척에 뒤섞여 있는 아주 적나라한 곳이었어. 한 바퀴를 휘 둘러본 후 어떤 집에 들어가 고양이를 보여 달라고 하니 파장 무렵이어서인지 종이상자에 남겨진 새끼고양이는 두 마리뿐이었어. 녀석들은 남매지간이었는데 우린 그중에 눈이 초롱초롱하고 성깔 있게 생긴 수놈을 골랐지. 지금도 잊을 수 없는 건 와이프가 두 마리 중 어느 녀석을 골라야 할지 해맑게 고민하고 있는 뒤편으로 그날 팔다 남은 토끼들이 그 자리에서 뎅겅뎅겅 목이 꺾여 인정사정없이 재고 처리되던 뒷집의 풍경이었어. 우리는 삶과 죽음의 운명이 너무도 태연하게 한데 뒤섞여 있는 그 아수라 지옥 같은 곳에서 아기고양이 한 마리를 구해 집으로 데려왔어.

그 애의 이름은 코코. 그 애는 정말이지 대단했다. 주먹만 한 새 끼 때부터 어떻게 잡았는지 참새를 붙잡아 곤죽을 만들어놓질 않나 집에 찾아온 두 살짜리 퍼그를 똥을 지리게 할 만큼 혼쭐을 내주는 가 하면 밤이면 자고 있는 아빠(나)의 얼굴 습격하기, 툭하면 사람들 의 손가락이나 발 물기, 집 안에 있는 온갖 물건들을 물고 뜯어서 엉 망으로 해놓기 등등 헤아릴 수 없을 만큼 사고를 많이 쳤던 천하의 개구쟁이였어. 그래도 우린 그 애가 귀여워 어쩔 줄 몰라 하며 사랑 을 가득 주었지. 그러던 어느 날 대형사고가 났어. 나로서는 거금을 주고 뽑은 새 차의 시트를 코코가 완전히 아작내놓은 거야. 새 차 냄 새가 채 가시지도 않은 내 차의 시트는 고양이 발톱자국이 셀 수 없 을 만큼 그어져 거의 걸레처럼 너덜너덜해져버렸어.

"도저히 안 되겠다."

우리는 코코의 난폭한 성질을 누그러뜨리기 위해 중성화 수술을 시키기로 결정했지. 그런데 그때 찾아간 병원에서 누군가 그러는 거 야. 고양이 발톱을 뽑아주는 수술이 있는데 마취를 하기 때문에 수 술도 고통 없이 간편하고, 받고 나면 발톱이 없어 뽀송뽀송한 고양 이 발을 마음껏 만질 수 있다고. 다들 그렇게 한다는 말에 우리는, 코코에게 무슨 짓을 하는 건지 전혀 알지 못한 채 그 일에 동의를 했 어. 그런데 수술 날. 우리는 수술에 들어가고 나서야 그게 얼마나 잔 인한 짓인지를 알게 되었어. 후회해도 이미 돌이킬 수 없는 상황이 었지.

그 끔찍한 순간에 대해서… 자세히 얘기하지는 않겠어. 다만 내 머릿속에 그 잔인한 기억들은 아직도 선명히 남아 있다. 코코는 집으로 돌아와 고통과 충격으로 무려 일주일을 한자리에서 꼼짝 않고 눈을 감은 채 웅크리고 있었어. 나는 그제서야 나의 무지와 이기심으로 한 생명에게 준 고통이 생계를 위해 팔다 남은 토끼의 목을 꺾는 행위보다 훨씬 더 잔인하고 비인간적이며 용서받지 못할 짓이었다는 걸 알게 되었지. 난 그때부터 동물에게 칼을 대는 행위는 중성화 수술을 제외하곤 무조건 반대하게 되었고 그래서 나를 한 달이나 괴롭히던 강아지가 성대 수술을 앞두고 있다는 말을 들었을 때 혼란스러울 수밖에 없었던 거야.

누군가와 함께 살기 위해서는 언제나 대가가 따르기 마련이야. 자유를 포기해야 결혼을 할 수 있고 동물의 본능을 거세해야 사람과 살 수 있고 자식과 부모 둘 중 어느 하나는 불편과 희생을 감수해야만 동거가 가능한 것처럼. 내 모든 죄의식과 어떤 미안한 마음으로도 아무것도 달라지게 할 수 없다는 사실이… 그 모든 게 같이 살자고 벌어진 일이라는 게 나는 그저 기막히고 괴로울 뿐이야.

두 얼굴의 사나이

사람은 어떤 식으로든 다른 사람에 의해 평가받고 규정지어지기 마련인가보다. 유희열 씨가 DJ를 맡은 라디오 방송에 월요일마다 게스트로 나가게 되어 이런저런 음악을 소개해온 지도 벌써 한 달이 넘었다. 그런데 음악이 나가는 동안 내가 선곡한 곡의 아티스트에 대해 희열 씨는 가끔 이런 질문을 할 때가 있다.

"이 사람 어때요?"

그럴 때면 나는 약간 당황하곤 한다. 단순히 대수롭지 않은 호기심에서 던진 질문인 건 알지만, 나로선 누군가에 대해서 한마디 말로 설명하기가 쉽지 않기 때문이다. 물론 "사람 좋아요" "좀 까칠한데 그래도 뒤끝은 없어요" 등등 간단히 말할 수도 있겠지만, 그게 어려운 사람도 있다. 바로 나 같은 사람.

한번은 누군가 나에 대해서 이렇게 물어본다면 사람들은 어떤 식의 답변을 할 것인가 예상해본 적이 있다.

'다가가기 어렵다.'
'까다롭고 까칠하다.'
'마음을 잘 열지 않는다.'
'직설적이고 공격적인 성격이다.'

나에 대한 평판이란 대체로 이런 것들이고 사람들은 나에 대해서 아주 단정적으로 규정해왔다. 물론 저런 평가들도 분명히 내가 갖고 있는 모습 중에서 나온 것일 테지만, 그것은 내 일부에 불과하다는 것을 사람들은 잘 모른다. 알려고도 하지 않는다.

실상은 이렇다. 나는 다가가기 어려운 사람이라기보다는 오히려 누군가 나에게 다가와주기를 기다리는 사람에 더 가깝다. 마음을 열고는 싶지만 방법을 알지 못해서 오히려 외로운 사람이다. 직설적인 구석도 있지만 타인에 대한 배려심이나 남을 도우려는 마음은 누구 못지않은데 그런 것은 잘 소문이 나지 않더라.

타인에 의해서 이처럼 쉽게 규정되어온 처지로서 한마디 하자면 뭐든지 단정짓는 것은 별로 좋은 일은 아니다. 누군가의 성품에 대해서도 마찬가지다. 저 사람은 착한 사람, 이 사람은 못된 사람, 이렇게 이분법적으로 나누는 것보다는 '저 사람은 착한 면도 있고 못된 구석도 있는 사람' 같은 표현이 훨씬 더 정당하게 그 사람을 평가해준다고 생각한다. 물론 정말이지 착한 면밖에 없는 천사인 사람도 있을 테고 오로지 사악한 마음밖에 없는 악인도 있을 테지만 그런 사람들조차 자신을 대표하는 본성과는 다른 모습을 자기 내면 어딘가에 조금씩은 감추고 있을 것이다.

　사람의 성격이나 내면이란 복합적인 것이어서, 한 가지로 규정지어 말하기란 쉽지 않다. 나 같은 경우만 해도 모르는 사람들 앞에서는 낯을 심하게 가리지만 조금만 편해지면 아주 활달한 사람으로 바뀌기 때문에 실상 나의 성격이 내향적인지 아닌지, 또 내가 조용한 사람인지 시끄러운 사람인지 한마디로 설명할 수 없다. 나는 경우에 따라서 낯을 가리고, 또 내가 편한 곳에서는 한없이 밝고 외향적인 사람도 되는 그런 사람인 것이다. 또, 충분히 착하고 타인에 대한 동정심도 많지만 어떤 일면으로는 이기적인 모습을 보일 때도 있다.

　이렇듯 사람의 종류는 실로 다양하다. 내성적인 사람이 있고 내성적이면서도 외향적인 사람이 있으며 순전히 외향적인 사람도 있다. 그럼에도 불구하고 사람들은 겉으로 드러난 몇 가지 모습만 가지고 쉽게 사람을 판단한다.

　사실은 나도 그러한 편견의 주체일 때가 많았다. 살면서 말 한마디 해본 적 없이 그저 먼발치서 본 인상만 가지고 '저 사람은 이런 사람일 것이다'라고 단정지었던 적이 얼마나 많았던가. 긍정적인 것이든 부정적인 것이든 말이다. 그렇게 성급히 내려진 결론들은 실제 그 사람과 접해보고 나면 늘 수정되기 일쑤였다. 이처럼 사람은 자신이 경험한 찰나의 이미지만으로 한 사람을 평가하고 규정짓는 우를 범할 때가 많다. 그리고 나야말로 그런 방식의 오랜 가해자이자 희생자였다.

　나는 이런저런 이유로 오해를 많이 받는다. 잘 웃지 않는(사실은 못하는) 얼굴 표정 때문에 처음 대하는 사람에게는 늘 매뉴얼처럼 안내멘트를 해야 한다.

　"저, 화난 거 아니거든요."

　그 말을 듣고 나서야 사람들은 마음을 풀고 나를 편히 대한다.
　나는 환하게 웃질 못한다. 또 감정을 표현하는 방법도 잘 모른다. 그래서 오해를 받는다. 하지만 세상에 나처럼 두 얼굴의 사나이들이 많은 것을 알기에, 겉으로 드러나는 모습이나 평판만을 가지고 사람을 함부로 평가하지는 않으려 한다. 나라도, 나부터라도.

순간을 믿어요

어떤 이가 나에게 너는 내게 무엇을 해줄 수 있는가 하고 물어 이런저런 것들을 해주고 싶다고 했더니 "거짓말!" 한다.

다시 그가 나에게 정말 마음이 변치 않을 수 있는가 또 묻기에 나의 마음을 열심히 설명했더니 이번에도 "거짓말!" 한다.

잠 못 이루며 끝없이 의문을 던지는 그에게 난 마지막으로 이렇게 말해주었다.

"나는 네가 뿌리내릴 수 있는 땅이 되어줄 거야."

그 말을 들은 그는 비로소 안심하며 잠이 들 수 있었고 그렇게 조금씩 나에게 뿌리를 내려갔다.

3장

개별성

미안하고 난처하면 웃음이 터지는 사람,
선물을 받고도 좀처럼 고마움을 드러낼 줄 모르는 사람.
사랑에 빠지면 오히려 차가워지는 사람.

같은 언어를 쓰지만
표현은 서로 다른
우리는 이토록 개별적인 존재들.

수건돌리기

"둥글게 둥글게 노래를 부르며 랄라랄라 즐거웁게 춤을 춥시다.
노래를 부르며 손뼉을 치면서… 다섯!"

긴장 속에 원을 그리며 돌던 아이들이 갑자기 다섯씩 짝을 이루느라 한바탕 소동이 벌어진다. 그리곤 무안한 미소를 지으며 퇴장하는 탈락자들. 이건 마치 무슨 낙오에 대한 리허설이라도 하는 것 같다.

또 있다. 수건돌리기. 술래가 원을 그린 채 앉아 있는 아이들 뒤를 빙글빙글 돌다가 살짝 누군가의 등 뒤에 수건을 놓고 달아나면 당사자는 황급히 일어나 술래를 쫓지만 원망의 미소를 던지면서도 자신이 선택되었다는 사실에 안도한다.
반면 한 번도 선택되지 못한 아이는 박수 치고 노래를 하며 차례를 기다려보지만 게임이 끝날 때가 가까워올수록 초조해짐을 느낀다.

　모르겠다. 이런 게임을 외국에서도 하는지 우리만 하는 건지. 하지만 분명한 건 우린 어려서부터 비정상적으로 의무적인 관계 맺기를 강요당해왔다는 것이다. 왜 친구가 많으면 부러움의 대상이 되어야 하는지 왜 혼자 극장엘 가면 다른 사람 눈치를 봐야 하는 건지 난 알 수가 없다. 친구가 백 명 있는 사람도 있는 거고 친구가 두 명 있는 사람도 있는 거다. 밥을 혼자서 먹을 수도 있고 아닐 수도 있는 거다.

　그런데 왜 우리는 늘 두 줄로 줄을 서며 짝을 짓도록 강요받았을까. 왜 혼자 다니면 놀림의 대상이 되어야 했을까.

　나는 우리나라의 결혼을 앞둔 예비신랑들이 하객 모으기에 얼마나 강박적으로 시달리는지 잘 안다. 우리는 결혼식 때 친구들이 얼마나 오는가를 놓고 그 사람을 판단하려 하기 때문이다. 친구가 많이 온 신랑은 성품이나 대인관계 면에서 인정받는 반면 그렇지 못한 사람은 인간성이나 사회적인 능력에 뭔가 문제라도 있는 것처럼 여기는 시선들.

　내가 우리 사회의 이러한 강요된 관계 맺기 문화에서 결코 자유롭지 못하다는 사실이 어떨 땐 너무나 숨이 막힌다.

인생의 차트

가치란 대립하는 것이라 했다. 하나밖엔 취할 수 없기 때문이다. 건강을 택하자니 일을 할 수 없고 일에 최선을 다하자니 몸을 돌볼 수 없다면? 내가 하고 싶은 공부를 하는 것과 좀더 좋은 간판이 되어줄 수 있는 조건 중 하나만을 택해야 한다면?

살아 있는 동안 이러한 선택의 순간은 멈추지 않고 찾아온다. 따라서 우리는 언제나 선택의 기로에 놓이게 되고 결정은 저마다의 가치 기준에 따라 다르기 마련이다.

사람들은 누구나 보다 중요한 가치, 그보다 덜 중요한 가치들을 구분해 중요도에 따라 순위를 매겨두는데 이것을 '인생의 차트'라 한다. 보편적으로 생각해볼 때 상위에 랭크되는 것들은 건강, 가족, 일, 돈과 같은 것들일 것이다. 나 또한 다르지 않다. 그런데 결코 어

떤 순위에도 함부로 놓을 수 없는 초월적인 가치가 있다. 바로 '사랑'
이다.

 사랑을 일반적인 기준으로 다른 것들과 저울질하면 순위는 말도
안 되게 내려간다.

 당신은 친구를 포기하고 사랑을 택할 수 있는가? 가족을 포기하
고 사랑을 택할 수 있는가? 왜 항상 사랑은 다른 무엇을 포기해야만
얻을 수 있는 것일까.

 그것은 사랑이 많은 가치 중에서도 가장 호전적이며 배타적인 가
치이기 때문이다. 그것은 사사건건 다른 많은 것들과 대립한다. 일,
친구, 다른 존재에 대한 갈망, 돈, 가족, 자아실현과 같은 많은 주요
한 가치들은 사랑 앞에서 선택을 종용받곤 한다.

 뿐만 아니다. 사랑은 마음의 평화와도 정면으로 대립한다. 열정적인
사랑과 마음의 평화 중 사랑을 택할 사람이 몇이나 될까. 평온한 마음과
의지가 되어주는 오랜 친구 같은 일상의 소중한 것들을 주체할 수 없는
열정이나 끓어오르는 마음과 맨정신으로 바꿀 사람이 흔할까.

 인간이 가지는 가장 고결한 가치이자 덕목으로 여겨지는 사랑은
이처럼 현실에서는 늘 우선순위에서 밀리곤 한다. 사랑과 행복 중
하나를 택하라고 한대도 역시 행복이다.

행복하려고 사랑을 했는데 사랑을 해도 좀처럼 행복하지 않으니까. 즐거우려고 연애를 했는데 지옥을 경험하게 되는 일 같은 건 너무 흔하니까.

도대체 사랑은 몇 번째 순위일까. 누가 인생에서 가장 중요한 것을 사랑이라 했을까. 그래서 사랑은 0순위이다. 때로는 그 어떤 것보다 중요하지만 때로는 아무것도 아닐 수 있는 게 바로 사랑이기 때문에.

인생의 차트에서 사람은 경우에 따라 돈과 가족을 놓고도 저울질을 할 수 있지만, 진짜 사랑에 빠지게 되면 결코 그 어떤 것과도 바꿀 수 없게 된다. 사랑은 그런 것이다.

과학자들에게

과학자나 엔지니어들에게 자신의 분야에 국한된 지식뿐만 아니라 기본적인 인문학적 소양까지 요구되어온 것은 비단 어제오늘만의 일은 아니다. 그것은 세상의 모든 분야가 그렇듯 과학이 과학으로 그치지 않으며 인문학 또한 인문학으로서만 존재 가치를 발하는 것은 아니기 때문이다. 기초과학이 모든 과학기술의 근간이 되듯 인문학이야말로 모든 지식과 학문의 토대라고 할 수 있다. 그것을 튼실히 섭취했을 때, 비로소 과학자들 또한 모든 사회적인 문제에 대해 시민으로서 내릴 수 있는 기본적인 판단이 가능하게 되며, 나아가 자신의 활동이 사회에 어떤 영향을 미치는지도 가늠해볼 수 있게 된다.

여기까지는 누구나 아는 사실이고 여러 번 되풀이되어온 주장이다. 다만 여기에 개인적으로 한 가지를 덧붙이고 싶은 것은 과학자들의 상상력과 감성적인 면이 획기적으로 풍부해졌으면 한다는 점이다. 만약 그렇게만 된다면 그들의 인류를 위한 노력이 단순히 기술적이고 기능적인 데에서 벗어나, 과학의 시선이 도달하지 못했던 삶의 많은 영역에까지 그 혜택이 미칠 수 있을 것이다.

과학자들은 그간 성행위를 할 수 있도록 돕는 보조 장치의 개발에는 열을 올려 왔으나 성행위를 막는 장치의 개발에는 소홀히 해온 것이 사실이다. 그들은 비아그라나 시알리스 같은 발기부전용 치료제를 만들어 하고 싶은데도 못하는 사람들을 구원해준 바 있다. 그런데 어째서 원하지 않는 사람들을 위한 약품은 만들 생각을 않는 것일까. 세상에 그걸 원하지 않는 사람이 어디 있냐고 할지 모르지만 욕구가 거추장스러워 생활에 불편을 받는 사람들은 얼마든지 있다. 중요한 시험을 앞둔 수험생들, 반드시 합격하지 않으면 안 되는 고시생, 금욕을 요구받는 승려들, 가족을 멀리 떠나보낸 기러기아빠 등등. 이러한 사람들에게 성욕 억제제와 같은 약이 제공된다면 모르긴 해도 비아그라 이상의 혁명이 일어나지 않을까?

극단적인 생각이긴 하지만 세상에 섹스가 없다면 사라질 문제들이 얼마나 많은가. 모든 연인 간의 갈등, 전쟁, 욕망에 관한 상당한 문제들을 이 약 하나로 해결할 수 있을지 모른다. 당신이 당신의 무한한 에너지를 본능이 아닌 이성적 욕구를 위해 쓸 수 있다고 생각해보라. 마음의 평화는 물론이고, 쾌락을 좇던 지친 영혼은 생기를 되찾아 자아의 실현을 위해 몰두하거나 불쌍한 타인을 위해 봉사하는 위대한 삶을 살게 될지도 모른다. 나이가 들어 성욕이 수그러들었을 때 느꼈던 자유로움과 해방감을 맛본 사람이 다시 질풍노도의 시기로 돌아가길 원하지 않는 이유는 무엇일까. 누구라 해도 그 혼란스럽고 나 아닌 무언가에 정신을 빼앗겨 있는 듯한 시기로 돌아가고 싶지는 않은 것이다. 이렇듯 욕망은 사람을 지치게 하기에 사람은 나이가 들고 나서야 비로소 긴 터널을 빠져나온 안도감을 느끼게 된다. 이러한 시기를 마음대로 앞당길 수 있고 원하면 복용을 중지함으로써 언제든 젊음과 욕구를 되찾을 수 있는 간편함이 주어진다면 굳이 마다할 사람이 있을까.

또 있다. 사랑의 묘약. 1987년 프로작이라는 항우울증 치료제가 나왔을 때 인류의 삶의 질은 획기적으로 개선되었다. 이른바 해피드럭이라 불리는 이 명약은 부작용의 획기적 감소, 뛰어난 약효, 복용의 간편성 등으로 많은 이들의 삶을 우울감으로부터 해방시켰다. 그러나 이제는 반대 개념의 약이 등장할 시점이 되었다. 감정을 없애는 약만 만들 것이 아니라 감정을 지속시켜주는 약도 만들어달라는 것이다. 다소간 추상적인 감정이긴 하나, 남녀 간의 진실하고 순수한 감정, 바로 사랑을 말하는 것이다. 이것은 결코 의학의 테두리를 벗어난 황당한 요구가 아니다. 이미 사랑이 뇌 안에서 분비된다는 어떤 물질로 인해 생성, 지속, 중단된다는 주장이 바로 의학계에서 나오지 않았던가. 그렇다면 사랑을 느끼게 하는 그 물질이 메말라버리기 전에 주사를 맞거나 알약을 복용함으로써 지금 내 앞에 있는 사람을 영원히 사랑하게 될 수 있다면? 언젠가 이와 비슷한 시도가 있었다는 이야기를 얼핏 기사로 접한 적은 있으나 얼마나 공신력이 있는 보도인지, 그후로 연구에 특별한 진전이 있었는지는 들은 바가 없다.

오늘날처럼 이별이 횡행하는 시대에 만약 이러한 사랑의 묘약이 개발된다면 세상은 얼마나 아름다워질까 상상해본다. 사랑을 약물의 힘으로 지속시킨다는 것의 순수성에 대한 반론이 있을 수 있겠지만, 그렇게 따지면 사랑을 호르몬 놀음으로 만들어버린 의학자나 조물주에게 먼저 따지는 것이 순서가 아닐까? 애초부터 사랑의 끊고 맺음이란 호르몬의 감소가 아닌 본인의 감정과 의지 여부에 맡겼어야 했다. 어쨌든, 이 사랑의 묘약의 효능은 다음과 같다. 이 약을 먹음으로써 사랑하는 마음의 지속기간의 연장, 권태의 방지, 타인에게 시선을 돌리지 않게 되는 효과 등, 복용을 중단하지만 않는다면 거의 영원한 사랑을 할 수 있게 되는 실로 기적의 명약이라 하겠다.
이 약의 원리는 수면내시경의 그것과 흡사하다. 즉, 수면내시경이라는 것이 고통을 느끼지 않게 하는 것이 아니라 고통의 기억을 없애주어 몇 번이고 그 무시무시한 내시경 검사를 받을 수 있게 하는 것이듯 이 사랑의 묘약을 먹으면 자신이 얼마나 오랫동안 상대를 사랑해왔는지를 잊게 만듦으로써 늘 새로운 사랑이 가능할 수 있게 된다는 원리다. 장담하지만 이 약이 개발되는 날엔 인류 역사가 바뀔지도 모른다.

과학자들의 감성적 변환은 이렇듯 사랑과 욕구 같은 거대한 주제뿐 아니라 일상의 자잘한 상황에서도 그 쓰임새는 다양하게 요구된다. 예를 들어보자. 화를 자주 내는 사람에게 '화를 내지 않게 되는 알약'이 처방되고 중증인 사람에게는 덧붙여 '이마에 살짝 바르기만 하면 무슨 일이든 민감해지지 않는 연고'까지 곁들여진다면 얼마나 유용할까. 나아가 위로가 필요한 사람들에겐 '위로'라는 이름의 알약을, 희망이 필요한 사람들에겐 '희망'이라는 이름의 '희망 유발제' 혹은 '희망 보조제'가 약이나 끓여 마실 수 있는 찻잎으로도 개발된다면 정말 많은 사람들이 살아가는 데 커다란 도움을 받을 수 있을 것이다.

그러므로 과학자들이여. 여러분은 너무 과학 공부에만 몰두하지 말고 만화책과 소설, 그리고 영화를 보는 데에 보다 많은 시간을 투자해보는 것은 어떨까. 여러분의 감성이 커지면 커질수록 세상은 더욱 풍요로워질 테니.

결속

진정으로 굳은 결속은
대화가 끊기지 않는 사이가 아니라
침묵이 불편하지 않은 사이를 말한다.

행복

칠순이 넘은 부모님들이 악다구니로 싸우는 모습을 볼 때마다
괴로워하고 절망한 적이 한두 번이 아니었다.
그런데 밤에는 손을 잡고 주무신다.

나로선 이것을 설명할 길이 없다.
그것 하나로 다툼과 지긋지긋한 갈등을 미화할 생각도 없다.
하지만 정말로 설명이 안 된다.

행복 중의 으뜸이 바로 평범한 행복이다.
왜냐하면 삶이, 세상이 우리를 가만 놔두질 않는다.
일상에서 무사히 하루를 보내는 것만 한 행복이 없다는 것을
알게 되는 날, 당신의 인생은 안타깝다.

돈

허영만 화백이 그랬다.

자기는 아무리 젊음이 좋다 해도 삼십대로 돌아가기는 싫다고.

늙었어도 돈 걱정 안 하고 살 수 있는 지금이 좋다고.

누구나 밥벌이는 지겹다.

대개는 한 달을 벌어 그다음 한 달을 살고

혹 누구는 하루벌이로,

또 누구는 일 년 벌이로 각자의 능력과 팔자대로 살아간다.

하루하루 밥벌이에 허덕이다가

어느 날 갑자기 막연히 염원하던 큰돈이 생겼다고 치자.

그때의 기분은 아마도 이럴 것이다.

개학을 하려면 아직 제법 많은 날이 남아 있는데

방학숙제를 미리 다 해놔서 아무런 마음의 짐이나 부담이 없이

편안하게 아침 눈을 뜨고,
뜨고 나서도 뭔가 하지 않아도 되는 상황에
다시 한번 곱절의 편안함을 느끼며 온돌바닥에 나른히
몸을 뉘던 어린 시절 그때 그 순간 말이다.

순도 100%의 마음의 평화, 여유. 뭐 그런 것.

어린 시절엔
(설사 방학숙제를 다 해놓지 않았더라도)
1월의 이즈음이면 저절로 얻어지던 그런 여유를
이제는 엄청난 돈을 지불해야 맛볼 수 있다는 건
어른으로서의 슬픔일 것이다.
그리고 그런 여유를 대부분의 사람들이 좀처럼 누려보지도 못한 채
생을 마감한다는 건 인간으로서의 슬픔일 것이다.

거짓말

말하지 않는 것도 어떻게 보면 반은 거짓말이야.
어쨌든 숨기는 거니까.

품안의 애인

헤어지는 게 잘하는 것인지는 헤어져봐야 안다.
그게 문제다.

서점

아무리 외톨이라 할지라도 단지 친구인 '사람'이 없을 뿐 누구든 위안이 되어줄 자기만의 무언가를 하나씩은 갖고 있다. 그것이 책이나 영화가 될 수도 있고, 다른 어떤 취미생활일 수도 있으며 기르는 고양이나 개가 될 수도 있을 테지만, 나에겐 오래전부터 서점이라는 공간이 최고의 안식처이자 벗이었다. 비록 책을 읽는 데는 별로 관심이 없었지만 어려서부터 서점에 가는 것을 워낙 좋아해 마흔이 되어가는 지금까지도 변함이 없었고 앞으로 죽기 전까지 그러할 것이다.

왜 서점이란 공간이 그토록 좋은 걸까. 어느 날 일기를 쓰다가 내가 이토록 서점을 좋아하는 이유에 대해 한 번도 생각해본 적이 없다는 사실을 깨닫고 한번 정리를 해봤다. 그랬더니 서점은 정말로 내가 좋아할 만한 모든 것을 갖추고 있는 완벽한 장소였다. 감탄할 정도로.

무엇보다 서점은 편하고 자유롭다.

혼자 가도 남의 시선 의식 안 하고 누가 보든 안 보든 편하게 있을 수 있는 곳이 생각해보면 정말 많지 않다. 백화점에 쇼핑을 가도 혼자 가려면 뭔가 쓸쓸한 기분이 들고 극장은 당연하고, 심지어 전시회를 가도 혼자 다니려면 어쩐지 초라한 기분이 드는 나 같은 사람에겐 더더욱. '혼자 다니는 게 좋다!'라고 주장하는 사람이 아니라면 사람은 원래 밥 한 끼를 먹어도 혼자서 먹으려면 허전한 법이다. 이렇듯 무슨 일을 하건 어디엘 가건 동행이 필요한 세상에서 유독 서점만큼은 혼자 가서 돌아다녀도 그 누구의 눈치도 보이지 않고 자유로우니 얼마나 편한가.

그곳은 일단 들고나는 것부터가 자유롭다.

입장료가 없으니 대가 없이 들어갈 수 있고 몇 번을 들락거려도 누구하나 이상하게 여기는 사람도 없으며 그 넓은 공간이 다 나의 서가인 것마냥 내 맘대로 돌아다니며 내키는 책들을 뽑아볼 수 있고, 한참을 들여다보다 사지 않아도 상관없고 또 아예 책을 보지 않아도 그것마저 상관없다. 얼만큼 있든 어느 곳에 있든 누구 하나 뭐라 하는 사람이 없다. 스낵바에 앉아서 한참을 멍하니 있어도, 책이라곤 손에도 대지 않고 그저 공간을 빙빙 돌고만 있어도 문제없다.

그곳은 평화롭다.

서점에서는 큰소리로 떠드는 사람도 없고 앞자리를 발로 차는 사람도 없으며 팝콘을 우적우적 먹으며 책을 읽는 사람도 없다. 필요하신 것 없냐고 부담스럽게 접근하는 직원도 없고 책을 해설해가며 읽어주는 사람도 없다. 만약 있다 해도 다른 곳으로 자리를 피하면 그뿐이다.

서점은 신기하다.

그렇게 많은 사람들이 북적이는데 다른 사람들과 거추장스럽게 부대끼거나 시선을 의식하게 되는 일도 별로 없다. 모두 각자 책을 보는 일에 몰두하고 있기 때문일까? 그래서 서점에서는 사람이 많으면 많은 대로 없으면 없는 대로 어쨌든 좋다. 주말에 만원버스처럼 사람이 많아져도 어쩐지 서점 안에서는 다들 나름의 질서를 지키고 있는 것도 책 앞에서 사람들은 조용하고 평화로워지기 때문인지 모른다. 그래서인지 서점에 들르는 사람들은 타인에게 무례하거나 폭력적이지 않다. 서점은 사람이 많아도 참을 수 있는 거의 유일한 곳이다.

서점의 낮은 문턱은 정말이지 매력적이다.

비단 입장료가 없기 때문만은 아니다. 입장료가 없어도 보이지 않는 장벽이 있는 공간은 많으니까. 나는 자신감이 바닥나 있을 때 강남의 고급 매장에 가는 것을 별로 좋아하지 않는다. 그날따라 나의 행색에도 어쩐지 신경이 쓰이고, 동행인 없이 가기라도 하는 날엔 더더욱 마음이 편치 않다. 그런 곳에 가면 손님인 나보다 물건 파는 점원이 오히려 상전처럼 굴 때도 많지 않은가. 그러나 서점은 다르다. 행색 따위 아무래도 좋다. 집에서 입고 있던 추리닝 바람으로 가도 상관없고 모자만 눌러쓰면 머리를 안 감고서도 다녀올 수 있다. 무엇보다 그곳은 일에 치여 피곤하거나 감정이 저조할 때 오히려 더 찾게 되고 위로를 얻게 되니 이처럼 고마운 공간이 또 어디 있을까.

왜 그곳에서는 감정을 마음대로 놔두어도 괜찮은 걸까.

외롭거나 슬프고, 우울하거나 지쳐 있을 때도 그곳은 내가 누구든 누구도 아니든 외롭든 외롭지 않든 상관없이 다 받아준다. 잔잔한 음악이 흐르고 사람들의 발소리, 말소리가 결코 소음으로 들리지도 않으며 타인의 존재가 거추장스럽게 느껴지지도 않는 그곳은 진정한 나의 오아시스임에 틀림없다.

내가 가장 좋아하는 서점은 광화문의 '교보문고'다. 나는 이곳을 아주 어릴 적부터 드나들었는데 중간에 이상하게 리모델링을 하긴 했지만 이제는 그마저도 정이 들었고 어릴 적부터 드나든 곳이니만큼 어쩐지 다른 곳에 갈 때보다 마음도 더 편안해지는 것 같다. 그 외에도 종로 주변의 대형서점들은 대체로 다 좋아한다. 내가 이처럼 동네 서점보다 시내 대형서점을 선호하는 이유는 앞서 열거한 서점의 좋은 점들을 동네 서점에서는 맛보기가 어렵기 때문이다. 아무래도 좁은 공간에서 손님들이 붐비면, 느긋하게 산책을 할 수도 익명의 자유를 누리기도 어렵다. 사람이 없으면 없는 대로, 동네 서점의 쓸쓸한 모습은 날 위로해주기는커녕 나의 위로를 기다리고 있는 것만 같다. 결국 내가 서점을 찾는 이유는 책이 다가 아니기 때문에, 동네 서점들에게는 미안하지만 주로 시내 대형서점을 자주 찾게 된다.

언젠가부터 서점들이 밤 열시 넘어서까지 문을 열기로 한 결정은 기가 막힌 발상이었다. 평일 밤 아홉시쯤, 느지막이 서점을 찾아 주차장에 차를 대고 한적한 서점 이곳저곳을 거닐 때면 무한한 행복을 느낀다. 좀더 젊은 시절에는 이런 사소한 일에 행복을 느껴야 하는 내 처지가 가여웠던 적도 있었지만 행복 중의 으뜸은 평범한 행복이라는 사실을 깨닫고부터는 더더욱 감사하고 행복한 마음으로 오늘도 서점을 찾고 있다.

기쁠 때나 슬플 때나 비가 오나 눈이 오나 안식처인 서점이 있어
저는 행복합니다.

두려움

세상의 수많은 두려움 중에서
아주 일상적으로 언제나 마주치는 것.

거절당하면 어쩌지? 하는 두려움.

프로포즈

사랑하자는 건 헤어지자는 거지. 안 그래?

너와 내가 사랑만 안 하면 평생을 볼 수 있는데
뭣 때문에 사랑을 해서 일이 년밖에 안 봐야 돼?

나는 그게 납득이 안 가.

나는 그래서 너의 프로포즈가 이해가 안 가.

당신의 사람 세상을
지옥에서 천당으로 바꾸는 방법

마음이 작은 사람들은 흔히 다른 사람을 만났을 때 그 사람의 표정이나 태도의 뉘앙스 같은 것들을 지레짐작해서 이럴 거야 저럴 거야 하고 속단하는 경우가 많습니다. 그런데 그것은 종종 이쪽만의 오해일 때가 있지요. 그건 소심한 사람들의 숙명과도 같은 것입니다. 게다가 휴대전화라는 무섭도록 분명한 의사표현 수단이 발명되면서 다른 사람의 마음에 대한 그들의 확신은 더더욱 커지게 되었죠.

'전화를 받지 않는다.' '문자에 답을 주지 않는다.'

예외의 경우도 있습니다만 대체로 이것은 분명하고도 단호한 의사표시로 간주되는 것이 사실입니다. 그러나 정작 문제는 마음을 알게 된 이후부터일지도 모릅니다. 차라리 모르고 있다면 좋을 텐데 상대방의 마음을 너무 적나라하게 알아버린 탓에 내가 어떻게 할 재주는 없고, 마주치는 걸 피할 수도 없으니 마음의 불편함은 몇 배로 커지게 되었죠.

그런데 신기한 것은 살면서 누구 때문에 신경쓰여 죽겠다, 그 인간 좀 안 봤으면 하는 생각은 많이 해도 나를 좋아하는 사람을 떠올리면서 행복을 느끼고 그 존재의 고마움을 되새겨보는 경우는 많지 않다는 사실입니다. 그 정도만 해줘도 사람 세상이 한결 좋아질 수 있을 텐데 말이죠. 그래서 언젠가는 한번 나를 좋아하는 사람은 누가 있는지 생각해본 적이 있습니다.

한 사람… 두 사람…

놀랍게도 조금 전 찌푸려졌던 기분이 펴지면서 나를 좋아하는 사람이 있다는 사실을 생각하는 것만으로도 행복하고 입가엔 흐뭇한 미소가 지어집니다. 이렇게 손쉬운 방법이 있었다니. 앞으론 이런 습관을 자주 들여야겠습니다. 그리고 그 사람들에게 내 마음을 표현해야겠어요. 나를 싫어하는 사람의 마음을 돌리기는 힘들어도 나를 좋아하는 사람의 마음을 지키는 것은 조금만 노력하면 가능한 일이니까요.

사실 조심스럽습니다. 돈을 모으는 것보다 더 힘든 것이 내가 좋아하는 사람들에게 내 마음을 부족함이나 오해 없이 전달해서 관계를 유지하고 돈독하게 만드는 일, 또 누군가 나를 오해해서 싫어하지 않도록 만드는 일이거든요. 이런 일은 마음속으로 꽤나 진심을 갖고 있어도 잘 되지 않는 어려운 일이죠. 나의 사람 세상은 오늘, 현재 지옥일까요, 천당일까요. 죽어서는 염라대왕의 판단과 의지로 판가름나겠지만 살아 있는 지금은 노력 여하에 따라 어느 정도는 바뀔 수 있으니 저는 노력을 좀 해보려 합니다.

　　아무도 미워하지 않을 거예요. 나 자신을 위해서.

사람

한 명의 사람을 만나는 일은
한 권의 책을 읽거나 한 편의 영화를 보는 일과도 같다.

누구든
얼굴에는 살아온 세월이 담기고
모습과 말투, 행동거지로 지금을 알 수 있으니

누군가를 마주한다는 것은 어쩌면
한 사람의 일생을 대하는 것과 같은 일인지도 모른다.

연애는 패턴이다

연애는 패턴이다. 드물게 예외가 있긴 하지만 대부분의 사람들에게 연애란 매번 비슷한 양상으로 반복된다. 다시는 이런 사람 안 만날 거야, 하고 결심해도 매번 엇비슷한 사람을 만난다. 이번에야말로 다른 사람을 만난 것 같지만 어느 순간 드러나는 모습엔 예전 그 사람의 그것이 어려 있다.

슬프게도 조물주께서는 사람으로 하여금 일생 동안 여러 번의 사랑을 하게 하셨다. 그러므로 누구나 여러 번의 사랑을 한다. 그런데 연애를 끝내면서 '아, 이번 사람은 정말 좋았어. 다시 이런 사람하고 만나고 싶다' 이런 생각을 하는 사람을 본 적이 있는가? 대부분 '다시는 안 만나야지' 하기 마련이다. 그러고는 마치 놀림을 당하듯이 또 그런 사람을 만난다.

이게 참 신기하면서도 당연하다 싶은 게 나란 인간이 애초부터 그런 사람을 좋아하니까 자꾸 반복이 될 수밖에 없는 것이다. 나를 괴롭히는 사람에게만 열정이 생기는데 어떻게 마음을 편히 해주는 사람을 만날 수 있겠는가. 그래서 언제나 만나는 사람도 비슷하고 상대방에 대한 태도 또한 늘 비슷하기 마련이다.

누가 그런다. 내가 마음을 열면 상대는 항상 달아나더라고. 난 그런 이들에게 묻고 싶다. 그렇다면 세상이 문제일까, 당신이 문제일까. 사람들은 자신의 마음을 여는 방식에 문제가 있다고는 결코 생각하지 못한다. 그렇다. 내가 늘 비슷한 사람을 만나는 것도, 그 사람들이 늘 내게 비슷한 반응을 보이는 것도 모두 내 탓이다. 내가 변하지 않기 때문에 그 사람들도 변하지 않는 것이다.

연애는 패턴이다. 그리고 그 패턴은 다 내가 만드는 것이다. 내가 바뀌면 패턴도 바꿀 수 있다. 쉽진 않지만 불가능한 일도 아니다.

앓는 이를 빼는 법

나는 앓는 이를 단박에 빼지 못한다.
어릴 적 유치가 흔들거리기 시작할 때면 난 몇 달에 걸쳐서 혀로
그 놈을 단지 살살 문지르기만 했다. 아주 조금씩, 놈을 움직이며
잇몸에서 가능한 고통 없이 빠지기만을 기다리는 것이다.
얼마가 걸리든.

커서 어른이 되어보니
사랑을 하고 난 뒤 나의 이별의 방식 또한 다르지 않았다.

마침내 빠지기 전까지,
나는 앓는 이가 되어 살살… 가능한 오래도록 잇몸에 머물러 있었다.
아주 오래도록.

너만 그런 건 아니야

하고 싶은 게 없다고 너무 고민하지 마.

고민되는 건 이해하지만 너만 그런 건 아니야.

우리가 어렸을 때부터 선생님들이

누구나 재능과 꿈이 한 가지씩은 있는 법이라고

사기를 치는 바람에 그렇지, 없는 사람이 얼마나 많은데.

당신은 글을 쓰지 않냐고?

나, 하고 싶은 일이 생기기까지 정말 오랜 시간이 걸렸어.

38년 만에 겨우 하나 건진 거라구.

하고 싶은 일, 꿈, 생의 의미 이런 것들…

그렇게 쉽게 찾아지는 게 아니더라고.

동갑내기 친구 중에 런던에 유학 가 있는 애가 있어.

그 친구한테 내가 이 나이에 처음으로 하고 싶은 게 생겼다고 하니까 누구보다 축하를 건네는 거야. 자기는 아직도 찾고 있다며.

늦도록 공부하면서도 정말 이 길이 내가 가야 하는 길이 맞는지 100% 확신하진 못하는 것 같더라구.

어렸을 때는 막연하게 '설마 내가 그렇게 살기야 하겠어?' 하던 많은 것들이 나이를 먹으니까 정말 현실이 되더라. 어른이 되면 자동으로 훈이나 철이처럼 주인공이 될 줄 알았는데 나는 그냥 여전히 석원이일 뿐이었어.

게다가 성공은 고사하고 도대체 하고 싶은 게 없는 거야. 보통 고민이라는 게 꿈은 당연히 있고 그 꿈을 어떻게 이룰 것인가를 놓고 하는 게 고민이지 나처럼 '왜 난 하고 싶은 게 없는 걸까' 이런 고민은 어디 가서 쪽팔려서 말도 못하고 정말 내 자신만 한심하게 느껴지거든.

그러던 것이, 어느 날 38년 만에 겨우 하나 찾아지니까 솔직히 좀 허탈하더라. 그럼 지금까지 살아온 세월은 뭘까 싶어서.

그냥 산 거지. 그냥.

근데 말이야. 나는 이제서야 겨우 작은 할 일을 찾았지만 그렇다고 해서 그 전과는 다르게 엄청나게 행복해지는 것도 아니었어.

한때는 정말이지 아무리 작은 것이라도 좋으니까 내가 이 세상을 살아가야 할 이유를 달라고 간절히 기도한 적도 있었거든.

근데 막상 이유가 생겨도 여전히 힘들고, 무료할 때도 많고, 일을 마치고 나면 허탈하고…

그런 건 똑같은 것 같애.

단지 마음속에 예전엔 없던 어떤 희미한 무언가, 그저 작은 거 하나 들어 있는 기분은 들어.

이게 바로 생의 의미라는 거겠지.

이 작은 걸 찾기 위해서 다들 그렇게 애쓰고 있는 걸까?

그런데 그 생의 의미, 하고 싶은 일, 꿈… 이런 거 어떻게 보면 정말 신기루 같애.

그런 거창한 거 없이도 일상의 행복을 누리면서 사는 사람들 얼마든지 많구, 생겼다고 좋아했다가 아닌가 싶어서 다시 힘들어하는 사람들도 많은 걸 보면, 확신이라는 걸 갖고 사는 사람들이 정말 몇이나 될까 싶어.

그러니 내가 볼 때 중요한 건 그게 있건 없건 자신이 불행하지 않다고 생각하며 사는 게 가장 중요한 거 같애. 안 그러니?

아무튼 기운 내. 너만 그런 건 아니니까.

매뉴얼

매뉴얼이란 무엇인가. 매뉴얼은 흔히 가전제품을 샀을 때 사용설명서로써 주로 접할 수 있지만 새로 산 자동차를 관리하거나 회사에 들어갔을 때 부여받는 행동지침과 근무수칙 같은 것들, 하다못해 작은 카페 하나를 운영하게 되더라도 가게를 관리하는 데는 나름대로의 운영방침이 필요한데 이러한 것들을 통틀어 매뉴얼이라고 한다.

사람은 누구나 세상을 살아가면서 나름대로 자신만의 매뉴얼을 갖기 마련이지만 나 같은 경우는 다른 사람들보다 훨씬 구체적이고 개인적인 매뉴얼을 일찍부터 구축해왔다. 즉, 매뉴얼이라는 것이 하나의 프로젝트를 안전하고 성공적으로 수행하거나, 새로 산 벽걸이 티비의 사용법을 익히는 데에만 필요한 것이 아니라 인생 전반에 걸쳐 거의 모든 부분에 적용된다는 인식을 진작부터 가져왔던 것이다.

그것은 남들보다 세상을 더 조심스럽게, 실수 없이 살고자 하는 마음과 내가 거북이라면 세상으로부터 나를 지켜주는 등딱지를 남들 것보다 좀더 두껍고 강하고 정밀한 것으로 만들고 싶어서였다. 그만큼 속의 알맹이가 약했기 때문이리라.

매뉴얼은 어떨 때 필요할까.

컴퓨터를 사거나 휴대폰을 살 때 나는 늘 같은 고민의 과정을 거친다. 지금 당장은 필요 없지만 언젠간 필요할지도 모를 수많은 기능들에 대한 대가를 지불하고 좀더 고사양의 비싼 모델을 살 것인가, 아니면 꼭 필요한 기본 기능만 탑재되어 있는 저렴한 기본 사양의 모델을 선택할 것인가. 38년 동안 나는 늘 전자를 택했고 늘 후회했다. 이런 것이 다 매뉴얼이 정립되지 않아서 벌어지는 일이다. 나에게 이러한 상황에 대비한 구체적인 선택 지침이 있었다면 과연 같은 실수를 그토록 여러 번 반복할 수 있었을까.

얼마 전 나는 새 컴퓨터를 사야 했다. 또다시 컴퓨터를 사게 되었을 때, 나는 이번에도 놀라울 정도로 똑같은 고민을 하고 있었다. 단한 번도 컴퓨터로 게임을 해본 적 없으면서 '앞으로 게임을 하게 되면 어쩌지? 그러면 고사양의 컴퓨터가 필요할 텐데'라며 미래의 희박한 가능성에 대해 보험을 들고 싶어했고, 역시 쓰지도 않을 좋은 사운드카드(나는 컴퓨터로는 작업하지 않는다. 그럼에도 불구하고 언젠가 혹시 그럴 일이 생기지 않을까라는 막연한 불안감에서)를 장착하고 싶은 욕심이 뭉글뭉글 솟아올랐다. 내가 지금까지와 달랐던 점은 바로 그 순간 매뉴얼을 펼쳐보았다는 것뿐이다. 거기엔 이렇게 적혀 있었다.

컴퓨터를 살 때

1. 문서작성과 인터넷 이외의 기능은 결코 쓰지 않으므로 최소 사양의 가장 저렴한 컴퓨터를 살 것.
2. A/S만 확실하다면 중고를 사서 비용을 더욱 줄일 것.

나는 이토록 명확한 매뉴얼의 지침을 놓고도 몇 번의 고민을 거듭하다 다시 이러한 상황―지침을 보고도 고민하는―에 대비한 추가 사항을 숙지한 후에야 비로소 그 내용을 실행에 옮길 수 있었다.

1. 매뉴얼은 지켰을 때라야 의미가 있다. 지켜지지 않는 매뉴얼은 무용지물이다.
2. 새 물건을 살 때 불필요한 대가를 지불함으로써 쇼핑 욕구를 채우려 하는 경향이 있는데 이것을 막아야 한다.

결국 생전 처음으로 최소 기능만 갖춘 중고 컴퓨터를 사게 되었고, 결과적으로 비용은 고민하던 고사양의 새것과 비교했을 때 50만 원이나 절약되었으며 써본 결과 후회는 0%였다. 매뉴얼이 이보다 더 유용할 수 있을까? 이렇듯 살아가며 선택이 필요한 무수한 순간들에 마주칠 때마다 매뉴얼을 따르기만 하면 빠르게 선택하고 행동할 수 있는 일들을 비슷한 상황에서 시간과 정신을 낭비해가며 늘 같은 고민을 반복하게 되는 것이다.

　나의 아침 출근길을 보자. 돈암동을 거쳐 삼선교와 창경궁, 비원을 차례로 지나 광화문으로 가는 길은 늘 정체 구간이 곳곳에 도사리고 있는 난코스이다. 그에 반해 성북동 북악스카이웨이를 거쳐 삼청동으로 빠지는 우회도로는 돌아가는 대신 막히지 않는다. 평소라면 별 망설임 없이 돌아가는 길을 선택하곤 하지만 시간에 쫓기다보면 아무래도 돌아가는 길이 낭비라는 생각에 판단력은 흐려지고 갈림길에서 순간적으로 고민하다 직선코스로 진입하는 우를 범하게 된다. 그러나 결론은 늘 같다. 언덕길을 내려가는 순간 아뿔싸, 눈앞의 풍경은 어김없는 정체 상황. 멈춰선 차 안에서 후회해봤자 때는 늦는다.
　이럴 때, 매뉴얼이 있다면? 가슴을 칠 일 따위 있을 리 없다. 아무리 당장 눈앞의 풍경이 차가 막히지 않더라도 저 언덕길을 내려가는 순간 장사진을 이루고 있는 차량의 행렬이 내 가슴을 아프게 할 거라는 걸 데이터화해놓으면 순간의 실수를 방지할 수 있는 것이다. 더군다나 우회하여 가는 도중 '지금 그 길은 안 막히고 있을지도 몰라' 하며 부러워할 일도 없다. 내가 내 눈으로 확인해 직접 정리해놓은 데이터에 따르면 그곳은 '반드시, 늘, 언제나 막히는 상습 정체 구간'이니까.

나는 매뉴얼 신봉자이다. 매뉴얼이 만능은 아니지만 그것은 정말로 삶의 거의 모든 분야에서 필요하며 또 유용하게 쓸 수 있다. 돈, 연애, 대인관계, 사업, 심지어 자잘한 일상생활의 수백 가지 영역에 이르기까지, 그 쓰임새는 실로 다양하며 누구나 알게 모르게 몇 가지씩은 자신만의 매뉴얼을 갖고 있다.

'나는 짝사랑은 안 해. 쥐약이거든.'

이것도 일종의 매뉴얼이다. 누군가 좋아져도 짝사랑이라면 포기하겠다는 것이다. 그녀는 자신이 짝사랑에 약하다는 지난 경험들을 데이터화해놓고 가급적 짝사랑은 피하려고 한다. 만약 매뉴얼을 무시하고 짝사랑을 감행한다면 그녀의 마음은 언제나처럼 초토화될 가능성이 높다. 짝사랑에 강한 사람도 있냐고? 당연하다. 연애관계에도 잘 기다리고 참을 줄 아는 수동적인 타입과 그렇지 않은 사람이 있기 때문에, 누군들 짝사랑이 좋으랴만 적어도 인내력을 가진 사람은 분명 존재한다. 그런 사람은 누군가가 좋아졌다고, 그것도 자기 혼자서 먼저 시작했다고 해서 그 마음을 쉽게 포기하지는 않는 것이다.

매뉴얼이란 이렇듯 회사나 가게에서만 쓰이는 게 아니라 일상 속 다양한 부분에서 적절히 쓰이는 유용한 것이다. 그리고 그 내용은 저마다의 특성과 성격, 개성에 따라 모두 다르다. 또한 매뉴얼에 완성이란 없다. 매뉴얼은 늘 수정 보완되어야 하고 새로운 데이터와 결론들을 쌓아가야 한다. 예를 들어 매뉴얼에 따르면 사랑을 시작해서는 결코 안 될 사람임이 명백한데도 마음을 흔들어놓는 누군가를 만났을 땐 어떡해야 하는가. 바로 그럴 때 다음과 같은 매뉴얼이 새로이 생성되는 것이다. '매뉴얼과 배치되는 행동을 하게 만드는 사람을 만났을 때의 대처법'. 모름지기 자신을 보호하는 데는 몇 겹의 안전장치를 쌓아도 부족하기 마련이다.

이렇게 해서 축적된 매뉴얼을 통해 우리는 고통에 대처하는 법을 터득해가고 인생을 좀더 낙관적으로 긍정하는 자세를 배워갈 수 있다. 조금 시간이 필요하긴 하지만 말이다.

이제 어떤 특정 상황에 대처하는 법에 관해 내가 가진 매뉴얼 중 하나를 공개하겠다. 이것은 38년간 살아오면서 수없이 많은 경험을 통해 증명된 사실로 거의 모두에게 보편적으로 적용될 만한 것이다.

말이 통하지 않는 상대와 대화하는 법은?

없다.

설

설이란 오랜만에 가족들이 모여 평소에 각자 보던 티비를 함께 보며 취향을 조율하는 날이다.

선택권은 아주 어린 아이가 있지 않는 한 무리 없이 대세에 따라 결정되며, 그 한켠에서 매형은 늘 그렇듯 책을 보시거나 내 방에서 인터넷으로 바둑을 두고, 아버지는 방에 들어가 단잠을 주무시고, 조카들은 거실을 중심으로 모여 티비를 보며 일부는 문제집을 풀고, 엄마와 누나들은 식탁에 앉아 집안일을 얘기한다.

나는 언제나 구석에서 그 모두를 지켜보고 있다.

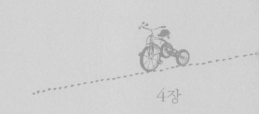

4장

인생에 결론이 없는 사람

늘 갈팡질팡하기에
인생의 결론 같은 것은 잘 내리지 못한다.
내게 꿈은 있어야 되는 것이기도 하고
어느 날엔 부질없는 것이기도 해서
여전히 종잡을 수가 없고
사랑도 돈도 일도 그러하다.

아침엔 정열을 불태우나
잠들기 전엔 공허감에 몸을 떨고
새해벽두엔 뭔가 열심히 계획을 세우다
이내 그해 그 시간 속에 빨려들어가
원래대로의 생활에 익숙해져버리는

그저 그런 평범한 사람이다.

미래의 자식에게 바란다

"야~ 이 책 재미있겠다!"

신나게 소개 글을 다 읽고 나니 맨 끝에 적혀 있는 '5~9세 대상'…

가끔 만들지도 않을 자식에 대한 상상을 해볼 때가 있다. 주로 만약에 낳는다면 어떤 식으로 키울 것인가에 관한 부분인데 무엇보다 내 자신이 너무나 책을 안 읽고 살았기 때문에 내 아이만큼은 티비보다는 책을 좋아하는 아이였으면 하는 생각을 하곤 한다. 나는 일평생 책과는 담을 쌓고 살았다. 다른 애들이 세계명작을 읽을 때 난 할아버지 할머니와 함께 〈사랑과 진실〉 같은 당대의 드라마를 보았고, 다른 애들이 이순신 장군의 『난중일기』를 읽을 때 대신 이미숙 주연의 〈장희빈〉에 빠졌었다. 여기에 후회는 없다. 다만 내새끼만은 다르길 바랄 뿐.

나는 티비가 특별히 사람의 창의력을 말살시키는 바보상자라고 생각지는 않지만, 티비밖엔 볼 수 없는 사람보다는 티비와 책을 같이 즐길 수 있는 인생이 더 즐거울 것이라 생각한다. 그래서 할아버지가 내게 티비를 가르치셨듯이 나는 내 아이에게 독서를 가르치려 한다.

그렇지만 아이가 책을 너무 많이 읽어도 고민일 것 같다.

내가 아는 책을 많이 읽는 애들은 자신이 체험한 삶이나 상상력보다는 자기가 살아오면서 읽어온 책이나 학습의 내용에 더 크게 영향받는 모습을 종종 보아왔기 때문이다. 이건 누군가의 사유와 감각의 기반이 그 자신의 체험과 삶에 중심을 두고 있는가, 아니면 다른 사람의 창작물에 더 많이 기대어 있는가를 가르는 중요한 문제이다. 물론 그 둘을 무 자르듯이 자르거나 경중을 두는 것도 위험한 일일 것이다. 그러나 적어도 다른 사람에게 무언가를 배우거나 타인의 저술물을 접했을 때 스스로에게 녹여내지 못하고 그 안에 갇혀버리는 경우를 적잖이 봐왔기에, 너무 어릴 땐 책을 읽지 못하게 하다가 어느 정도 지적인 자아가 형성된 다음부터 읽혀야 하나?

하는 별 희한한 생각까지 하고 말았다.

그러나 저러나 짝도 없는데 자식은 어디서…

바우

이번주엔 모처럼 누나네 가게엘 들렀다 조카 바우를 봤거든.

역시나 평소처럼 꽥꽥대고 뭔가를 집어던지고 정신이 없었어.

난 아이들이 그러는 거 별로 좋아하지 않아서 내 조카라 해도 옆에서 그러면 힘들어하는 편이야.

그래 내 못 참고 누나 들으라고 한마디했지.

"우리 바우, 역시 가만히 있지를 못하는구나."

그랬더니 누나가 그게 아니래. 내가 와서 저러는 거래. 평소엔 안 그런다며.

"아니, 내가 왔는데 왜 그래?"

난 이해가 안 가서 물었어.

"흥분해서 저러는 거야. 좋아서."
"…"

난 곧 일어서야 했고 그 편에 바우를 스쿼시하는 데까지 데려다주기로 했어. 차 있는 곳까지 가면서 찻길을 건널 땐 바우 손을 꼭 잡고 조심해서 길을 건넜지. 근데 말이지, 내가 아는 바우라면 내 손을 뿌리치고 지 맘대로 길을 건너려 하거나 소리를 지르거나 그랬을 텐데 뜻밖에 얌전히 내 손을 잡고 따라오는 거야. 그러고 보니 내가 조카 손을 잡고 길을 건너본 것도 처음인 것 같았어. 우린 손을 꼭 잡고 함께 길을 건넜다.

차에 바우를 태우고,

"그러고 보면 바우랑 단둘이 있어본 것도 오랜만이네."

우린 얼마 안 되는 시간이었지만 이런저런 이야기를 했어.
너무 신기했던 건 언제나 소리만 지르고 정신없어 보이던 아이가 둘만 있으니까 조근조근 말을 너무 잘하는 거야.

바우를 내려주고 돌아가면서 단지 삼촌하고 있다는 사실 하나만으로 좋아서 얼굴이 상기되어버린 조카의 얼굴이 자꾸만 생각났어.

정말 나처럼 이해심이나 다른 사람에 대한 관용이 부족한 사람도 드물지 않을까?

왜 바우의 이런 모습을 몰랐지?

내 비록 어린이들의 친구는 못 돼도 사랑하는 조카의 친구는 될 수 있어야 하는데.

우리 바우, 지금쯤 쿨쿨 잘 자고 있니?

바우야, 다음에 만나면 삼촌하고 얘기 더 많이 하자.

그리고 삼촌 그 아저씨한테 안 밀려. 말은 적게 해도 삼촌이 더 웃기잖아.

알았지? 그럼 잘 자라.

트루먼 쇼

죽은 이후 한 가지 소원이 있다면 생을 마친 후 나의 생을 장식했던 모든 출연진들이 나타나 축하의 꽃다발과 함께 박수를 치며 나를 격려하는 그런 순간을 맞이하는 것이다. 그리고 그들은 웃으며 내게 이렇게 말해준다.

"모든 게 쇼였어."

내가 세상을 살아오는 동안 나를 절망시켰던 그 모든 모순되고, 불합리하며, 잔인했던 수많은 일들이 사실은 사실이 아니었다는 걸, 모든 게 다 인생이라는 연극이자 쇼에 불과했다고 말해주는 것이다. 그리고 이제부터가 진짜라고 해주면 좋겠다.

어디든 사랑과 평화가 가득하고 누구든 병들거나 죽지 않으며 사랑은 결코 시들어 소멸하지 않아 이별 따위 없는, 모함과 오해와 갈등 같은 것 없는 진짜 천국.

그런 세상에서 살아봤으면 좋겠다. 지금의 이 현실은 모두 연극이었으면 한다는 것이다.

착한 삼촌

나는 착한 사람이 좋다.

그런데 난 착한 사람일까?

며칠 전 네 살 난 조카가 집에 와 있어 제과점에서 빵을 사 가지고 는 가방 속에 숨겨 들어오는데 조카가 나를 보더니 그런다.

"삼촌, 이 과자 드세요~"

난 얼굴이 벌게져서 방에 들어와 혼자 아귀처럼 빵을 먹었다.

난 못된 삼촌…

역시 착한 사람이 되기는 틀린 것인가?

손 좀 들어봐

며칠 전에 온 메일에서 누가 그래.

만약에 다시 사랑을 하게 되더라도 음악이 달콤하게 변하지만 않기를 바란다고.

아니, 사랑이 달콤하디?

달콤한 사랑해본 사람 어디 손 좀 들어봐.

얼굴 좀 보게.

어떤 여자

그 여자는 너무나 아름답고 우아해서 나 같은 건 절대로 사귈 수 없을 거라는 생각을 했다. 말본새부터가 교양이 넘치는 게, 사실 난 이런 부류의 여자는 어릴 적 아버지 친구였던 모 기업 사장의 딸들(너무나 공주 같아서 본능적인 계급적 자각을 하게 만들었던)과 저녁식사를 한 이후로 처음 만나보는 것 같다. 더구나 그 여자는 그렇게 예쁘면서도 내게 가장 치명적인 성품(친절하고 배려심 넘치는)까지 갖고 있어서 그야말로 완벽한 여신과도 같았지만, 바로 그렇기 때문에 그 여자는 내게 전혀 완벽하지 않은 신기루가 될 수밖에 없었다.

나는 나를 너무 잘 알고 누가 나와 어울리는지도 너무나 잘 알기 때문이다.

하고 싶은 것

작업이 끝나면 돈을 좀더 가치 있는 곳에 쓰기 위해 아끼고 모아서 하고 싶은 것.

- 의자에 관한 한 너무나도 주관적인 나의 몸을 위해
  세상에서 제일 편하다는 stressless 소파 사기.
- 내 방에 놓을 40인치, 혹은 50인치 PDP.
  (stressless 소파에 누운 채 보다가 잠들 수 있도록)
- 갖지 않고는 견딜 수 없을 만큼 탐스러운 백 권의 책과
  녀석들이 꽂힐 책장.
  ex : 프랑소와 트뤼포의 전기, 고종석의 러프한 컬렉션,
  한글을 다룬 『타이포란 무엇인가?』가 있다면 그것.
  그밖에 몇몇 고전들.

- 알토란 같은 CD 오십 장.

  ex : 펫샵보이스의 인트로스펙티브 앨범(지금까지 한 열 장은 샀을)과 솔로몬 버크의 일련의 앨범들,

- 12년째 못하고 있는 재방문을 위해 런던에 다녀올 수 있는 경비를 마련하는 것.

- 내 방에 놓을 오디오(아직 고르지는 않았고 지금은 데크가 있을 뿐이다)와 도저히 들어줄 수 없는 새 차의 오디오를 마크 레빈슨 급의 무언가로,

  가능하다면 마크 레빈슨으로 바꾸는 것.

- 아주 어쿠스틱한 질감의 피아노.

- 콘탁스 G1(필름 카메라).

- 더이상 형광등을 켠 채 잠들지 않아도 되게 해줄 머리맡에 켜놓을 작은 스탠드 하나.

그리고,

'돈' 그 자체의 수집.

윤 회장 아저씨

교보빌딩 로비에서 친구를 만나 이른 저녁을 먹고 장소를 학림으로 옮겨 그 좋아하는 상담을 세 시간 동안 아무런 목의 통증 없이 즐거이 한 후 집으로 돌아왔는데, 마침 동생들로부터 홍대로 날아오라는 급전을 받고 너무나 사람이 고팠던 관계로 바로 다시 뛰쳐나갔다.

그때부터 소주(〈삭〉이라는 술집에서), 와인(〈부모시기〉라는 와인바에서), 정종(옛 〈드럭〉 자리 건물 1층에 있는 〈천하〉)을 3차에 걸쳐서 나눠 마시며 늘 그렇듯 새벽 네시까지 한 얘기 또 하고 한 얘기 또 해 진이 빠질 때까지 한 후 헤어져 집으로 돌아오는데 언제나처럼 센치한 기분에 젖어 이 생각 저 생각을 하게 되었다.

"큰아들은 공부로 빠졌기 때문에 애가 센치하잖아. 그래서 견디지 못하고 자살을 했다구. 둘째는 아버지 돈으로 화려하게 살다가 지금은 택시 운전하구."

지금은 몰락한 윤 회장 아저씨의 얘기를 하는 아버지의 표현이 퍽 인상적이었다.

공부로 '빠졌다'라든가, 공부를 잘하기 때문에 센치할 것이라는 단정, 센치하니까 자살하기 쉬웠을 거라는 분석 등이 뭔가 아버지다우면서 어른들 특유의 단순함 같은 거… 암튼 귀여웠다(내용은 어두웠지만).

윤 회장 아저씨를 생각하면 빠지지 않고 드는 두 가지 기억이 있다.

어릴 적에 아저씨네 집에 갔을 때 그 집 마당에서 본 수없이 많은 개들… 한 삼십 마리쯤? 어린 마음에 그때의 기억이 너무도 강렬하여, '나도 어른이 되면 부자가 돼서 저렇게 많은 개들을 길러야지' 했었는데 부자는 되지 못했지만 어른이 되어 결혼은 할 수 있었고 나의 집이 생기자 정말로 개고양이를 다섯 마리나 기르다가 감당 못하고 패가망신했던 기억 하나.

다른 하나는, 돈이 너무 많아서(부족한 게 없으니까) 사는 낙이 없다던 아저씨의 푸념이었다.

세상에 얼마나 돈이 많으면 저런 말을 할 수 있을까!

그렇기 때문에 사는 낙이 없을 정도로 재산이 많았던 아저씨가 도박으로 전 재산을 날리고 지금은 허름한 동네에서 나이 칠순에 '빠찡꼬' 가게를 하고 있다는 사실은 아무리 생각해도 묘한 기분이 들게 한다.

아버지 친구들 중 윤 회장 아저씨한테만 특별히 애정이 있는 것도 아니고 아버지한테도 얌체처럼 굴어 두 분 사이도 틀어졌지만 잊히지 않는 나의 유년의 기억 중 몇몇을 장식해준 사람이라는 점 때문에, 난 아저씨를 생각하면 감상적인, 아버지의 표현에 따르자면 센치한 기분이 드는 것인가보다.

"이게 VTR이라는 거야."

우리집 티비의 세 배쯤은 되는 집채만 한 물건을 가리키며 환하게 웃던 아저씨의 얼굴이 지금도 가끔씩 생각난다.

편지

버림받았다는 것이 너무나 고통스러워, 나는 어떻게든 이 모든 것들을 지워야만 했었다. 어느 날, 너에게 받은 편지를 휴지통에 모두 모아 넣고 불을 붙였었지. 이제나 저제나 난 참 상식이 없어서 그저 휴지통 안쪽에 알루미늄 호일을 두르기만 하면 별일이 없을 거라고 생각했었다. 불을 붙이고 얼마 동안은, 불은 얌전히 타들어갔어. 그러다 어느 순간 거대한 불길이 확 솟구쳤는데 또 조심성은 많아가지고 마침 갖다놓은 소화기로 서둘러 불을 껐다.

아마도 그때 그 편지들 아직도 다 타지 않았나봐.
여전히 이렇게 생각나는 걸 보면.

미련

사람이 나이를 먹어간다는 건 하나둘 포기해야 하는 것이 그만큼 늘어남을 뜻하고 결국엔 그렇게 커져가는 빈자리를 감당하고 받아들여야 하는 것이 바로 어른의 삶이라고 할 수 있을 것이다. 어렸을 적, 나는 멋진 댄서가 되고 싶었으나 그러질 못해 포기하고 어영부영 살다가 엉뚱하게도 다른 길을 걷게 되었다. 어제는 케이블티비 채널을 이리저리 돌리다가 처음 보는 댄스영화를 발견하곤 눈을 뗄 수 없었다. 내가 좋아하는 배우가 등장하는 것도 아니고 스토리도 단순 유치했지만 그럼에도 불구하고 그 영화가 나를 끌어당길 수 있었던 건 바로 춤 때문이었다. 단지 주인공이 춤을 너무 잘 췄기 때문에, 완전히 몰입할 수 있었다.

나는 평소에 스스로에게 선택에 관한 질문을 자주 던진다.

'이것과 저것 중에 무엇을 택할 것인가. 고로 너는 어떤 사람인가' 하는.

　내 맘대로 다시 태어날 수 있다면 봉준호의 머리보다는 금성무의 껍데기를 골랐을지도 모른다. 만약 그랬다면 지금처럼 숨어 있길 좋아하지도 않았을 것이고 집에서 이렇게 글줄이나 쓰고 있지도 않았겠지. 마찬가지 질문을 영화를 보면서도 던져본다. 너에게 저 주인공과 같은 능력이 있다면 지금 하고 있는 일을 포기하고 원하던 댄서가 되었을까? 고개를 끄덕인다. 망설임 없이. 나는 몸을 쓰는 일을 너무나 좋아하기 때문에. 하지만 내 몸은 너무 빨리 굳어버렸다.

　사그라들지 않는 욕망은 사람을 고통스럽게 한다. 감당하고 받아들였다고 안도한 순간 다시 욕망이 맹렬하게 또아리를 틀 때, 나는 파고다 공원을 배회하는 불쌍한 노인이 된 듯하다. 그럴 때의 나의 글쓰기란 어쩌면 방황하는 노인의 그것과 같을지 모른다. 진정 하고 싶은 것을 할 수 있으면 굳이 그것을 글로써 추상화할 필요는 없기 때문이다.

가지 않은 길

삼청동과 북악스카이웨이를 거치는 나의 출퇴근길은 언제나 똑같다. 어젯밤. 막판 작업으로 고단한 하루를 마치고 집으로 돌아오는 길.

늘 마주치는 사거리에서 갑자기 방향을 틀어 한 번도 가보지 않은 길로 들어섰다. 아무것도 아닌 결행이었지만 실로 몇십 년 만의 일이다. 티비를 틀어도, 인터넷을 할 때도 난 언제나 같은 경로로 같은 곳만 찾는 사람이니까.

오늘 아침 머리를 자르기 전에 시간이 남아 펄 근처에서 점심을 먹는데 문득 절인 고추가 보였다. 순간 젓갈을 움직여 한입 베어 물어 보았다. 맛있었다. 아무것도 아닌 결행이었지만 실로 몇십 년 만의 일이다. 난 절대 고추를 먹지 않거든.

베르나노스는,

'내가 원하는 것은 오직 인생의 마지막 순간까지 어린 시절의 모습대로 충실하게 남고 싶은 것'

이라고 했지만 이미 그 시절로부터 너무나 멀리 떨어져 온 내겐 세상의 유한함만이 점점 더 선명해질 뿐이다.

더 늦기 전에 안 먹어본 것 먹어보고 한 번도 가보지 않은 길을 가야지. 만나보지 않은 사람도 만나고 해보지 않은 노래도 해야 한다.

홍대 앞 비밀 주차 요원들

사람들은 베일에 감춰진 특수기관 같은 걸 상상할 때면 흔히 스위스에 있는 세계비밀정부나 미국에 있는 UFO 전담연구반 뭐 이런 걸 떠올릴 테지만 내 생각은 좀 다르다.

이 세상에는 그보다 더 은밀하고 섬뜩한 기관이 많은데, 그중 하나가 바로 다른 사람들을 짜증나게 하는 방법만을 전문적으로 교육해주는 곳으로 그 기관의 명칭은 알지 못하나 그곳을 비밀리에 수료한 사람들이 주로 파견되는 곳이 일부 아파트나 건물의 경비직들이며, 그중 수석졸업자들이 특별히 배치되는 곳이 바로 홍대 앞 주차 골목의 주차요금 징수원이라는 사실이다.

내가 이곳을 이용한 지 10년쯤 되는데 그들의 행동 양태가 한결같은 걸로 봐서 이건 교육의 산물이라고밖엔 판단할 수 없다.

그 이유는…

첫째, 그들은 차를 댈 때나 뺄 때는 절대로 눈에 띄지 않는다.

다만 항상 주차를 하고 시동을 끈 후 차에서 내려 오 미터 이상 걸어가고 있을 때라야 슬며시 나타나,

"차를 다시 대주세요" 라고 말한다.

나는 단 한 번도 그들이 내가 차를 댈 때 지켜보면서

'이렇게 대주세요' '조금만 더 앞으로' 라고 말하는 걸 본 적이 없다. 항상 그들은 운전자가 시동을 끄고 차에서 내리는 걸 확인하고 나서야 그 말을 한다.

무서운 건 차를 대고 갈 때엔 귀신같이 나타나던 사람들이 요금을 내려고 하면 절대로 나타나지 않는단 사실인데, 요 얘긴 좀 있다 하고…

아무튼 그래서 운전자가 짜증을 머금고 차를 다시 댄 후 돌아서 가려고 하면 꼭 다음과 같은 내용을 물어본다.

"얼마쯤 계실 거죠?"

예를 들어 마감시간이 임박한데 언제 올지 몰라서 물어보는 거라

면 이해를 하겠다. 그러나 그들은 낮이고 밤이고 그걸 물어본다.

도대체 내 볼일이 언제 끝날 건지를 매번 가늠하고 있다가 그걸 그들에게 보고라도 해야 한단 말인가?

나는 언젠가 한번은 그 질문이 너무나 이해가 안 가서 되물어본 적이 있다.

"아저씨, 도대체 그건 왜 물어보시는데요?"
"허허… 그냥요. 알고 있어야 되니까요."

이 사람들 무섭다. 아주 제대로 배운 사람들이다.

아무튼 아까도 말했지만 그들은 누군가 차를 빼려고 다가오면 어디론가 재빨리 숨어서 그 운전자를 지켜본다.

그래서 운전자가 클랙슨을 몇 번 누르나 세어본 다음, 급기야 요금표에 적혀 있는 전화번호로 화가 난 채 전화를 할 때쯤에라야 어디선가 미안하다는 표정을 지으면서 미소를 동반한 채 나타난다.

난 진짜 이해가 안 간다.

왜 돈을 내는 사람이 돈을 받을 사람을 애타게 찾아야 하는 건지.

어제 낮에 이 형들과 또 대판 한번 했다.

합주시간이 늦었는데 마침 건물 앞에 주차할 수가 없어 할 수 없이 유료에다 대는 판에 또 차를 대고 합주실로 달려가는데 어디선가 뒤 늦게 나타나,

"어이~ 여기 얼마쯤 있을 거예요?" 이러는 게 아닌가.

결국 그 요원은 차를 조금만 앞으로 대달라는 말도 잊지 않았다.
그래 바빠죽겠는데 그 실랑이를 한 오 분은 하다 열받아서 옆 라인으로 대버린 후 합주가 끝나고 차를 뺄 땐 또 어땠는지 아는가.
클랙슨을 열 번을 누르고 전화까지 걸어도 안 받아서 나는 그 자리에서 십 분이나 서 있어야 했다.

장담하지만 이건 매뉴얼이다.
그들은 매뉴얼대로 움직이는 게 틀림없다.

인생의 법칙

며칠 전 면허시험 볼 때 다들 말리는 당일치기로 접수를 해놓고 급한 맘에 야매로 교습해주는 사람한테 돈 삼만 원을 주고 코스를 도는데 그 야매인생을 사는 사람조차 인생의 법칙을 명확히 알더라는 것 아닙니까.

"모든 것이 운입니다. 운이 중요해요. 당신이 어떤 경관을 만나느냐, 깐깐한 사람인가 아닌가, 당신의 코스가 쉬운 A코스로 될 것인가, 복잡한 B코스로 될 것인가, 출퇴근 시간이라 차들이 많아지는가, 아닌가…
이 모든 것들이 운이죠. 그게 중요한 겁니다."

남녀 사이 친구

뭐든지 단정짓는 걸 싫어하기 때문에 이것도 꼭 그렇다는 건 아니지만 남녀 사이 친구라는 게 정말 어렵다. 영화에서 해리가 했던 말이 난 정답이라고 봐. 남자와 여자는 친구가 될 수 없다고 했었지.

그래. 우리가 손을 잡는 게 아니었어. 오랜 친구를 바랐건만…

손을 잡다보면 또 잡고 싶고 그러다보면 결국 그다음 단계로 넘어가게 되잖아. 스킨쉽하는 친구 사이? 말이 안 되지.

서로가 분명한 거리를 유지한 채 그렇게 편안하게 지내던 그때가 좋았는데… 그걸로 충분하다고 생각했는데…

정말이지, 우리가 손을 잡는 게 아니었어.

컴플렉스

사람이 거의 일생 동안 컴플렉스의 지배를 받는 것,
다른 사람들의 평판의 지배를 받는 것,
어떤 종류의 것이든 공포의 지배를 받는다는 것이 끔찍하다.

숨겨도 솔직해도 어쨌든 벗어날 수 없다는 건 더더욱 절망적.

그러나
어쩌면 사람들은 내가 생각하는 것보다 훨씬 더
나에 대해 관심이 없는지도 모른다.

연애는 학습이다

연애는 학습이다. 할 때마다 늘 새로운 것을 배우게 되니까. 문제는 배운 것을 써먹게 되는 건 언제나 지금 '이 사람'이 아닌 미래의 '다음 사람'이라는 것이다. 연애는 그래서 이어달리기이다. 이어달리기의 규칙을 아는 사람이라면 지금 이 사람에게 받은 것을 그 사람에게 다시 돌려줄 수는 없다는 것을 잘 알고 있다(바통은 언제나 상관없는 다음 사람에게 전달되기 마련이니까).

여기 출발선에 서 있는 한 사람이 있다. 그는 두려움에 떨고 있다. 지난 경주가 떠오르기 때문이다. 누군가 말한다. "이봐. 예전에 받았던 바통 같은 건 던져버려. 첫번째 주자가 되어보라구."

과연 그는 출발할 수 있을까.

소라 누나

바깥 세상에 나가는 것이 싫어 전쟁처럼 자기 자신과 싸우며 미루고 미루다 죽지 못해 나가기 때문에 늘 지각을 할 수밖에 없는 사람이 나 말고도 있었다니.

누나는 참…

오늘 다시 소라 누나와의 마지막 방송을 마쳤다. 몇 년 전 일요일 밤마다 〈FM 음악도시〉의 게스트로 나갔을 때 이후 두번째였다.

4년인가 만에 만난 누나는 그때의 나를 거의 잊고 있었고 그렇기 때문에 마치 만난 지 얼마 안 되는 새사람인 양 잘 대해주었다.

그러길 7개월여. 방송은 즐거웠지만 그것도 그리 길지 않았다.

오늘은 마지막 녹음 날.

그동안 감사했다며 건강하시라 마지막 인사를 마치고 늘 그렇듯 쑥스러워하며 스튜디오를 빠져나가는 내게 소라 누나가 종이를 북 찢어 급히 적은 번호를 내민다. 누나의 휴대폰 번호였다. 그러고는 덧붙이는 한마디.

"어차피 안 할 테지만…"

누나는 엷은 웃음을 띠며 그렇게 말했다.

그렇다. 나는 아마도 누나에게 안부문자 한 통 정도를 보낼지는 모르겠으나 역시 변죽 좋게 연락할 수 있는 사람은 아니란 걸 누나는 잘 알고 있었다.

때문에 누나가 잊고 있었던 것은 예전에 누나가 직접 내 전화에 자기 번호를 찍어주었고 그것이 '말동무'라는 이름으로 저장되어 있다는 사실이었다.

누나는 그것을 몰랐으므로 다시 내게 번호를 주었다.

며칠 후 희열 씨의 첫 방송 녹화 때 나는 누나와 같은 날 출연을 하게 되었다.

첫 리허설을 마친 후 거의 여덟 시간 넘게 기다리는 동안 대기실에 찾아가 인사를 할까도 생각했지만 역시 그것은 나로선 쉽지 않은 일이었다. 어쩐지 연예인의 형식적인 인사치레하는 것 같아 방방마다 돌아다니며 장훈이 형한테 인사하고 소라 누나한테 인사하고… 나는 그런 것은 잘 못한다.

하지만 나는 우리의 먼저 순서에 나온 누나의 얼굴을 모니터로 보며 무척이나 반가웠고 스튜디오에서 나와 대화할 때 웃던 모습, 또 당혹스러워하는 모습, 희열 씨의 짓궂음에 분해하는 모습 같은 것들이 고스란히 보여 남몰래 흐뭇한 미소를 지을 수 있었다.

누나는 아마도 그날 방송이 조금은 힘들었을 것이다. 공연 전에 말을 하고 웃는 것이 노래에 영향을 받는 사람이기 때문이다.

방송을 마치고 퇴장하는 누나에게 나는 여전히 마음속으로만 '누나 고생하셨어요, 잘하셨어요…' 인사를 전했다.

언젠가 다시 누나가 라디오를 맡게 되면 아마 나를 불러줄지도 모르겠다.

그때까지 건강히, 너무 우울해하지 말고 잘 계시라.

BIGLIETTO
CON BUSTA
5.25

CHIUDIPACCO
GIFT TAGS
0,75

공개일기 쓰는 법

감정이 글을 압도하게 되면 정작 표현하고 싶은 감정을 담아낼 수 없게 된다.

글은 현실과 달라서 눈물의 양이나 표정의 절박함, 울음으로 일그러진 얼굴이 드러내주는 진정성 등을 확인시켜줄 수 없기 때문에 슬프다, 슬퍼죽겠다, 라고 되뇌는 것만으로는 감정의 울림을 갖기 어려운 탓이다.

결국 슬프다는 나의 감정 상태를 보다 선명히 드러내고 그것을 타인에게 전달할 수 있으려면 내가 왜 슬픈지, 무슨 일을 겪었는지를 흡인력 있게 서술해야 하며 읽는 이로 하여금 공감, 혹은 최소한 흥미라도 갖게 하기 위해 그것이 글쓴이 개인의 사적 경험을 단지 서술, 나열한 것에 머무르지 않아야 한다.

그래야 보편성을 획득할 수 있다. '슬프다'라고 직접적인 표현을 하는 것 이외의 어떤 다른 장치들이 필요하다는 것이다(여기서의 다른 장치 중 가장 강력한 것이 바로 '생각'이다. 사실이 아닌 생각을 담는 것).

언제부턴가 일기라는 사적인 기록을 공개적으로 쓰는 행위가 만연하게 되었다. 개인적이기 짝이 없는 글쓰기를 남들이 본다는 전제하에 행하는 일종의 모순된 작업이긴 하나, 이미 문제는 개인적이어야 할 일기를 왜 남들 보라고 쓰느냐 하는 뒤늦은 원론적 문제 제기도 아니요, 남들 보는 일기에 얼마나 진심과 솔직함이 있겠는가 하는 진정성에 대한 의구심도 아니다.

중요한 것은 그것들은 이미 그게 열 명이 됐든 만 명이 됐든 타자, 즉 일종의 독자들이 본다는 전제 하에 쓰이는 글쓰기가 되었다는 것이다.
그렇게 봤을 때 이것은 분명 일기이나 그것이 정말로 일기에 그치게 되면 독자를 가질 수도 없을뿐더러 공개하는 자체가 무의미한 일이 되어버린다.

앞서 일기가 일기에 그치지 않기 위해서는 보편성을 가질 수 있어야 하고 그러기 위해서는 글쓴이의 '생각'을 담아야 한다고 했다. 왜? 사람들은 글쓴이가 무엇을 했는지, 보다는 어떤 생각을 갖고 있는지를 훨씬 깊은 관심을 가지고 보기 때문이다.

글을 읽는다는 게 결국 글쓴이의 생각을 엿보는 것이라는 주장도 그래서 가능하다.

여기 '친구가 없다'라는 주제로 각각 다른 두 사람이 일기를 쓴다고 치자. 한 사람은,

'나는 친구가 없다. 세어보니 두 명밖엔 안 된다. 친구가 더 있었으면 좋겠다. 끝.'

이렇게 단순 사실만을 나열했다. 다른 사람은,

'나는 친구가 없다. 근데 친구라는 게 뭘까? 친구는 어떨 때, 왜, 어느 정도 필요한 걸까?'

하면서 친구에 대한 자신의 생각을 전개했다.

이랬을 때 똑같이 친구가 없는 두 사람이 그 사실을 재료로 일기를 썼어도 읽는 사람들이 보기엔 커다란 차이가 나게 된다.

첫번째 사람의 글을 보면 읽는 이는 그저 '얘는 친구가 없네' 할 뿐 더이상의 소통은 불가능하다. 그러나 두번째 사람의 글을 읽으면

친구가 뭔지에 대해서 같이 생각하게 되고 그 의견에 동조하거나, 달리 생각하는 등 결국에 글쓴이와 대화를 하게 된다.

이것이 글쓰기이고 말걸기이며 소통이자 대화인 것이다.

이제 또다른 하나의 사례를 들어보겠다.

오늘 내가 본 〈펠헴 123〉에 대해서 일기를 쓴다고 했을 때 다음과 같이 쓰지는 않을 것이다.

'오늘 〈펠헴 123〉을 보았다. 압구정동 시네시티에서 보았다.

강남에 있는 극장치고는 시설이 안 좋았지만 영화는 그럭저럭 볼 만했다.'

누가 남의 이런 단순 일상을 알고 싶어하겠는가.

개인적인 일상이 보편성을 획득하기 위해서는 어떤 장치가 필요하다고 했다. 그 장치로서 나는 하나의 대화를 소개하는 것으로 화두를 던지려 한다. 중요한 것은 그 대화에 역시 나의 생각이 담겨 있어야 한다는 점이다.

"난 덴젤 워싱톤이 싫어. 왜냐면 그는 잘생겼지만 지루해. 배우인데 '색기'가 없거든."

"아니, 왜요? 덴젤 워싱톤이 얼마나 연기를 잘하는데."

"연기 잘해도 '색기'가 없으면 딴따라는 지루해. 윌 스미스를 봐. 얼마나 매력이 넘쳐."

"난 덴젤 워싱톤 섹시하기만 하더라."

"그래서 니가 감각이 없다는 거야. 니가 '색'을 알아?"

〈펠헴 123〉을 봤다는 얘기도 없고 어디서, 누구랑 봤으며 재미는 어땠으며, 도 없다.

하지만 이 대화를 통해 눈치 빠른 독자들에게는 충분히 그 영화를 봤나보다고 짐작케 하고 동시에 덴젤 워싱톤이라는 대체적으로 이미지가 좋은 배우에 대해 이런 특이한 견해를 갖고 있다는 자신의 생각을 밝힘으로써 읽는 사람과도 자연스레 대화 상대가 될 수 있는 것이다.

세상은 자기만 알고 있어도 되는 사적이고 개인적인 이야기를 굳이 공개적으로 쓸 때엔 관심을 보이지 않지만, 생각을 드러내는 일에 대해서는 상당한 너그러움과 호기심을 갖고 대해준다.

순간 속의 사람들

영화 〈아웃오브 아프리카〉에서
로버트 레드포드가 메릴 스트립에게 말하길
마사이족에겐 특별한 것이 있다고 했다.
그들은 절대로 길들여질 수 없는 존재들이어서
만약 감옥에라도 갇히게 되는 날엔 죽을 수도 있다는 것이다.
그들의 머릿속엔 오직 현재라는 개념밖엔 없기 때문에
앞으로 이곳을 나가게 될 수도 있다는 생각을
전혀 하지 못하기 때문이라고 한다.

그 말을 듣고
처음엔 황당할 정도로 희망이 없는 사람들이구나 싶었는데
이내 누구보다 순간에 충실할 수 있다는 점이 부럽게 느껴졌다.

결코 내일이란 없는 사람들. 오로지 지금 이 순간뿐인 그들에게 세상이란
아마 내가 살고 있는 여기와는 다른 곳이겠지.

가지나물

이해할 수 없는 행동을 볼 때에 드는 답답함.

다단계 같은 곳에서 파는 이상한 제품들은 외삼촌의 권유라는 이유만으로 몇백만 원씩 주고 사놓고는 쓰지도 않고 버려두면서, 절약을 해야 한다고 사람이 빤히 있는데도 방방마다 불을 끄고 다니는 엄마의 행동을 결코 절약이라고 생각해본 적은 없다.

상식과 생각의 충돌.

평소 건강에 대해 그렇게 염려를 하면서 짜게 먹으면 좋지 않다고, 고기를 자주 먹는 것도 조심해야 한다고 아무리 여러 번 말을 해도 돌아오는 대답은, '어느 정도는 간을 해줘야 한다' '사람은 고기를 안 먹으면 힘을 못 쓴다'는 이야기.

이렇게 나의 상식과 엄마의 상식이 충돌했을 때 한 번도 결론이나 타협을 본 적은 없다.

이뤄지지 않는 대화.

엄마가 냉장고에 가지나물을 가져다놓으셨다. 그리고 하루가 지났다. 난 가지나물이 있는 줄도 몰랐다. 그런데 다음날 엄마가 왜 가지를 안 먹느냐고 한다. 그래서 지금 당신이 먹어치우고 있는 거란다. 난 물었다. 난 가지가 있는 줄도 몰랐는데, 그게 언제부터 있었느냐 물으니 어제 가져다놨단다.

아니 어제 갖다놨으면 오늘 먹어도 되고 내일 먹어도 되는데 왜 그러는 거예요? 했더니 여름이라 상하기 때문에 그렇단다.

아무리 여름이라도 냉장고에 있는 나물이 하루 만에 상해?

엄마는 같은 대답을 반복한다. "니가 안 먹으니까 그렇지."

이 대화엔 논리도 없고 상식도 필요 없다. 그저 믿음만이 존재하는 것이다.

'석원이는 내가 해다놓는 반찬을 잘 먹지 않아'라는 믿음.

해바라기

그러니까 어렸을 때는 '후두둑' 창문을 때리며 내리는 빗소리만 들어도 내 가슴은 너무나 뜨겁게 반응했다. 그럴 때면 난 해바라기의 〈저 빗속으로〉를 틀어놓고 반복해서 들으며 종로 세운상가 앞길을 비를 맞으면서 뛰고 또 뛰었지. 뛰다가 비를 피해 모여든 사람들 틈을 헤치고 버스정류장에 들어서면, 교복을 입은 여중생이, 그러니까 여주인공이겠지. 나를 의식하며 서 있는 거야.

우리는 모르는 남남인데 아직 사귀지도 않았고 아무 일도 생기지 않았는데도 우린, 이미 사귈 거 다 사귀고 벌써 가슴 아픈 이별이라도 한 것처럼 괜히 아프고 마음은 들뜨고 그랬어.

그게 단지 집에 가만히 있다가 비 한 줄기 내렸다고 내 마음속 내 머릿속에서 벌어진 일이야.

그 일은 비가 올 때마다 반복해서 벌어졌지.

그런데 지금은 어떠니? 비가 오면 어떠냐구?

'아, 비는 왜 오고 지랄이야' 하겠지. 그래도 아직 한여름에 내리는 소나기는 좋아해. 소나기는 정말로 운치와 재치가 있거든. 짧고 굵게 낭만적으로 쫙 한 번 내려주고 바로 해가 뜨니 말이야.

비뿐만이 아니야. 어렸을 때는 지금의 어른들마냥 마치 세계여행이라도 다녀오지 않으면 감성의 충족이 안 되는 것처럼 초조해할 일이 없었다.

토요일 학교에서 돌아와 낮에 해주는 외화시리즈 한 편만 봐도 120분 동안 〈인디애나 존스〉 한 편은 본 것 같은 만족이 있었어. 날씨, 뉴스, 집에 찾아온 손님, 학교에서 벌어진 작은 사건, 동네에서 벌어진 일, 친구가 이사를 가고 전학을 오고, 마당 평상에 누워 새까만 밤하늘에 눈부시게 많았던 별들을 보며 환상적인 기분 속에 잠이 들곤 했던 모든 일들이 아마도 어른이 돼서 뉴욕을 다녀왔네, 스페인에 가서 본토 샹그리아를 먹고 왔네 하는 것보다 훨씬 진한 느낌이었다는 것을 부정할 사람은 별로 없을 거야.

어렸을 땐 참 그렇게 뭐든지 컸고 진했다.

우리집 마당 화단엔 할머니가 가꾸던 갖은 꽃들과 채소들이 있었지. 내 얼굴만큼 큰 해바라기도 몇 그루나 있었어. 그런데 지금 내가 사는 집에는 마루에 엄마가 기르는 화분들이 좀 있고 내 방 컴퓨터 옆에 전자파를 막아준다는 화초가 한두 녀석 있긴 하지만 아무 느낌이 없어. 왜 어렸을 때 혼자서 화단 근처에서 놀다 꿀벌이 앵앵거리며 다가오면 무서워 잽싸게 신발로 잡아 빙빙 돌려서 기절시킨 다음, 바라보던 그 해바라기.

"나 잘했지?" 하고 바라볼 수 있던 그 해바라기가 지금은 없어.

그러니까 이렇게 책을 읽고 영화를 보고 사람을 만나고 일에 몰두도 해보고 여행도 꿈꾸고 하지만 아무리 해도 해바라기는 다시 생길 수 없는 거지. 이미 어른이 되어버렸으니까.

Au Revoir

억만 겹의 사랑을 담아, 너에게.